THOMAS BREZINA

Sisis schöne Leichen

Kaiserin
Elisabeth ermittelt

edition a

Danke

Für diesen Krimi wollte ich die Persönlichkeit von Kaiserin Elisabeth und die Atmosphäre am Kaiserhof kennenlernen und erfühlen. Dabei haben mir Expertinnen und Experten auf vielerlei Art geholfen. Ich bekam Spezialführungen und zahlreiche Unterlagen, wie zum Beispiel Elisabeths Kosmetikrezepte oder das Menü eines kaiserlichen Abendessens. Besonders wichtig waren die interessanten Gespräche mit

Mag. Michaela Lindinger vom Wien Museum

Dr. Elfriede Iby, Leiterin der wissenschaftlichen Abteilung von Schloss Schönbrunn

Michael Wohlfahrt, Kurator Sisi Museum

Sowohl beim Planen des Mordes als auch bei den Überlegungen zur Ermittlung hat mir mein Freund Christian Reiter, Gerichtsmediziner, wertvolle Ideen und Informationen geliefert.

Da er außerdem Hobby-Imker ist, hat er mich auch auf diesem Gebiet beraten.

Verleger Bernhard Salomon, Lektor Maximilian Hauptmann und das Team der edition a haben dafür gesorgt, dass dieses Buch in bester Qualität erscheinen kann.

Es ist eine große Beruhigung zu wissen, dass meine Bücher und Projekte professionell und leidenschaftlich von Walter Fischl gemanagt werden, gemeinsam mit Michael Prügl und Bernhard Trenz. Alle drei sind mehr als berufliche Partner.

Während des Schreibens dieses Buches hatte ich viele Nachdenkphasen. Mein Mann Ivo hat es geduldig ertragen, dass ich auf den langen Spaziergängen mit unserem Hund Joppy kreativ geschwiegen habe. Sein Verständnis und seine Unterstützung sind einfach großartig.

Danke, danke, danke an alle! Ich weiß zu schätzen, von so vielen wunderbaren Menschen umgeben zu sein.

28. Mai 1866

01

»Ida, ich möchte schöne Leichen haben.«

Die Hofdame war an die ausgefallenen Wünsche von Kaiserin Elisabeth gewohnt. Doch dieser ließ sie verzweifeln. Wie sollte ihn Ida erfüllen?

Bekleidet mit einem weißen Morgenmantel aus Seide, Ränder und Saum mit Spitzen besetzt, lag die Kaiserin auf der Chaiselongue in ihrem Gartenappartement im Schloss Schönbrunn. Die Fenster des Raumes waren geschlossen, um Hitze und Licht draußen zu halten. Die hohen Temperaturen waren für die Jahreszeit ungewöhnlich. Vielleicht waren sie der Grund für Elisabeths nicht nachlassende Migräne.

»Bringe mir schöne Leichen«, wiederholte Elisabeth.

Für Ida klang die Kaiserin wie ein krankes Kind, das sich von den Eltern ein Geschenk zur Besserung wünschte.

»Elisabeth, du wirst verstehen...«, begann Ida. Es gab nur wenige Menschen, die Kaiserin Elisabeth mit dem vertrauten Du ansprechen durften. Ida gehörte zu ihnen, zumindest, wenn die beiden alleine waren. »Es ist nicht so einfach, sie zu beschaffen.«

Die Kaiserin seufzte. Obwohl Ida ein Jahr jünger war als Elisabeth, empfand die Hofdame manchmal mütterliche Gefühle für sie. Ganz besonders an einem Tag wie heute, an dem Elisabeth so litt.

Ihre langen, dunkelbraunen Haare waren zu zwei lockeren Zöpfen geflochten. Sie ruhten hinter der Kaiserin leicht erhöht auf Gestellen mit vergoldeten Füßen und Querstangen. So wurde die Kopfhaut entlastet, für die das Gewicht der wadenlangen

Haare eine große Strapaze darstellte. Der Hofarzt hatte der Kaiserin diese Therapie bei Migräne und Kopfschmerz verordnet.

»Wirst du heute Abend dem Empfang beiwohnen und der Delegation aus China die Ehre geben?«, fragte Ida, obwohl sie die Antwort im Voraus kannte.

»Bestelle dem Kaiser, dass ich zu krank dafür bin.« Elisabeth schloss die Augen und atmete tief aus.

»Ich werde es auf der Stelle tun.« Ida war bereits aufgestanden, doch die Kaiserin rief sie zurück.

»Warte!«

Ida wandte sich um.

»Du vergisst die schönen Leichen nicht.«

Im Stillen verfluchte Ida die Friseuse Fanny. Sie hatte der Kaiserin vor einigen Tagen beim täglichen Bürsten von den schönen Leichen erzählt. Seither wollte Elisabeth eine ganze Sammlung davon anlegen.

»Ich tue mein Bestes«, versprach sie.

»Beeile dich. Ich will die Schönheit des Todes studieren.«

»Sehr wohl, Elisabeth.« Ida verließ das Zimmer und schloss leise die Türe hinter sich. Als sie zur Wendeltreppe schritt, die nach oben in das kaiserliche Appartement führte, räusperte sich jemand hinter ihr. Ida drehte sich erschrocken um.

Neben der Tür, die in den Garten führte, saß ein Mann, den Hut auf seinen Knien. Niemand außer den Hofdamen und Bediensteten hatte Zutritt zum privaten Appartement der Kaiserin.

Ida öffnete den Mund, um nach der Wache zu rufen. Der flehende Blick des Mannes ließ sie innehalten. Ihre Augen wanderten über seinen schlichten Anzug. Rock und Hosen waren weit und an Ellbogen und Knien etwas ausgebeult. Sein Haupt war bis auf einen dünnen, dunklen Haarkranz kahl. Die blauen Flecken an seinen Fingern sahen nach Tinte aus. Sie kannte ihn. Aber woher?

»Alfred Oberland«, stellte er sich vor. »Hofbibliothekar und Lehrer der Künste für Seine Hoheit, den Kronprinzen.«

Ida erinnerte sich, den Mann in Begleitung von Josef Latour gesehen zu haben, der seit einigen Monaten für die Erziehung des Kronprinzen verantwortlich war.

»Wer hat Sie hereingelassen?«

Oberland hatte eine leicht gebückte, devote Haltung. »Oberst Latour hat mich bei Ihrer Majestät, der Kaiserin, angekündigt.«

»Das muss mir entgangen sein«, entgegnete Ida kühl. Sie wusste über alle Audienzen und andere Verpflichtungen von Elisabeth Bescheid.

»Oberst Latour hatte die Freundlichkeit, der Kaiserin zu bestellen, dass ich ihr etwas übergeben möchte.« Er zog ein flaches Päckchen aus seinem schwarzen Rock. Es war in festes, graues Papier eingeschlagen und mehrfach mit Faden umwickelt. Ein dickes, grünes Siegel prangte über dem Knoten der Verschnürung.

Idas Blick wanderte von dem Päckchen zu den wässrigen Augen des Mannes. Es rührte sie, wie er mit hochgezogenen Schultern und gesenktem Blick dastand.

»Ich bitte Sie, ich muss zur Kaiserin und das hier in ihre Hände legen.« Oberlands Stimme war ein leises Flehen.

»Das ist am heutigen Tage unmöglich.« Die Hofdame stellte sich vor die Tür des Zimmers, in dem Elisabeth lag, um ihm ohne weitere Worte klarzumachen, dass er gehen sollte.

»Bitte«, wiederholte er leise. »Es ist von großer Dringlichkeit. Glauben Sie mir!«

»Geben Sie mir, was Sie für die Kaiserin haben. Ich werde es an sie weiterleiten.« Ida streckte die Hand nach dem Päckchen aus, aber Oberland zog es zurück.

»Nein, nein, nein, ich muss es ihr persönlich geben und dazu eine sehr vertrauliche Mitteilung machen.«

»Suchen Sie um eine neue Audienz an.« Ida konnte mit ihren 26 Jahren bestimmter auftreten, als ihre mädchenhafte Erscheinung erwarten ließ.

Alfred Oberland hob an, etwas zu sagen, unterließ es dann aber. Er wandte sich um und schritt zum Ausgang. Grüßend nickte er ihr noch einmal zu, bevor er die Türe öffnete und die Stufen hinunterging.

Kurz darauf war er im Park von Schloss Schönbrunn verschwunden.

29. Mai 1866

02

Latour wusste, dass er keine Schuld an dem trug, was die Kaiserkinder an diesem Tag hatten mitansehen müssen. Er konnte doch nicht ahnen, dass der Mann vor Gisela und Rudolfs Augen tot umfallen würde.

Josef Latour war erst seit einigen Monaten von Elisabeth mit der Erziehung des Kronprinzen betraut worden. Er wusste, dass sie seine Besetzung gegen den Widerstand des Kaisers durchgesetzt hatte. Man erzählte sich im Schloss, Elisabeth hätte dem Kaiser ein Ultimatum gestellt: Entweder sie durfte allein darüber entscheiden, wo sie wohnte, wohin sie reiste und von wem der Kronprinz unterrichtet wurde, oder sie würde Kaiser Franz Joseph verlassen.

Der Kaiser hatte nachgegeben. Ob aus Liebe oder Angst vor dem Skandal, konnte Latour nicht einschätzen.

Und nun dieser schreckliche Vorfall. Dabei hatte alles wunderbar begonnen.

Alexander, der junge Naturkundelehrer, hatte vorgeschlagen, mit Rudolf einen Ausflug zu machen. Um ihm das Leben der Bienen näherzubringen, wollte er mit dem Kronprinzen und Latour seinen Vater besuchen, dessen große Leidenschaft die Imkerei war.

Kronprinz Rudolf und seine zwei Jahre ältere Schwester Gisela wurden getrennt unterrichtet. Die Erzherzogin hatte einen weiblichen Hofstaat, der sich um ihre Ausbildung kümmerte. Die Geschwister sahen sich nur noch selten, und das schmerzte sie sehr. Rudolf beklagte sich oft darüber, wie sehr er seine Schwester vermisste. Der Ausflug war auch dafür gedacht, den beiden einen gemeinsamen Tag zu ermöglichen. Kaiserin Elisabeth hatte Latour ausdrücklich ihre Zustimmung erteilt. Ob sie mit dem Kaiser darüber gesprochen hatte, darauf wollte Latour allerdings nicht wetten.

Den ganzen Hinweg war der kleine Kronprinz so vergnügt gewesen, wie es ein Siebenjähriger nur sein konnte. Er genoss die Kutschenfahrt und redete die ganze Zeit vom Honig, den er so gerne aß. Gisela war neugierig, wie echte Bienenwaben aussahen. In den letzten Monaten hatte Latour öfters solche Momente erlebt. Es waren Momente, in denen er erkannte, dass Rudolf und Gisela gewöhnliche Kinder waren, unbeschwert und unberührt von der komplizierten Welt der Erwachsenen. Dann schmerzte es Latour manchmal, wenn er daran dachte, was diese Welt für die beiden Kinder, vor allem für Rudolf, bereithielt.

Latour und Alexander waren mit den Kaiserkindern zu einem Fuhrwerkerhaus gefahren, nicht unweit des Praters.

»Fuhrwerke gibt es dort schon seit einer Generation nicht mehr«, erzählte Alexander, als sie in die Straße einbogen, in der das Haus lag. »Mein Vater war der erste in der Familie, der ein Universitätsstudium absolvierte. Doch seine große Liebe gilt der Imkerei.«

Alexanders Mutter, eine rundliche Frau mit rosigen Backen, hatte die Gäste empfangen und tief vor den kaiserlichen Hoheiten geknickst. In der Küche warteten auf einem Tisch mit Honigcreme gefüllter Kuchen und Limonade, die mit Honig gesüßt war. Zwei Gläser Honig standen zum Mitnehmen bereit.

Als hätten sie seit Tagen nichts zu essen gehabt, machten sich die Kinder über Kuchen und Limonade her.

Alexanders Vater kam aus dem Garten und begrüßte die hohen Besucher. Er schwitzte und sein kragenloses Hemd klebte an seinem Rücken. Auf Latour machte er einen nervösen Eindruck. Vermutlich hatte seine Aufregung mit den Kaiserkindern zu tun. Seine Frau bot ihm Kuchen und Limonade an, aber ihr Mann lehnte alles ab.

Durch eine niedrige Tür traten sie ins Freie. Der Imker zeigte ihnen eine Holzkiste, die an der Oberseite einen Deckel hatte.

»Die neueste Technik der Imkerei«, erklärte er und zog Holzrahmen heraus. »In diesen Rahmen bauen die Bienen aus Wachs ihre Waben. Sind sie mit Honig gefüllt und verschlossen, kann ich sie herausnehmen. Ich kratze die Wachsdeckel ab und stelle die Rahmen in diese Schleuder. Auch sie ist brandneu. Erst vor einem Jahr wurde sie vorgestellt und ich habe eine der ersten erstehen können.«

Die Schleuder war eine nach oben hin geöffnete Trommel mit einer Kurbelmechanik. Rudolf und Gisela durften beide an der Kurbel drehen und die leere Schleuder in Betrieb sehen.

Höhepunkt der ungewöhnlichen Unterrichtsstunde war der Besuch bei den Bienenstöcken.

»Für den Besuch der kaiserlichen Hoheiten habe ich mir etwas Besonderes ausgedacht«, verkündete der Imker. »Zum ersten Mal in diesem Jahr werde ich einen vollen Rahmen aus einem Stock entnehmen. Die Hoheiten müssen mir dann helfen, den Honig herauszuschleudern.«

Er führte die Besucher zu einem Strauch, wo ein Tisch und zwei Stühle bereitstanden. Rudolf und Gisela setzten sich und konnten wie im Theater zu den Bienenstöcken sehen, die sich zehn Meter entfernt befanden.

Der Imker hatte ein graues Arbeitsgewand übergestreift, bei dem Ärmel und Hosenbeine an den Gelenken eng verschlossen werden konnten. Danach setzte er sich einen Hut auf, von dessen Krempe ein dünner Schleier auf seine Schultern herabfiel.

Auf dem Tisch wartete ein blauer Henkelkrug mit einer aufgemalten weißen Biene.

»Die ist aber groß«, stellte Gisela fest. »Und so schön gemalt.«

»Ein Imker hat immer kaltes Wasser bereit«, erklärte Alexanders Vater. »Es muss sehr kalt sein, denn falls mich eine Biene sticht, kann ich den Stich sofort damit kühlen.«

Augenzwinkernd fügte er hinzu: »An einem so warmen Tag dient es mir aber vor allem, um den Durst bei der Arbeit zu stillen.« Zum Beweis nahm er einen großen Schluck. Danach schüttelte er den Krug und warf einen Blick hinein.

»Kaum noch etwas drin«, stellte er ein wenig verlegen fest. »Die Vorbereitungen haben mich durstig gemacht... Ich werde ihn später nachfüllen.«

Latour konnte sehen, wie stolz Alexander auf seinen Vater war. Ihm gefiel, wie kundig und spannend er den Kaiserkindern von der Imkerei erzählte.

Die kaiserlichen Hoheiten beobachteten aufgeregt, wie der Imker zu den Kisten ging. Doch auf halbem Weg stockte er. Er fuhr sich mit der Hand zum Hals und wandte sich um. Seine Augen waren aufgerissen, als hätte er etwas Schreckliches gesehen. Nach Luft ringend fiel er zu Boden.

»Vater, Vater!« Alexander lief sofort zu ihm. Alfred Oberland lag seitlich im Gras und kehrte den Kindern den Rücken zu. Als er nicht reagierte, rüttelte Alexander seinen Vater an der Schulter. Da er noch immer kein Lebenszeichen von sich gab, drehte er ihn auf den Rücken, hob den Schleier und öffnete den obersten Knopf des Hemdes. »Ein Arzt, holt den Doktor! Schnell! Schnell!«, rief er.

Schützend hatte sich Latour vor die Kinder gestellt. Er zog sie in die Höhe und schob sie Richtung Haus. Als er zurückblickte, benetzte Alexander gerade das Gesicht des Vaters mit dem Rest des Wassers aus dem blauen Krug.

Seine Mutter kam aus der Küche und verstand die Aufregung zunächst nicht. Sie deutete auf die Hoheiten. »Hat sie eine Biene gestochen?«

»Holen Sie einen Arzt. Ihr Mann braucht Hilfe«, raunte Latour ihr zu. Er brachte die Kinder in die Küche und setzte sie an den Tisch, an dem sie zehn Minuten zuvor Kuchen gegessen hatten. Gisela hatte den Arm um den kleinen Bruder gelegt, dessen Augen ständig von Latour zu seiner Schwester und dann wieder durch die offene Tür wanderten. Der Arzt musste in der Nähe seine Praxis haben, vermutete Latour, als ein Mann mit Tasche in der Hand nur wenig später an ihm vorbei nach draußen stürmte. Alexanders Mutter lief hinter ihm. Es dauerte nur kurz, dann kam sie zurück. Alle Farbe war aus ihrem Gesicht gewichen.

Eilig führte Latour die kaiserlichen Hoheiten aus dem Haus und verfrachtete sie in die Kutsche. Er trug dem Kutscher auf, sich um die zwei zu kümmern. Latour selbst lief in den Garten zurück, wo er den geschockten Alexander und seine weinende Mutter fand. Der Arzt stand gerade auf und schüttelte bedauernd den Kopf.

»Es muss ein Bienenstich gewesen sein. Wahrscheinlich im Mund, vielleicht auch in der Nase. Er ist erstickt.«

Alexanders Mutter schluchzte auf und umarmte ihren Sohn.

»Es ging schnell«, meinte der Arzt bloß.

Latour trat neben Mutter und Sohn. »Mein aufrichtiges Beileid.« Er war mit der Situation überfordert und wusste nichts anderes zu tun, als sein Mitgefühl auszusprechen.

Der Arzt holte Papiere aus seiner Tasche, setzte sich an den Tisch, auf dem noch der blaue Henkelkrug stand, und begann, den Totenschein auszufüllen. Latour bot seine Hilfe an, aber Alexander lehnte ab. Die kaiserlichen Hoheiten mussten auf dem schnellsten Weg zurück nach Schönbrunn.

Auf dem ganzen Rückweg sprach Latour kein Wort. Ihn plagte die Sorge, dass die Kaiserin seine neuen Lernmethoden, zu denen auch dieser Ausflug gehörte, kritisieren würde. Außerdem konnte er gewiss sein, dass sein Vorgänger, Graf Gondrecourt, von dem Vorfall erfahren würde. Der Graf war unehrenhaft entlassen worden und Latour war daran nicht unbeteiligt gewesen. Er würde jede Gelegenheit nutzen, um sich an Latour zu rächen.

03

Elisabeth saß am kleinen Schreibtisch in ihrem Arbeitszimmer und verfasste einen Brief an ihre Schwester Helene. Auf dem roten Sofa lag Houseguard ausgestreckt. Der Wolfshund gab leise schnarchende Laute von sich. Hinter Elisabeth flog die Tür auf. Sie drehte sich um und wollte gegen die Störung protestieren, als sie sah, dass es Rudolf war, der hereinstürmte. Sein Gesicht glänzte feucht, sein Haar klebte an der Stirn. Das Hemd hing aus der Kniehose und ein Strumpf war bis zum Schuh hinuntergerutscht.

Hinter Rudolf folgte seine große Schwester Gisela. Die Schleifen in ihrem dunkelblonden Haar waren aufgegangen, die Enden hingen lose herab.

Houseguard hob den Kopf und knurrte.

»Still«, befahl ihm Elisabeth. »Du kennst die zwei doch.«

Der Wolfshund klopfte nun zur Begrüßung mit dem Schwanz auf den seidenen Bezug des Sofas.

»Mama!« Rudolf schluchzte auf, lief zu ihr und verbarg seinen Kopf in ihrem Schoß. Elisabeth hob die Hände und legte sie nach kurzem Zögern tröstend auf den Jungen.

Gisela blickte sie mit großen Augen an. Ihre Unterlippe zitterte.

»Ist etwas geschehen?«, wollte Elisabeth wissen.

Als Antwort huschte Gisela neben sie und umklammerte ihren Oberarm.

Mit einer Hand strich die Kaiserin Rudolf über den Kopf, die andere musste sie verdrehen, um Giselas Gesicht zu ertasten. Sie fühlte etwas Feuchtes auf ihren Wangen. Gisela weinte.

Elisabeth hörte ein kurzes Räuspern. Sie sah Latour mit seiner betont aufrechten Haltung eintreten. Hinter sich schloss er die Türe. Sein Haar war dicht und gescheitelt, ein buschiger, sorgsam gepflegter Schnauzbart verdeckte den Großteil seiner Oberlippe.

»Latour?« Die Kaiserin deutete mit den Augen auf die verstörten Kinder.

Elisabeth hörte, wie Rudolf etwas murmelte.

»Was hast du gesagt?«

Rudolf richtete sich auf. »Er kommt doch morgen wieder? Morgen ist er wieder da, oder?«

Gisela schluchzte.

Elisabeth war ratlos über den Gefühlsausbruch der Geschwister. Josef Latour schien nach Worten zu ringen.

Houseguard verließ das Sofa. Helle Haare blieben auf dem Stoff zurück. Der Wolfshund gähnte und schüttelte sich, worauf sich noch mehr Haare aus dem Fell lösten und durch die Luft schwebten.

Die Kaiserin wollte nach der kleinen Glocke greifen, die auf dem Schreibtisch stand, die Umklammerung der Kinder hinderte sie aber daran. Latour kam zu Hilfe und reichte Elisabeth die Glocke. Es dauerte nur einige Sekunden, bis ein Diener eintrat.

»Majestät?«

»Limonade für die Kinder und...?« Sie blickte Latour fragend an.

»Limonade auch für mich, bitte.«

Der Diener verneigte sich und verschwand so schnell und lautlos, wie er gekommen war.

»Rudolf, Gisela, ihr erdrückt mich«, sagte Elisabeth und versuchte, sich behutsam zu befreien. Doch Rudolf krallte sich nur noch fester in den gekreppten Stoff des Rockes.

Josef Latour fasste den Kronprinzen sachte an den Schultern. »Kaiserliche Hoheiten, setzt Euch mit mir. Wir trinken Limonade und beruhigen uns.«

Die Kinder gehorchten. Er nahm sie mit zum Sofa, auf dem Houseguard gelegen hatte. Als Elisabeth den Mund öffnete, um sich nach dem Grund für die Aufregung zu erkundigen, platzte Gisela schon damit heraus.

»Er ist tot.«

»Wer ist tot?«, fragte Elisabeth erschrocken.

Rudolf und Gisela schluchzten wieder leise.

Latour wählte seine Worte sehr sorgfältig. »Majestät, auf unserem heutigen Ausflug zu Studienzwecken waren die kaiserlichen Hoheiten unglücklicherweise Augenzeugen eines bedauerlichen Unfalls.«

»Wie fürchterlich.« Elisabeth wollte fragen, wer ums Leben gekommen war, aber es erschien ihr besser, damit zu warten, bis sie mit Latour allein war.

»Als wir ins Schloss zurückkamen, wollten die Hoheiten sofort zu Ihnen und ich konnte ihnen diese Bitte nicht verwehren.«

»Natürlich nicht.« Die Kaiserin sah ihre Kinder mitfühlend an. »Meine armen Lieblinge.«

Rudolf und Gisela waren bleich und wirkten müde.

Latour erhob sich. »Wenn ich vorschlagen dürfte, die Hoheiten gleich in ihre Zimmer zu bringen. Ruhe wäre fürs Erste das Beste.«

Elisabeth nickte zustimmend. Sie winkte die Kinder zu sich, breitete die Arme aus und drückte die beiden zum Abschied kurz und zart. Danach verließen sie mit Latour den Raum.

Elisabeth blickte eine Weile auf die geschlossene Tür und drehte sich dann wieder zum Schreibtisch. Dort lag der angefangene Brief. Sie hatte gehofft, die Zeilen an ihre Schwester Helene würden ihr helfen, mit der Schwermut des heutigen Tages besser zurecht zu kommen. Neun Jahre, dachte Elisabeth. Neun Jahre ist es nun schon her. Und die Trauer wird nicht leichter.

Es klopfte und der Diener brachte auf einem Tablett drei Gläser Limonade. Nachdem er gegangen war, zerriss sie den Brief und ließ die Stücke auf dem Tisch liegen. Was sie nun brauchte, war Bewegung und frische Luft. Gerne hätte Elisabeth mit Ida über alles gesprochen, aber ihre Vertraute würde erst später am Nachmittag ins Schloss zurückkehren. Sie war noch unterwegs, um schöne Leichen zu besorgen.

Elisabeth wollte ihr Appartement nicht durch das Gardezimmer verlassen. Schon oft hatte sich ihre Idee als nützlich erwiesen, eine Wendeltreppe einbauen zu lassen, die das Schreibzimmer mit ihrem Gartenappartement im Erdgeschoss verband. Unbemerkt konnte sie auf diesem Weg das Schloss verlassen.

»Komm, Houseguard«, sagte Elisabeth und klatschte in die Hände. Mit einer Hand hielt sie die Schleppe des Kleides hoch, die andere lag auf dem Geländer. Die Mode der weiten Röcke machte das Treppensteigen nicht gerade einfach. »Wir machen einen Spaziergang!«, rief sie dem Wolfshund zu.

Latour würde sie finden, wenn er sich um die Kinder gekümmert hatte, um ihr von den Ereignissen zu berichten. Hier aber wollte sie nicht bleiben.

Houseguard zögerte. Elisabeth wusste, dass ihm die offenen Stufen unheimlich waren. Die Aussicht auf den Spaziergang war aber verlockend. Einen Augenblick später hörte sie seine Krallen auf dem Metall der Treppe kratzen.

04

Der schlichte Ziegelbau, vor dem Ida stand, erinnerte an eine Fabrik. Neben der Tür hing ein blank poliertes Messingschild. Ida studierte die Inschrift. Sie hatte gefunden, was sie suchte. Aber was nun? Sie betrachtete nachdenklich die lange Metallstange mit Griff, die zur Türglocke gehörte.

Ida zögerte. Sie konnte unter keinen Umständen einfach anläuten und nach schönen Leichen verlangen. Schon gar nicht so, wie sie aussah. Ihre feine Kleidung und der Sonnenschirm, den sie auf der Schulter trug, verrieten, dass sie nicht aus dieser Gegend war. Bevor sie ihren Wunsch vortrug, wollte sie Amalie Buback erst einmal kennenlernen und prüfen. Die Frau musste verschwiegen sein. Sie könnte herausfinden, in wessen Auftrag Ida unterwegs war. Unter allen Umständen musste sie Tratsch über Elisabeths Wunsch nach schönen Leichen vermeiden.

Schließlich gab sich Ida einen Ruck und zog am Griff. Drinnen hörte sie eine Glocke schellen. Erwartungsvoll blickte sie zur Tür. Niemand öffnete. Nach einer Minute klingelte sie erneut und schließlich ein drittes Mal. Aber niemand kam.

Was sollte sie tun? Der Fiaker, der sie von Schönbrunn nach St. Marx gebracht hatte, wartete an der Ecke. Der Kutscher lehnte beim Vorderrad und hatte die Arme verschränkt. Er starrte nicht in ihre Richtung, aber Ida war sicher, er beobachtete sie aus den Augenwinkeln. Sie hatte den ganzen Weg vergeblich gemacht.

Ein Bursche kam die Straße heruntergelaufen. Er hielt mit der Hand seine Kappe auf dem Kopf, damit sie nicht herunterfiel.

Das einfache, weite Hemd und die etwas zu kurzen Hosen ließen vermuten, dass er ein Handwerker war.

Vor Ida blieb der Bursche stehen. »Wollen Sie zu ihr?« Er deutete mit dem Kopf auf die Tür.

»Ich möchte mit Amalie Buback sprechen«, erwiderte Ida.

»Sie ist auf dem Friedhof.«

»Auf dem Friedhof? Nicht in ihrem Atelier?«

»Wir haben einen, der sich erschossen hat und gleich eingegraben wird. Ich muss die größere Kamera bringen. Was weiß ich, wieso. Sie ist da immer sehr heikel.« Er steckte den Schlüssel ins Schloss und sperrte auf. »Sie können drinnen warten, wenn Sie fotografiert werden wollen.«

»Es geht nicht um ein Foto von mir, sondern...« Ida brach ab und fuhr nach einer kleinen Pause fort. »Ich muss persönlich mit Amalie Buback sprechen. Daher möchte ich, dass Sie mich zu ihr führen.«

Wieder zuckte der Bursche mit der Schulter. »Ich hole die andere Kamera.« Er verschwand im Haus.

Durch die offene Tür sah Ida in einen großen, hellen Raum. Licht flutete durch die hohen Fenster und das verglaste Dach. Verschiedene Sitzmöbel standen herum. Bei einem Stuhl ragte eine Stange aus der Lehne, an deren Ende sich eine halbrunde Halterung befand.

Ida hatte so etwas schon einmal gesehen. Wer sich fotografieren ließ, konnte dort seinen Kopf einspannen lassen, um ihn ruhig zu halten.

Aus einem Nebenraum brachte der Bursche die hölzerne Kamera auf einem Stativ. Schwarzer Stoff hing von ihr herab. »Ich hab's eilig«, sagte er. Nachdem er abgesperrt hatte, lief er die Straße hinauf.

Ida konnte kaum mit ihm Schritt halten. Das lange Kleid war eindeutig ungeeignet für diesen Ausflug.

05

Elisabeth hatte nicht vor, ziellos im Schlosspark herumzuwandern. Mit schnellen Schritten ging sie hinter dem Schloss Richtung Obeliskenallee. Als sie und ihr Hund die ersten Bäume der Allee erreichten, schnupperte Houseguard an den Stämmen und hob bei jedem das Bein.

Von der Seite des Schlosses, an der ihr Gartenappartement lag, kam ein Mann in einem unauffälligen grauen Anzug. Er trug einen Hut und hielt den Kopf gesenkt.

»Flott«, trieb sie den Wolfshund an. »Es gibt auch oben Bäume.«

Houseguard löste sich ungern von der interessanten Duftmarke und kam ihr nach. Elisabeths Vorsprung wuchs, weil sie mehr lief als ging.

Die Kaiserin war auf Latours Bericht gespannt. Sie konnte sich noch immer nicht vorstellen, was genau geschehen war. Allerdings zweifelte sie nicht daran, in Latour einen verlässlichen Erzieher gefunden zu haben.

Elisabeth hatte Josef Latour während ihres zweijährigen Aufenthalts auf Madeira kennen und schätzen gelernt. Er war mehrmals als Gesandter des Kaisers zu ihr gekommen. Seine Aufgabe war es, die Briefe des Kaisers zu überbringen und die Rechnungen einzusammeln, die während des Aufenthalts von Elisabeth und ihrem fast hundertköpfigen Hofstaat angefallen waren.

Der Landsitz Quinta Vigia war von ihr gemietet worden, weil sie den Blumengarten liebte, der ihn umgab. Außerdem hatte sie von der Terrasse den schönsten Blick auf das Meer. Elisabeth hielt sich mehrere Hunde und in einer Voliere bunte Papageien. Sie fühlte sich wie damals in ihrer Kindheit auf Schloss Possenhofen in Bayern.

Mit Latour saß sie meistens im Freien und genoss die milde Seeluft Madeiras. Ihr Arzt meinte, sie würde eine heilende Wirkung auf Elisabeths angegriffene Lunge haben.

Verschämt hatte Latour einmal erwähnt, dass die milde Wärme Madeiras für ihn in den Wintermonaten eine willkommene Abwechslung zur Kälte in Wien war. Er berichtete bei jedem Besuch von Neuigkeiten aus der Hauptstadt des Reiches. Die meiste Zeit redete er vom Kaiser und den Kindern. Obwohl er es nie aussprach, verstand Elisabeth, dass sie nicht nur ihr Mann, sondern auch der Hof und die Menschen des Landes vermissten.

Im Laufe der Zeit besserte sich nicht nur ihre Gesundheit, vor allem fühlte sich Elisabeth sicherer und stärker.

Aus dem Spiegel in ihrem Ankleidezimmer blickte ihr nicht länger Sisi entgegen, das süße Mädchen, in das der Kaiser so verliebt war, über das aber seine Mutter Sophie, sein Bruder Ludwig Viktor und viele andere bei Hof den Kopf schüttelten. Sie war kein Kind mehr, das sich von ihnen belehren oder erziehen ließ, wie es in den ersten Jahren ihrer Ehe mit Franz Joseph geschehen war.

Aus Sisi war Kaiserin Elisabeth geworden, eine erwachsene Frau von einzigartiger Schönheit. Auf ihren Spaziergängen in der Hauptstadt Madeiras, Funchal, hatte sie die bewundernden Blicke der Menschen gespürt. Ihre Hofdamen berichteten, dass Elisabeths Anmut Gesprächsthema auf der ganzen Insel war.

Die Unterhaltungen mit Josef Latour hatten zu Elisabeths neuem Selbstbewusstsein beigetragen. Sie redete mit ihm über Poesie, Philosophie und die Kunst der alten Griechen. Elisabeth spürte seinen Respekt für ihre Bildung.

Sie begriff, dass er zwischen dem Kaiser, dem Hof und ihr vermitteln wollte. Er achtete dabei ihre Zurückhaltung und zeigte, wenn auch auf stille Weise, Verständnis. Besonders hoch rechnete sie ihm an, dass er sie mit keiner Silbe zur Rückkehr mahnte. Latour erwähnte höchstens die Spekulationen der Presse über ihre Abwesenheit, die zuerst Monate, nun aber schon zwei ganze Jahre andauerte.

Das leise Bellen ihres Hundes holte Elisabeth in die Gegenwart zurück. Sie sah sich nach Houseguard um und bemerkte dabei fünfzig Schritte hinter sich den Mann im grauen Anzug. Er blickte zu Boden und schlenderte zur Seite hinter den Stamm einer hohen Kastanie. Elisabeth verdrehte die Augen.

Für wie dumm hielten sie ihre Bewacher eigentlich?

Der Wolfshund erschien hechelnd neben ihr. Nebeneinander schritten sie auf das Ziel von Elisabeths Spaziergang zu: die kleine Gloriette.

06

Ida hatte schon einige Male vom St. Marxer Friedhof gehört, den sie nun betrat. Der Bursche stapfte durch ein Gittertor. Ohne sich ein einziges Mal umzudrehen, lief er durch eine lange Allee. Die Bäume trugen das zartgrüne Laub des späten Frühlings. Flieder und andere blühende Büsche nahmen dem Ort etwas von der Traurigkeit, die hier zu fühlen war.

Wege zweigten nach links und rechts ab. An beiden Seiten waren Gräber und Grüfte angelegt.

Ida wollte dem Burschen schon zurufen, ein wenig langsamer zu gehen, als er von allein stehen blieb. Er deutete auf eine Grabstätte. Ein steinerner Engel lehnte an einem Sockel, auf dem eine Säule stand. Das obere Ende war bewusst so gestaltet, dass die Säule wirkte, als wäre sie in der Mitte abgebrochen.

W. A. MOZART
1756 - 1791

»Mehr ist auch von ihm nicht übriggeblieben«, sagte der Bursche mit Spott in der Stimme.

Ida wollte einwerfen, dass Mozarts Musik unsterblich war, kam aber nicht dazu. Der Bursche war schon weiter. Er bog nach links ab und Ida hörte eine Frau rufen.

»Peter, na endlich.«

Als Ida in den Nebenweg trat, blieb sie mit einem Ruck stehen und bekreuzigte sich hastig.

Auf zwei einfachen Holzblöcken stand ein offener Sarg aus dunkler Eiche. Der Deckel lag daneben im Gras. Am Grab stützten sich zwei kräftige Männer in dreckigen Hosen auf ihre Schaufeln. Gelangweilt verfolgten sie, was die Frau tat. Es musste die Photographin Amalie Buback sein. Sie hatte ihr rotblondes Haar unter die gleiche Kappe gestopft, wie sie auch der Bursche trug. Ein paar Strähnen hingen schlampig bis zu ihren Schultern herab.

»Sie sucht dich«, erklärte der Bursche und zeigte auf Ida.

»Kommen Sie morgen wieder.«

Nie zuvor war Ida so respektlos angesprochen worden. Was bildete sich diese Photographin ein? Die knielangen Hosen und ihre grüne Jacke waren Männerkleidung und passten weder zu einer Frau noch auf den Friedhof. Wo blieb die Ehre für die Verstorbenen? Idas Entrüstung wuchs.

Peter stellte die Kamera neben dem Ende des Sarges auf, wo sich der Kopf des Toten befand.

Es war nicht der erste Tote, den Ida sah. Auf dem Anwesen ihrer Eltern in Ungarn hatte es mehrere Todesfälle gegeben. Die Neugier hatte die kleine Ida damals in die Kammer schleichen lassen, in der die Toten aufgebahrt wurden. Der Anblick hatte seinen Schrecken verloren.

Um zu beweisen, dass sie sich nicht einfach so fortschicken ließ, trat Ida zwei Schritte näher. Bisher war ihr der Blick auf den Toten nicht möglich gewesen. Was sie nun sah, ließ sie die Hand vor den Mund schlagen.

Der Mann im Sarg musste ungefähr in ihrem Alter sein. An seiner Schläfe klaffte eine Wunde, die Ränder dunkel und von Blut verkrustet. Jemand hatte mit fleischfarbener Schminke darüber gemalt, was die schreckliche Tatsache nicht verbergen konnte, dass an dieser Stelle eine Revolverkugel eingedrungen war.

Amalie fotografierte von der anderen Seite.

»Der Mund… drück ihn ein wenig nach oben, Peter!«, verlangte Amalie. Ohne Zögern trat Peter zu der Leiche und bearbeitete die Mundwinkel mit den Fingern.

»Das reicht.« Amalie verschwand unter dem schwarzen Tuch. »Abnehmen!«, rief sie.

Peter zog den Deckel vom Objektiv. Laut zählte die Photographin bis zehn. Dann setzte Peter den Deckel wieder auf.

Amalie kam unter dem Tuch hervor. »Noch zwei. Eines wird sicher gelungen sein.« Sie verschob die Kamera leicht zur Seite.

Die Totengräber murrten.

»Ihr könnt ihn gleich eingraben«, versprach Amalie. Sie zog etwas aus der Hose. Die Männer streckten sofort die Hände aus und sie ließ Münzen hineinfallen. Schnell verschwand das Geld in den Hosentaschen der Totengräber.

Noch immer wartete Ida neben einem Fliederbusch. Der Duft der letzten Blüten hatte eine beruhigende Wirkung auf sie.

»Fertig.« Amalie klatschte in die Hände. »Du bringst alles ins Atelier, Peter.« Sie ging los und blieb vor Ida stehen.

»Wollen Sie ein Foto? Kind? Heirat? Oder geht es um einen Verstorbenen?«

Amalie musste Idas Überraschung bemerkt haben, denn sie setzte hinzu: »Das sind die drei häufigsten Gründe, wieso sich Menschen fotografieren lassen.« Mit einem Blick auf Idas Kleidung fügte sie hinzu: »Einfache Leute, die nicht so viel Geld haben.«

Ida sah über Amalies Schulter zum Sarg, dem die Totengräber den Deckel aufsetzten.

»Schulden sollen der Grund gewesen sein. Spielschulden«, erklärte die Photographin. »Der junge Mann hat keinen anderen Ausweg gefunden. Der Vater ist nicht einmal zum Begräbnis erschienen. Die Mutter war allein. Der Priester hat sich geweigert, den Sohn einzusegnen, da er den Freitod gewählt hat. Von mir wünschte sie sich eine letzte Erinnerung an den Sohn. Ihr Mann darf davon nichts wissen.«

»Sie machen das oft, nicht wahr? Fotos von Toten?«, sagte Ida.

»Deshalb liegt mein Atelier neben einem Friedhof.«

»Man hat Sie mir als Photographin von Toten empfohlen«, fuhr Ida fort.

»Was kann ich also für Sie tun?«

»Zuerst muss ich Sie um absolute Diskretion bitten.«

»Sehe ich wie eine Klatschbase aus?«

Ida kam ins Stammeln. »Nein, nein.«

»Na also.« Amalie ging flott.

Da Ida Spaziergänge mit Elisabeth gewohnt war, fiel es ihr nicht schwer, mit der Photographin Schritt zu halten.

»Wieso sind Sie hergekommen?«, wollte Amalie wissen.

»Es geht um Fotos schöner Leichen, die jemand erwerben möchte.«

Die Photographin blieb stehen und sah Ida amüsiert an. »Sollen die Fotos schön sein oder die Leichen?«

»Beide.«

»Damit kann ich dienen.«

Ida war erleichtert, dass Amalie vorerst nicht fragte, für wen die Fotos sein sollten.

Nachdem sie in das Atelier zurückgekehrt waren, vereinbarte Ida mit Amalie den Preis für die Fotos und den Ort der Übergabe. Sie achtete darauf, dass er weit genug von Schloss Schönbrunn entfernt lag, damit Amalie Buback keinen Verdacht schöpfte.

Sie sah zwar nicht aus wie eine Klatschbase, aber die Kaiserin von Österreich war auch keine normale Kundin.

07

Elisabeth liebte die kleine Gloriette. Hier konnte sie den Menschen entfliehen, die im Park spazieren durften. Der Zutritt zum Pavillon war nur ihr gestattet und selbst im Hochsommer blieb der Innenraum angenehm kühl. Sie saß an einem kleinen weißen Tisch, der die Form eines Seerosenblattes hatte. Die Sitzfläche der beiden Stühle war ebenso gestaltet. Jedes Mal, wenn sie sich hier zurückzog, bewunderte sie die kunstvollen Wandgemälde und das rosafarbene Marmorbecken an der Wand, aus dem ständig Wasser plätscherte.

»Majestät?«

»Latour, treten Sie ein.«

»Der Gardist bei Ihrem Appartement hat mir gesagt, Sie wären hier.«

»Mein Schicksal ist es, auf Schritt und Tritt beobachtet zu werden.« Sie deutete Latour, Platz zu nehmen. »In diesem Fall ist es ausnahmsweise ein Glück. Wie geht es Gisela und Rudolf?«

»Giselas Aja hat beide zu Bett gebracht. Ich werde später noch einmal nach ihnen schauen.« Latour rang noch ein wenig nach Luft. »Verzeihen Sie, Majestät, aber der Weg herauf ist recht steil.«

Houseguard kratzte an der Tür. Latour stand auf, um ihm zu öffnen. Der riesige Wolfshund ließ sich zu Füßen seiner Herrin auf den Boden sinken. Er seufzte tief und legte den Kopf zwischen die Pfoten.

»Nun erzählen Sie«, verlangte Elisabeth. Ihre Betroffenheit wurde immer größer, je länger Latour sprach.

»Dieses Leid«, sagte Elisabeth leise, nachdem der Lehrer geendet hatte. »Die arme Familie. Ich werde ihnen eine Unterstützung in dieser schweren Zeit zukommen lassen.«

»Ich habe dem Naturkundelehrer den morgigen Tag frei gegeben.«

»Das ist gut so.« Elisabeth seufzte tief und faltete die Hände im Schoß. Als sie aufsah, bemerkte sie Latours besorgte Miene. Sie neigte fragend den Kopf.

»Majestät, ich hoffe, Sie haben nicht den Eindruck, ich hätte meine Kompetenz überschritten.«

»Ich finde diese Art des Lernens ausgezeichnet. Der fürchterliche Vorfall war von niemandem vorherzusehen.« Elisabeth sah die Erleichterung in Latours Gesicht. Sie seufzte. »Der 29. Mai ist also nicht nur für mich ein Trauertag.«

Eine Pause entstand.

»Es war genau heute, am 29. Mai, vor neun Jahren«, sagte Elisabeth, ohne den Oberst anzusehen, »als meine erste Tochter Sophie auf einer Reise durch Ungarn Fieber bekam. Kurz darauf starb sie. Sie war zwei Jahre alt.« Leise fügte sie hinzu: »Ich mache mir bis heute Vorwürfe deswegen.«

»Majestät…« Latour suchte nach Worten.

Elisabeth hob die Hand. »Es gibt keinen Trost. Nur Trauer, mit der man zu leben lernt.«

Sie erhob sich. Houseguard war sofort auf den Beinen. Latour öffnete ihr die Tür und Elisabeth verließ die kleine Gloriette. Während sie ihren Sonnenschirm aufspannte, fragte die Kaiserin: »Ich will Anweisung geben, dass die Familie des Imkers eine Unterstützung erhält. Wie ist der Name?«

»Habe ich das nicht erwähnt?«, fragte Latour zerstreut. »Der Imker hieß Oberland. Alfred Oberland. Er hat in der Hofbibliothek gearbeitet und den Kronprinzen in Musik unterrichtet. Und manchmal«, Latours Stimme wurde leiser, als er sich erinnerte, »spielte er für die kaiserlichen Hoheiten auf der Geige.«

08

Als Elisabeth in ihr Appartement zurückkehrte, war das Abendessen vorbei. Sie war froh, keine Ausrede erfinden zu müssen, wieso sie am Essen nicht hatte teilnehmen können. Die Waage hatte am Morgen knapp 52 Kilogramm gezeigt und das war für Elisabeth entschieden zu viel. Ein Fastentag würde ihr guttun.

Sie begab sich in das Ankleidezimmer, wo sie bereits von den Kleiderzofen erwartet wurde. Es waren schüchterne Mädchen, die unter Anleitung einer älteren Zofe beim Auskleiden halfen. Eine Zofe hielt den seidenen Hausmantel der Kaiserin bereit und Elisabeth schlüpfte hinein. Es war angenehm, den kühlen Stoff auf der Haut zu spüren.

Im Toilettezimmer wartete Fanny Feifalik auf sie. Fanny knickste, als Elisabeth eintrat, und rückte ihr den Stuhl vor dem Spiegel zurecht.

»Ich kann es heute kaum erwarten, meine Augen zu schließen«, sagte Elisabeth. Sie nahm wahr, wie Fanny nickte und die Lippen zusammenpresste. Am Morgen hatte sie noch ein paar tröstende Worte verloren, doch Elisabeth hatte ihr befohlen, zu schweigen.

»Ida?«, rief sie. Sie war gewohnt, dass ihre Hofdame immer in der Nähe war. Aber Ida kam nicht. Sie konnte sich doch nicht schon zurückgezogen haben? Elisabeth fiel ein, dass Ida einen Photographen hatte aufsuchen wollen, um ihr Bilder von Verstorbenen zu besorgen. So reizvoll sie die Idee am Vortag gefunden hatte, so wenig gefiel sie ihr heute.

Mit geschulten Händen löste die Friseuse die kunstvoll hochgesteckte Frisur der Kaiserin, bis die Haare offen fast bis zum Boden fielen. Behutsam glättete sie das Haar mit einer Bürste.

»Reich mir mein Album, Fanny«, verlangte Elisabeth.

»Wo kann ich es finden, Majestät?«

»Es liegt wohl in meinem Gartensalon auf dem Tisch.«

Fanny unterbrach das Bürsten und ging nach unten. Doch sie brachte jenes Album, das Elisabeth für die schönen Leichen vorgesehen hatte.

Elisabeth reagierte gereizt. »Nein, das andere. Das volle Album.«

Fanny entschuldigte sich und eilte davon. Mit einem dicken, in Leder gebundenem Buch kehrte sie wieder. Elisabeth legte es sich auf die Knie und begann darin zu blättern. Es war eine Sammlung von Photografien verschiedener Frauen, die in ihren Augen Schönheiten waren. Sie hatte den Auftrag gegeben, dass alle Botschafter aus den verschiedenen Ländern Lichtbilder der schönsten Frauen senden sollten.

Pauline Metternich, die Frau des österreichischen Botschafters in Paris, hatte Elisabeth jedoch Fotos von Frauen der Halbwelt geschickt. Elisabeth und »Mauline Petternich«, wie die Kaiserin sie gerne nannte, konnten sich nicht ausstehen. Die Frau des Botschafters lebte nach dem Motto: Tue Gutes und rede darüber. Elisabeth empfand das als geschmacklos.

»Sie dachte wohl, ich merke das nicht«, sagte Elisabeth zu Fanny, während sie durch die Seiten blätterte. »Aber einige dieser Frauen sind wahre Schönheiten. Die Metternich sollte sich an ihnen ein Beispiel nehmen.«

Fanny unterdrückte ein Lachen. Die Prozedur des Bürstens nahm einige Zeit in Anspruch. Elisabeth gähnte und wollte zu Bett gehen. Im Toilettezimmer ließ sie sich die Zahnbürste reichen, auf die aus einem Tiegel schon ein Klecks Zahncreme aufgetragen worden war.

Nach dem Zähneputzen begab sich Elisabeth in das eheliche Schlafzimmer. Eine Zofe nahm ihr den Morgenmantel ab, unter dem sie nackt war. Nachdem sie sich hingelegt hatte, arrangierte die andere Zofe ihr Haar rund um ihren Kopf auf dem Laken. Kopfkissen gab es keines, da es Falten im Gesicht verursachen konnte.

Auf den Bauch ließ sich Elisabeth ein nasses Laken legen. Die Kälte sollte helfen, die schlanke Taille zu bewahren. Zum Abschluss öffneten die Zofen die Fenster und ließen die Nachtluft in das Zimmer. Zwei Kerzen auf einem Tisch in der Ecke spendeten ein wenig Licht.

Franz Joseph, mit Nachthemd und langen Unterhosen bekleidet, schlüpfte auf seiner Seite des Bettes unter die Decke und wünschte Elisabeth eine gute Nacht.

Das Ehepaar lag nebeneinander im Doppelbett. Nah und doch so weit voneinander entfernt, dachte Elisabeth. Statt der Freiheit, nach der sich Elisabeth so sehr sehnte, kannte ihr Mann bloß die eiserne Pflicht, mit der er sein Weltreich regierte. In diesem riesigen Imperium war Platz für Millionen von Menschen, und doch kam ihr vor, als gäbe es keinen Platz für sie. Elisabeth drehte den Kopf zu Franz Joseph, der auf dem Rücken lag und die Augen geschlossen hatte.

Sie war jung und dumm gewesen, als der Kaiser sich in sie verliebt und sie diese Verliebtheit als Auszeichnung empfunden hatte. Mit 15 Jahren hatte sie keine Ahnung davon gehabt, was es bedeutete, Kaiserin von Österreich zu sein. Ihr Vater war über die Heirat nie begeistert gewesen. Elisabeth hatte den Freiheitsdrang von ihm in die Wiege gelegt bekommen.

Sie erinnerte sich an die ersten Tage nach der Hochzeit, die sie in Schloss Laxenburg verbracht hatten. Die beiden Mütter lauerten wie Geier auf einen Beweis, dass die Ehe vollzogen worden war. Franz Joseph hatte sie die meiste Zeit allein gelassen, weil er den Regierungsgeschäften nachgehen musste. Erzherzogin Sophie, seine Mutter, hatte den ganzen Tag etwas an Elisabeth auszusetzen gehabt und mit ernster Miene ständig angemerkt, dass sie sich dem Hofprotokoll unterzuordnen hatte.

Damals war ihr klargeworden, dass sie in einem goldenen Käfig gefangen saß. Aus Sisi, die voller Lebensfreude steckte, war Kaiserin Elisabeth geworden, die von Tag zu Tag bedrückter wurde.

In ihren Briefen an die geliebte Schwester Sophie hatte sie einmal geschrieben: Franz Joseph ist mehr Monarch als Ehemann. Die Pflicht geht für ihn immer vor. Die wichtigste Frau in seinem Leben ist seine Mutter. Es regiert in ihm der Kopf, kaum aber sein Herz.

Die quälenden Verpflichtungen als Kaiserin, der Tod der ersten Tochter, die Geburt von Rudolf, das alles hatte Elisabeth krank gemacht. Der schwere Husten, der sie quälte, erforderte eine Luftveränderung, hatte der Arzt diagnostiziert und Madeira vorgeschlagen. Elisabeth war glücklich gewesen, dem Hof, aber auch Franz Joseph und seiner Mutter entfliehen zu können.

Wehmütig dachte sie oft an ihre Kinderzeit zurück. Ihre Mutter hatte immer darüber geklagt, sie könne nie stillsitzen und interessiere sich wenig für das Lernen. Ihr Vater aber hatte ihre Liebe zum Reiten gefördert, ihre Zeichnungen bewundert und sich ihre ersten selbst verfassten Verse angehört. Wie gerne war sie mit ihm in die Berge gegangen oder hatte seinem Zitherspiel gelauscht.

Damals war sie die stürmische, vergnügte Sisi gewesen.

»Sisi«, sagte Franz Joseph neben ihr und riss sie aus der Grübelei. War er die ganze Zeit wach gewesen? Er verwendete ihren Kosenamen. Das bedeutete, er wollte etwas von ihr.

»Was willst du?«, fragte Elisabeth.

»Du hast heute schon wieder das Abendessen ausgelassen.«

»Ich war bei Rudi und Gisela. Sie brauchten ihre Mutter.« Elisabeth konnte sich diese Spitze nicht verkneifen, die gegen Erzherzogin Sophie, des Kaisers Mutter, gerichtet war, und vom Kaiser auch so verstanden wurde.

»Man hat mir zugetragen, dass einer der Lehrer plötzlich verstorben wäre. Die Kinder mussten es mitansehen, nicht wahr?«

»Deshalb habe ich den Abend mit ihnen verbracht.«

»Sisi, die neuen Lehrer haben nicht den Stand, um einen Kronprinzen zu unterrichten.«

»Wurde nicht einer deiner Lehrer im Duell getötet? Ist das der richtige Stand, um Kinder zu unterrichten? Wenn zwei Männer die Waffen aufeinander richten, weil sie sich in ihrer Ehre gekränkt fühlen?«

»Sisi, du musst das verstehen…«

»Ich muss nichts«, erinnerte ihn Elisabeth.

Das Schweigen bildete eine unsichtbare Wand, die sich mitten im Bett zwischen die Eheleute schob. Schließlich schliefen sie ein, jeder auf seiner Seite.

1. Juni 1866

09

Kurz vor Mittag nahm Ida vor dem Haupteingang zum Ehrenhof des Schlosses einen Umschlag entgegen. Sie stand unter einem Kastanienbaum und blickte auf den Hof, wo das übliche Treiben herrschte: Kutschen kamen und brachten Bedienstete, wie Adelige und Mitarbeiter der kaiserlichen Kanzlei. Handwerker und Lieferanten eilten ein und aus.

Ida wollte sich nicht zu weit vom Schloss entfernen, falls die Kaiserin ihre Dienste benötigte. Gleichzeitig wollte sie nicht beim Treffen mit dem ungehobelten Burschen beobachtet werden. Peter, der Helfer von Amalie Buback, hatte den langen Weg quer durch Wien zurückgelegt, um den Umschlag zu übergeben. Und schon gar nicht wollte sie, dass Peter herausfand, für wen sie wirklich arbeitete.

»Es sind drei«, sagte er. »Eines von einer Gräfin, eines von dem Selbstmörder und eines von einem Mann, der heute beerdigt wird.«

Ida kramte in ihrem kleinen Beutel nach Münzen, um den vereinbarten Preis zu bezahlen. Dann aber überlegte sie es sich anders.

»Ich will die Bilder sehen, bevor ich bezahle.«

Peter schob sich die Kappe in den Nacken. Widerwillig öffnete er den Umschlag und entnahm die Photographien. Es waren drei dünne Platten mit graubraunen Bildern.

Die Toten waren alle von der Seite aufgenommen worden. Ihre Köpfe ruhten auf Kissen. Die Qualität der Bilder war erstklassig, wenn auch Ida von den Motiven wenig begeistert war. Das musste sie aber auch nicht sein. Der Kaiserin sollten sie gefallen. Sie glaubte, die tote Gräfin zu kennen und sie schon einmal bei einer Festivität im Schloss oder in der Winterresidenz gesehen zu haben. Sie ruhe sanft, dachte Ida. Den Selbstmörder legte sie schnell unter die anderen Bilder, weil sie sich den Anblick und die Erinnerung an die klaffende Wunde an seiner Schläfe ersparen wollte.

Das dritte Bild zeigte einen älteren Mann mit dunklem Haarkranz und Glatze. Ida zog die Luft ein. Sie drehte das Bild, sodass der Kopf aufrecht vor ihr stand. Inständig hoffte sie, sich zu täuschen.

»Kennen Sie den Namen dieses Mannes?«, wollte sie von Peter wissen.

Der Bursche warf die Kappe mit einer Hand hoch und fuhr sich mit der anderen durch die Haare. »Irgendwas mit Land oder so. Albert, glaube ich.«

»Oberland?« Ida hoffte inständig, der Bursche würde verneinen.

»Ja, das ist der Name. Albert Oberland.«

»Alfred Oberland!«, korrigierte ihn Ida.

»Kann auch sein. Ich merke mir Namen nicht so gut.«

Sie wagte noch einen Blick auf das Foto. Kein Zweifel. Er war es.

In Idas Ohren begann es zu rauschen. Das Klappern der Pferdehufe auf der Straße verhallte. Die Leute, die geschäftig herumeilten, verschwammen in ihren Augenwinkeln. In ihrem Kopf lief noch einmal ab, was sie vor wenigen Tagen erlebt hatte.

Sie sah Alfred Oberland vor sich stehen, das Päckchen in der Hand. Er hatte von großer Dringlichkeit gesprochen und davon, der Kaiserin eine vertrauliche Mitteilung machen zu müssen.

Der Vorfall war Ida seltsam erschienen, doch die Beschaffung schöner Leichen hatte sie darauf vergessen lassen.

Alfred Oberland war tot.

Vor wenigen Tagen war er ihr noch gesund erschienen, wenn auch ausgesprochen nervös.

»Woran ist der Mann gestorben?« Sie sah Peter auf eine strenge Art an, die ihn dazu bringen sollte, seine Erinnerung etwas anzustrengen.

»Weiß ich nicht.«

»Haben Sie nichts von den Verwandten erfahren?«

Peter zuckte mit der Schulter. Doch dann erhellte sich sein Gesicht. »Da war etwas. Sein Bruder wollte, dass wir ein Foto machen, für die Gattin des Verstorbenen. Er sagte etwas von einer Biene, die ihn gestochen hat. Imker wäre er gewesen. Amalie hat ihm den Mund aufgemacht.«

»Wieso hat sie so etwas getan?« Ida spürte, wie bei der Vorstellung ihre Beine schwächer wurden.

»Das müssen Sie Amalie selbst fragen. Sie hat gemeint, irgendetwas sei eigenartig. Aber ich habe nicht nachgefragt. Bin froh, wenn ich die Toten nicht zu lange sehen muss.«

Ida schaffte es gerade noch, dem Burschen das Geld in die Hand zu drücken. Mit den Fotos eilte sie zum Schloss.

Was sollte sie der Kaiserin sagen?

Ida hätte den Mann unter keinen Umständen vorlassen dürfen. Aber wenn sie gewusst hätte, dass er so kurze Zeit später tot sein würde…

Was hatte das Päckchen enthalten?

Alfred Oberland war ein Lehrer des Kronprinzen. Sie wollte Latour nach ihm fragen. Er musste mehr wissen. Vielleicht konnte er ihr auch einen Rat geben, wie sie ihre seltsame Begegnung mit Alfred Oberland der Kaiserin erklären sollte.

Ida bekreuzigte sich im Gehen. Friede der Seele des armen Mannes.

10

»Wie kommt diese Photographie ins Schloss? Wieso bringen Sie sie in die Gemächer des Kronprinzen?« Latour bemerkte, dass er fast schrie. Ida starrte ihn überrascht an.

Latour bewohnte die Landschaftszimmer neben Rudolfs Appartement. Sie waren vom Boden bis zur Decke von einem Künstler gestaltet und bemalt worden. Die Wandbilder gaben den Eindruck, über eine Insel zu blicken, auf der sich schmale Pfade zwischen Bäumen dahinzogen, die große Früchte trugen. In der Ferne schimmerte das Blau des Meeres. Normalerweise hatten die Malereien eine beruhigende Wirkung auf Latour. Diesmal aber konnten die sanften Farben seine Aufregung nicht mäßigen.

Ida wich seinem Blick aus. Sie sah über seine Schulter und fixierte etwas an der Wand. Er drehte sich um. Es handelte sich um ein Stillleben aus aufgeschnittenen Melonen, das Teil des Landschaftsbildes war.

Latour sprang auf.

»Das Foto darf unter keinen Umständen in die Hände der kaiserlichen Hoheiten fallen. Sie sind über den Schock noch immer nicht hinweg.«

»Was für ein Schock?«

Latour schilderte mit wenigen Worten den Tod des Imkers. »Wie kommen Sie an das Bild und weshalb bringen Sie es zu mir?«

Ida erzählte ihm von der neuen Leidenschaft der Kaiserin, schöne Leichen zu sammeln. Latour ging, während sie sprach, im Raum auf und ab. Als sie fertig war, ließ er sich auf das Sofa niedersinken und faltete die Hände vor dem Gesicht zu einem Dach. Er lehnte die Stirn dagegen und überlegte.

»Soll ich die Kaiserin vom Auftauchen des Lehrers unterrichten?«, wollte Ida von Latour wissen. »Haben tatsächlich Sie Herr Oberland bei der Kaiserin angekündigt, wie er behauptet hat?«

»Er hat sich vor einer Woche an mich gewandt und inständig gebeten, dass ich für ihn bei der Kaiserin vorspreche. Ich hatte aber keine Gelegenheit dazu und wollte es gleich nach dem Besuch des Kronprinzen und seiner Schwester bei Oberland tun. Die Hoheiten hätten ihrer Mutter sicherlich begeistert vom Besuch beim Imker erzählt. In diesem Zusammenhang sah ich eine gute Gelegenheit, Ihre Majestät um Audienz für den Lehrer zu bitten.«

»Hat er Ihnen gegenüber das Päckchen erwähnt?«

Latour verneinte. »Er sprach von einer wissenschaftlichen Entdeckung, bei der er …« Latour versuchte sich an den genauen Wortlaut zu erinnern. »Oberland redete von einer wissenschaftlichen Entdeckung, die den Schutz einer Kaiserin benötigt.«

»Verstehen Sie, was er damit gemeint hat?«

»Nein«, sagte Latour. »Oberland war ein guter Lehrer und bei den Hoheiten sehr beliebt«, fuhr er fort. »Er verstand es, lebendig über Musik und Komponisten zu erzählen. Er spielte den beiden auch gerne auf seiner Geige vor. Gleichzeitig aber war Oberland auch ein seltsamer Zeitgenosse, sehr in sich gekehrt, sehr in seine Studien vertieft. Und oft mit seinem Steckenpferd, der Imkerei, beschäftigt.«

»Was raten Sie mir?«, wollte Ida wissen. »Was soll ich der Kaiserin sagen?«

»Die Wahrheit. Sie haben die Pflicht, der Kaiserin die Begegnung mit Oberland zu schildern.«

»Würden Sie mich begleiten? Ich nehme an, die Kaiserin wird Fragen stellen. Wahrscheinlich können Sie einige eher beantworten als ich.«

Latour war bereit.

11

Die Unterredung fand im Gartenzimmer statt. Elisabeth saß auf dem Sofa, Houseguard lag neben ihr. Seine Pfoten hingen über die Kante. Er machte einen sehr majestätischen Eindruck. Während sie ihm den Kopf streichelte, hörte sich Elisabeth an, was ihr Ida und Latour zu sagen hatten.

»Was kann er damit gemeint haben: eine Entdeckung, die meinen Schutz benötigt?«, fragte Elisabeth, als die beiden fertig erzählt hatten.

»Ich habe leider keine Erklärung, Majestät«, sagte Latour.

»Ich hätte den Mann ernst nehmen sollen«, sagte Ida betroffen. »Jetzt ist es zu spät.«

Die Kaiserin machte den beiden keine Vorwürfe. »Es ist Ihre Pflicht, mich vor zudringlichen Menschen zu bewahren.«

Oberlands Annahme, sie könnte eine wissenschaftliche Erkenntnis schützen, berührte Elisabeth. Sie wurde manchmal um finanzielle Unterstützung gebeten, aber nie zuvor hatte ihr jemand eine solche Aufgabe zugetraut.

»Der Mann war mutig genug, zu mir vorzudringen«, überlegte Elisabeth laut. »Er wollte mir etwas geben, von dem wir nicht wissen, was es sein könnte.«

»Ein Buch vielleicht. Das Päckchen hätte eines enthalten können«, warf Ida ein.

Elisabeth strich mit einem Finger über das Foto des Toten.

»Vor den Augen meiner Kinder stirbt der Mann ganz plötzlich«, setzte sie fort. Sie sah ihre beiden Vertrauten an. »Eine Anhäufung recht eigenartiger Ereignisse, finden Sie nicht auch?«

Ida und Latour gaben ihr recht.

»Ich weiß nicht, ob es sich schickt, davon zu erzählen…« Ida zögerte.

Elisabeth deutete ihr, weiterzureden.

»Die Photographin hat dem Toten den Mund geöffnet.«

»Aus welchem Grund?« Die Vorstellung war Elisabeth unangenehm. »Ist so etwas überhaupt gestattet?«

Ida sah von Latour zur Kaiserin. »Die Photographin fand an der Leiche etwas ›eigenartig‹.«

»Schon wieder dieses Wort.« Elisabeth erhob sich, der Wolfshund mit ihr. »Eigenartig. Alle Geschehnisse im Zusammenhang mit Oberland sind eigenartig. Die Anhäufung ist noch größer als zuerst angenommen.« Sie deutete auf Ida. »Suche diese Photographin sofort auf. Sie soll dir erläutern, was sie an dem Toten so eigenartig fand.«

Zu Latour sagte sie: »Was ist mit dem Sohn des Toten? Hat er seinen Dienst als Lehrer wieder angetreten?«

»Er kam gestern, aber heute findet die Beerdigung seines Vaters statt, für die ich ihn wieder freigestellt habe.«

»Wenn er sich morgen zum Dienst einfindet, reden Sie mit ihm. Das Päckchen muss im Nachlass seines Vaters zu finden sein. Wenn es etwas enthält, das ich als Kaiserin schützen soll, so werde ich den Willen des Mannes gerne erfüllen.«

Elisabeths Neugier war erwacht. Die Strenge des Hofes schien verschwunden und sie fühlte sich so lebendig wie damals, als junges Mädchen in Bayern.

Was war sie doch für ein mutiges Kind gewesen. Sogar auf das Trapez hatte sie sich gewagt, das ihr Vater im Hof hatte aufhängen lassen. Wild war Sisi hin und her geschwungen. Sie wollte besser sein als die Artisten im Zirkus. Ihr Sturz hätte damals auch tödlich enden können. Die Mutter hatte die Akrobatik danach streng verboten. Doch die Aussicht auf Gefahr hatte Sisi nie geängstigt. Vielmehr war sie ihr immer Ansporn gewesen.

Nachdem Latour und Ida das Appartement verlassen hatten, beschloss Elisabeth, sich noch körperlich zu ertüchtigen. Der

Nebenraum war ihren Wünschen entsprechend dafür eingerichtet worden.

Es gab Ringe an Seilen, eine Sprossenwand, Gewichte und ein Turngerät, das »Pferd« genannt wurde.

Wenn sie sich in den Ringen aufstützte und schwang, fühlte sich Elisabeth in ihre glückliche Kinderzeit versetzt. Das dunkle Gewand, das sie an diesem Tage trug, wehte um ihre Beine. Sie sah aus wie ein schwarzer Paradiesvogel mit langen Federn.

Sie war wieder Sisi. Sie fühlte sich frei.

12

Alexander stützte seine Mutter. Sie war seit dem Tod ihres Mannes in sich zusammengesunken und oft überkamen sie unkontrollierte Weinkrämpfe.

Familie Oberland besaß auf dem St. Marxer Friedhof ein Grab, in dem bereits Alexanders Großeltern beerdigt worden waren. In den grauen Grabstein waren bei der Errichtung die Namen seiner Eltern und ihre Geburtsjahre eingehauen worden. Bei ihrem Tod musste nur noch die Jahreszahl ergänzt werden.

ALFRED OBERLAND
1814 -

MARGARETHE OBERLAND
1817 -

Nie hätte Alexander gedacht, dass 1866 als Todesjahr eines Elternteils auf dem Stein stehen würde. Als Kind hatte er die Eltern für unsterblich gehalten und als Erwachsener waren ihm beide stets gesund vorgekommen.

Der Arzt der Familie hatte den Tod einen Unfall genannt. »Das Gift der Bienen ist nicht zu unterschätzen«, hatte er doziert. »Im Fuß oder in der Hand führt es zu Schwellungen, die jeder schon einmal erlebt hat. Sie geben eine Vorstellung, was sich in der Nase oder im Rachen abspielen kann.«

Alexander hätte den Arzt am liebsten aus dem Haus geworfen. Seine Mutter hatte heftig geschluchzt. Der geliebte Vater und Ehemann war tot, von einer Minute auf die andere aus dem Leben gerissen. Doch der Arzt hörte nicht auf, zu reden und Erklärungen abzugeben. Mitgefühl schien er nicht zu kennen.

Während der Trauerzug dem Sarg zum Grab folgte, musste Alexander immer wieder an den Moment denken, an dem sein Vater zusammengebrochen war. Er hatte sofort geahnt, dass der Vater tot war. Seine Augen hatten starr ins Leere geblickt und schnell ihren Glanz verloren.

Immer wieder liefen diese Momente und Bilder in seinem Kopf ab. Alexander konnte sie nicht verdrängen.

Seine Mutter stolperte und Alexander konnte sie gerade noch auffangen. Er drückte ihren Arm an sich.

Hinter ihnen hörte Alexander die knirschenden Schritte der Trauergäste und hin und wieder ein kurzes Schluchzen. Sein Vater war angesehen gewesen, auch wenn er die Zurückgezogenheit liebte. Zum Begräbnis waren Leute gekommen, denen Alexander nie zuvor begegnet war. Sie hatten sich als Kollegen aus der Hofbibliothek und als Historiker der Universität vorgestellt. Sein Onkel, seine Tante, zwei Cousinen, einige Freunde und Bekannte waren auch unter den Trauernden. Alle vereinte die Erschütterung über den unerwarteten Tod von Alfred Oberland.

Als sie das offene Grab erreichten, blieb der Pfarrer neben dem Erdhügel stehen. Vier Männer des Bestattungsunternehmens, in schwarze Gewänder gehüllt, hoben den Sarg vom Wagen, den sie selbst gezogen hatten. Der Priester begann, die Worte der Einsegnung zu sprechen.

Ein leichter Wind strich über die Trauergemeinde hinweg und ließ das Gewand des Pfarrers flattern. Alexander überkam ein Gefühl von unendlicher Einsamkeit. Natürlich hatte er noch seine Mutter, aber der Vater war der wichtigste Mensch in seinem Leben gewesen.

Alexander war ein kranker und schwächlicher Junge gewesen. In der Schule war er wegen seiner zarten Glieder und Blässe verspottet worden. Sein Vater hatte ihn immer getröstet und versichert, auch in einem Kind wie ihm steckten viele Talente. Er hatte seine Wissbegier und seine Freude am Lesen gefördert und ihn ständig mit Büchern versorgt.

Wenn andere seines Alters feierten, tranken und tanzten, ging Alexander nicht mit. Ihm fehlte der Mut dazu. Er bekam einen roten Kopf, wenn er mit einem Mädchen sprach, und da sein linkes Bein ein wenig kürzer war und er hinkte, traute er sich nicht zu tanzen. Als sein Vater noch lebte, war Alexander nie allein gewesen. Was aber sollte nun werden?

Bei den Worten des Geistlichen spürte Alexander Bitterkeit in sich hochsteigen. Trost empfand er keinen, wenn er von Vorausgehen und Auferstehung und dem versprochenen Wiedersehen hörte. Sein Vater, sein geliebter und hoch geschätzter Vater, war nicht mehr unter ihnen und er würde ihn nie wieder um Rat fragen können. Er hatte einen wahren Freund verloren. Seinen einzigen Freund.

Weil er es nicht ertrug, den Sarg anzusehen, ließ er den Blick in die nächsten Reihen des Friedhofs schweifen. Wie mahnende Kreaturen erschienen ihm die Grabsteine, die in regelmäßigen Abständen nebeneinanderstanden. Mit lautem Krächzen flatterten ein paar Krähen auf. Alexander blickte in die Richtung, aus der ihre Schreie gekommen waren.

Hatte er richtig gesehen? War dort jemand? Ihm kam es vor, als hätte sich jemand hinter einem dunklen Grabstein geduckt. Er zählte. Das Grab war drei Reihen entfernt und wurde von einer Weide beschattet. Auf den Grabstein stütze sich, seitlich nach vorne gebeugt, eine steinerne Figur in Kutte und mit weiter Kapuze.

Hatte von dort drüben jemand zu ihnen herübergeblickt?

Alexander ließ das Grabmal nicht aus den Augen.

»Im Namen des Vaters und des Sohnes und des Heiligen Geistes«, hörte er den Pfarrer sagen.

»Amen«, antwortete die Trauergemeinde.

Noch immer fixierte Alexander die Stelle, an der er die Bewegung wahrgenommen hatte. Wer sich von seinem Vater verabschieden wollte, musste sich doch nicht verstecken.

Seine Mutter löste sich von seinem Arm und machte einen Schritt nach vorne. Alexander blieb stehen, den Blick weiter starr auf das Grab gerichtet.

»Herr Oberland«, sagte der Pfarrer mit ernster Stimme.

Alexander zuckte, als wäre er bei etwas Verbotenem ertappt worden. Einer der Schwarzgekleideten streckte ihm eine kleine Schaufel mit Erde entgegen. Alexander trat vor, ergriff sie und ließ die Erde auf den Sarg in der Grube fallen. Als die Erde auf den Sarg prasselte, erschauderte er. Es war, als verschüttete er einen Teil von sich selbst.

Seine Mutter und er wurden ein paar Schritte weitergeschoben. Jemand erklärte murmelnd, sie sollten hier am Wegesrand für die Kondolenz stehenbleiben.

Da entdeckte Alexander die Person erneut. Sie huschte geduckt hinter dem Grabstein vor. Schwarze Jacke, schwarze Hose und ein schwarzer Hut mit Feder. Sehr schlanke Gestalt, nicht sehr groß. Alter unmöglich zu schätzen.

Wer immer das auch war, wieso ging er nicht aufrecht? Wieso diese gebückte Haltung? Alexander erschien es, als wollte jemand nicht bemerkt werden. Allerdings stellte er sich dabei sehr ungeschickt an. Der Unbekannte verschwand im hinteren Teil des Friedhofs.

Gab es hier Landstreicher? Oder Grabräuber?

Alexander bemerkte, dass ihn jemand angesprochen hatte. Vor ihm stand eine Nachbarin, die ihm die Hand reichte und ihr Beileid ausdrückte. Er wollte über ihre Schulter in die Richtung sehen, wo der Unbekannte verschwunden war, zwang sich dann aber, die Kondolenz entgegenzunehmen und nicht unhöflich zu wirken. Abwesend schüttelte er Hände, und nickte, wenn die Leute murmelten, wie entsetzlich der Tod seines Vaters doch sei.

Jemand schien ihn vorhin beobachtet zu haben. Aber wer?

Die Schlange der Kondolierenden nahm kein Ende. Seine Mutter konnte vor Kummer kaum sprechen. Auf Rat seines Onkels, dem Bruder seines Vaters, hatten sie in einem nahen Wirtshaus ein Hinterzimmer reserviert, in das sie die engsten Verwandten und Kollegen zum Essen einluden.

Der Leichenschmaus gehörte eben zu einer schönen Leich dazu.

Die Mutter drückte Alexander Geld in die Hand, nachdem der letzte Trauergast seine Aufwartung gemacht hatte. »Für die Pomfüneberer«, flüsterte sie mit tränenerstickter Stimme.

Alexander ging zu den Schwarzgekleideten und verteilte die Münzen. Die Totengräber, zwei einfache Männer in erdverkrusteten Hosen, warteten ebenfalls auf ihr Trinkgeld. Alle bedankten sich und die Totengräber wollten bereits damit beginnen, das Grab zuzuschaufeln.

»Warten Sie«, sagte Alexander. Die Männer sahen überrascht zu ihm.

»Ich habe eine Frage. Vorhin war dort hinten eine kleine Person. Dünn. So groß.« Er zeigt mit der Hand die geschätzte Größe. »Ganz in Schwarz. Sie hat herübergesehen und sich versteckt. Wissen Sie, wer das gewesen sein könnte? Ist diese Person öfter hier?«

Die Mitarbeiter des Begräbnisunternehmens schüttelten den Kopf und gingen. Die Totengräber wussten auch nichts.

»Aber auf dem Friedhof treiben sich manchmal grausige Leute herum«, meinte einer von ihnen. »Da gibt es welche, die sind ganz narrisch auf die Toten. Vor allem auf die toten Frauen. Wenn sie jung sind.«

»Und vor ein paar Jahren hat einer Särge geöffnet und den Toten Disteln auf die Brust gelegt.«

»Wieso das?«, wollte Alexander wissen.

Der Totengräber schnitt eine Grimasse. »Damit die Geister in den Särgen bleiben. Es gibt so viele Narrische auf der Welt. Drum sind mir die Toten lieber. Die stellen nichts mehr an.«

»Außer einer wacht wieder auf und klopft von innen«, sagte der andere.

»Das kommt vor?«

Der Totengräber nickte mit wichtiger Miene. »Ist schon geschehen. Wir haben ihn gehört. Sonst wäre er lebendig eingegraben worden.«

Als er den anderen folgte, sah sich Alexander immer wieder um. Er konnte die Person in Schwarz nirgendwo mehr entdecken. Ihm war kalt und er zog seine Jacke fester zu. Wer so dünn war wie er, der fror leicht.

Dann ging er durch den Friedhof Richtung Wirtshaus. Dabei lauschte er aufmerksam, ob aus einem der Gräber ein Klopfen drang.

13

Das Wirtshaus war um diese Zeit leer. Das Hinterzimmer erwies sich als viel zu klein für die vielen Leute. Deshalb bot die quirlige Wirtin an, dass die Trauergäste sich an alle Tische setzen konnten. Zu Alexander und seiner Mutter sagte sie warnend: »Die Rechnung wird geschmalzen, das will ich Ihnen nur schon sagen.«

Der Onkel hatte die Warnung mitbekommen und beruhigte den Neffen und die Schwägerin damit, dass er für die Kosten aufkommen würde. Das sei er seinem Bruder schuldig.

Hunger hatte Alexander keinen. Er trank nur ein Bier. Stumm starrte er in den Bierkrug vor sich auf dem Tisch. In letzter Zeit schien das Unglück an ihm zu haften.

Der Stuhl neben ihm wurde gerückt. Alexander sah auf. Professor Lobmüller setzte sich zu ihm. Als Kind hatte ihm die Erscheinung des Professors Angst eingejagt. Professor Kilian Lobmüller war der Vorgesetzte seines Vaters gewesen und der oberste Direktor der Hofbibliothek. Seine Haare und der lange Vollbart waren schlohweiß. Seine Haut hatte etwas von dem Papier, mit dem er sich täglich umgab. Alexander kannte den Professor nur mit Vatermörderkragen und einer gekreuzten schwarzen Krawatte.

»Xandi!« Der Professor nickte ihm zu. Er war der Einzige, der ihn noch mit dem Spitznamen aus seiner Kindheit ansprechen durfte.

Alexander kam zu Bewusstsein, dass der Professor mindestens siebzig Jahre alt sein musste.

»Professor Lobmüller.«

»Komm zu mir in die Bibliothek. Lass uns sprechen.«

»Wenn es meine Arbeit für die kaiserlichen Hoheiten zulässt, sehr gerne. Aber ich werde vielleicht in nächster Zeit auch die Stunden meines Vaters übernehmen müssen. Oberst Latour hat sowas schon angedeutet.«

»Lass ihn von mir grüßen. Er soll dir einen Nachmittag frei geben. Dein Vater war ein besonderer Mensch und du sollst nicht denken, ab nun allein im Leben zu stehen.«

»Danke.« Mehr brachte Alexander nicht heraus.

Der Professor sah Alexander unter den buschigen weißen Augenbrauen gütig an. »Du kannst mich jederzeit in der Hofbibliothek aufsuchen, wenn du mit mir sprechen möchtest.«

Alexander bedankte sich mit einem Nicken. Ihm fiel ein, wie sein Vater ihn als Kind in den Ferien manchmal in die Hofbibliothek mitgenommen hatte. Er durfte an seinem Schreibtisch im Arbeitszimmer sitzen und bekam Bücher über Tiere und Pflanzen vorgelegt. Stundenlang blätterte er darin und bestaunte die Abbildungen. Bei der Erinnerung lächelte Alexander. »Ich komme sicher vorbei«, versprach er.

»Gut, Xandi. Gut.« Professor Lobmüller zögerte, bevor er die nächste Frage stellte. »Hat dein Vater im Kreis der Familie vielleicht etwas Ungewöhnliches erwähnt oder erzählt?«

»Ich verstehe nicht ganz, was Sie meinen.«

»Es ist mehr ein Gefühl als eine Gewissheit. In letzter Zeit war er viel außer Haus unterwegs, hat aber niemandem die Gründe dafür genannt. Ich wollte mit ihm darüber reden, doch dann…«

Er brach ab und rieb seine Fingerspitzen aneinander. »Leider kam es nicht mehr dazu. Ich mache mir Vorwürfe, er könnte Sorgen oder sogar Probleme gehabt haben, die mir nicht bewusst waren. Sind dir oder deiner Mutter Veränderungen an ihm aufgefallen?«

»Er hat keinen Alkohol mehr getrunken«, fiel Alexander ein. »Seit ein paar Wochen. Sonst trank er am Abend nach dem Essen immer ein Glas seines Kräuterlikörs. Er hat den Likör jedes Jahr selbst angesetzt.«

»Und wieso die plötzliche Abstinenz?« wollte Lobmüller wissen.

»Er ist vor nicht zu langer Zeit einmal sehr betrunken nach Hause gekommen. Am nächsten Tag war er sehr unruhig und hat besorgt gewirkt. Meiner Mutter hat er versichert, nie wieder Alkohol anrühren zu wollen.«

Alexander klopfte mit dem Finger auf die Tischplatte. »Weil die Zunge zu locker sitzt, wenn man zu viel trinkt, hat er gesagt. Ich erinnere mich genau. Er hat mich gewarnt, vom Wein und auch von Schnaps fernzubleiben, weil im Suff so mancher Streit beginnt und Worte gesagt werden, die besser nie ausgesprochen worden wären.«

»Der gute Alfred.« Professor Lobmüller rieb weiter seine Fingerspitzen aneinander. »Er war ein recht verschwiegener Mann. Am glücklichsten war er in seinem Zimmer in der Hofbibliothek, wie mir erschien, in den Archiven und auf der Leiter im Prunksaal, um die ältesten Ausgaben aus den höchsten Regalen zu holen.«

Alexander und er schwelgten noch einige Zeit in weiteren Erinnerungen.

Schließlich klopfte ihm der Professor beim Aufstehen auf die Schulter. »Du kannst immer zu mir kommen. Mit allen Sorgen und Nöten. Vergiss das nie, Xandi.«

»Danke. Ich weiß das sehr zu schätzen. Besonders in dieser Zeit...«

Lobmüller setzte sich wieder und blickte Alexander besorgt an. »Was willst du damit andeuten?«

Scham und Enttäuschung gaben Alexander das Gefühl, noch kleiner und dünner zu werden, als er ohnehin schon war. »Ich hätte das nicht sagen sollen«, meinte er ausweichend.

»Da du es aber nun gesagt hast, will ich gerne wissen, was dich so bedrückt?«

Ihm blieb kein Ausweg. Alexander erzählte, dass er sich um eine Stelle am Institut für Biologie der Universität beworben hatte, aber nicht genommen worden war.

Außerdem hatte er der Schwester einer seiner wenigen Freunde einen Brief geschrieben und ihr seine Zuneigung gestanden. Durch Zufall hatte er bei seinem nächsten Besuch ein Gespräch mitbekommen, das sie mit einer Freundin führte und in dem sie sich über Alexander lustig machte.

»Wie kommt er nur auf die Idee, ich könnte Interesse an ihm haben?«, hatte sie gesagt. »Er wirkt wie eine Vogelscheuche.«

»Mein armer Junge. Frauen können hart und ungerecht sein.«

Alexander spielte mit dem Bierkrug. »Ihrem Bruder, von dem ich dachte, er wäre mein Freund, habe ich Geld geliehen. Ich werde es wohl nie zurückbekommen, wie es aussieht. Einer wie ich hat wohl kein Glück.«

»Das solltest du nicht einmal denken. Das Leben hält vieles für uns bereit«, philosophierte Lobmüller vor sich hin. »Manchmal Freuden, oft aber Enttäuschung und Trauer. Am Ende steht die Frage, wie viele Hoffnungen sich erfüllt haben und wie viele nicht. Auf welche Seite neigt sich diese Waage?«

Alexander leerte den Bierkrug mit einem Zug. Er glaubte zu wissen, auf welche Seite sich seine Waage neigte.

14

Für den Weg zu Amalie Buback hatte Ida einen Fiaker genommen. Die Kaiserin hatte ihr angeboten, beim Obersthofmeister eine Kutsche für sich zu bestellen, aber Ida hatte dankend abgelehnt. Denn die Kutscher redeten untereinander. Sie tratschten darüber, wo sie die Hoheiten, Erzherzöge und die Hofangestellten hinbrachten. Idas Besuch bei der Photographin war nichts Verbotenes, könnte aber trotzdem zu unangenehmen Fragen führen. Am Hof wurde das Ablichten ausschließlich von Ludwig Angerer durchgeführt, dem k.k. Hof-Photographen. Auf private Bilder wollte Ida sich nicht ausreden. Der wahre Grund für ihren Besuch bei Amalie Buback musste unter allen Umständen geheim bleiben.

Der Tag war kühl, die Wolken am Himmel machten den Eindruck, als wollten sie demnächst ihre Regenlast abwerfen.

Ein Geruch, der Ida schon lange nicht mehr in die Nase gestiegen war, schlug ihr entgegen, als sie das Atelier betrat. Der Geruch löste in Ida eine Erinnerung an ihre Kindheit aus. Sie saß als kleines Mädchen beim Gutsverwalter ihrer Eltern. Er trug immer dicke Arbeitshosen und weite Hemden, die von breiten Hosenträgern gehalten wurden. Ida suchte ihn auf, weil es bei ihm die besten Würste gab. Es war fettige Wurst, die er mit einem Taschenmesser in dicken Scheiben schnitt. Mit einem breiten Grinsen reichte er ihr die Wursträder, die sie mit Genuss verspeiste. Ihre Mutter hatte sie deshalb gescholten. Sie solle nicht dem Mann sein Essen wegnehmen, sondern essen, was bei ihnen auf den Tisch kam.

Das war gesünder als die grobe Wurst, schmeckte Ida aber nicht so gut.

Der Verwalter, ein rotwangiger, korpulenter Mann, hatte Pfeife geraucht und in seiner kargen Wohnung neben den Ställen hing immer Rauch in der Luft.

An diesem Tag schwebten genau die gleichen dünnen Rauchschwaden im Licht, das durch das Glasdach ins Atelier fiel.

»Haben Sie Kundschaft?«, wollte Ida von Peter wissen.

»Nein.«

»Der Rauch…?«

Peter zeigte auf einen Lehnsessel. Er stand mit dem Rücken zu Ida. Dahinter stieg der Pfeifenrauch auf. Sie ahnte, wer da rauchte. Ida trat vor den Sessel.

Amalie hielt eine gebogene Pfeife mit weißem Kopf in der Hand, sah beim großen Fenster hinaus und paffte. Als sie Ida bemerkte, stieß sie den Rauch wie eine Dampflokomotive aus dem Mund aus. Ihr Lächeln hatte etwas Spitzbübisches.

»Schickt sich nicht, was?«, fragte sie mit provokantem Unterton.

»Die Kaiserin raucht auch Zigarette«, antwortete Ida kühl.

Interessiert setzte sich Amalie auf. »Die Kaiserin von Österreich tut etwas so Unschickliches? Das erlaubt ihr unser ehrwürdiger Kaiser?«

»Nein. Er verabscheut es. Die Kaiserin nimmt darauf Rücksicht. Sie raucht nur auf Kutschenfahrten.«

»Da sieht es keiner«, spottete Amalie.

»Im Gegenteil. Sie sitzt am Fenster der Kutsche und bläst den Rauch hinaus, damit es jeder sehen kann.«

Amalie Buback richtete sich nun interessiert auf. »Tatsächlich?«, fragte sie misstrauisch. »Woher wollen Sie das wissen?«

»Ich bin Hofdame der Kaiserin.«

»Jetzt einmal langsam.« Ida konnte sehen, wie sich Verständnis in die Augen der Photographin schlich. Sie erkannte, für wen ihre Aufnahmen der schönen Leichen bestimmt waren.

Ida weidete sich an Amalies Erstaunen. Sie sollte nicht meinen, die einzige Frau in Wien zu sein, die unkonventionell leben konnte.

Ihre Aussage brachte die gewünschte Wirkung. Die Photographin erhob sich und klopfte über die Hosenbeine, als müsse sie Staub entfernen. »Ich neige mein Haupt in Ehrfurcht und Bewunderung.« Für ihre Verhältnisse klang es nicht zynisch. »Leider habe ich noch keine neuen Aufnahmen von Leichen.«

»Das ist nicht der Grund meines Besuches.« Ida holte aus der Tasche das Foto von Alfred Oberland. Sie sah sich um. »Können wir uns irgendwo setzen?«

Amalie schnippte mit den Fingern. »Peter. Zwei Sessel. Und den Tisch!«

Wie ein Piccolo im Kaffeehaus schleppte der Bursche einen kleinen runden Tisch mit Marmorplatte herbei. Solche Tische waren typisch für Wiener Kaffeehäuser. Die Sessel waren aus dem neumodischen Bugholz der Firma Thonet, die gerade sehr in Mode war. Ida gefielen die Sessel überhaupt nicht.

Die Frauen nahmen Platz. Amalie verlangte Kaffee, Ida Wasser.

Peter brachte eine Karaffe und zwei einfache Gläser. »Der Kaffee dauert noch«, sagte er.

Ida legte das Foto vor Amalie auf den Tisch.

»Keine gute Aufnahme«, meinte die Photographin. »Das Licht kommt zu steil von oben. Die Konturen sind nicht markant.«

»Ihr Helfer hat erzählt, Sie hätten dem Mann den Mund geöffnet.«

»Habe ich das?«

»Er behauptet es. Und Sie fanden etwas eigenartig.«

Amalie nahm einen Schluck Wasser und nickte. »Richtig. Der Tod durch Bienenstich erscheint mir eigenartig.«

»Der Kaiserin wurde aber berichtet....« Ida brach im Satz ab.

Amalie hob eine Augenbraue. »Wieso interessiert sich die Kaiserin für einen toten Imker?«

Warum hatte sie den Mund nicht halten können? »Der Kronprinz und Erzherzogin Gisela waren von ihrem Lehrer zu dem Mann geführt worden, um die Tätigkeit eines Imkers kennenzulernen. Sie waren anwesend, als er starb«, berichtete Ida.

»Ein Bienenstich war jedenfalls nicht der Grund für seinen Tod«, sagte Amalie.

»Woher wollen Sie das wissen?«

Peter kam mit einer großen Henkeltasse Kaffee. Als Amalie daran nippte, verbrannte sie sich die Lippen. Schnell nahm sie einen Schluck Wasser.

»Sie meinen, der Mann wäre nicht an einem Bienenstich gestorben? Was bringt Sie zu diesem Schluss?«, hakte Ida nach.

»In meiner Familie sind alle verrückt nach Bienen. Mein Onkel betreibt Imkerei. Auch mein Großonkel und sogar meine Großmutter. Ich bin mit Bienen aufgewachsen. Ich kenne mich aus. Deshalb wollte ich in den Mund sehen. Der Mann hatte an der Nase einen Stich, aber der kann nicht tödlich gewesen sein.«

»Hatte er einen Stich im Mund?«

»Nein. Den Stich an der Nase wird er kaum bemerkt haben. Vielleicht wurde er überhaupt erst nach dem Tod dort gestochen.«

Dabei war Ida als Mädchen immer gewarnt worden, in der Nähe von Blumenwiesen und blühenden Klee zu spielen. »Ein Bienenstich an einer empfindlichen Stelle im Gesicht oder im Mund kann zum Ersticken führen«, wandte sie ein.

»Imkern tut das Gift nichts. Weil sie oft gestochen werden, verliert das Gift seine Wirkung.« Amalie strich sich eine Haarsträhne hinter das Ohr. »Der Mann hatte doch nicht eben erst mit der Imkerei begonnen, oder?«

»Ich glaube nicht, nein.«

Amalie blies auf den Kaffee, um ihn zu kühlen. »Wenn ein Imker gestochen wird, schwillt die Stelle nicht mehr so heftig an. Dafür habe ich den dreifachen Beweis in der Familie. Mein Großonkel ist einmal von mindestens zehn Bienen gestochen worden. Er hatte rote Flecken am Arm und am Hals, aber das war es auch schon.«

»Einem Imker kann das Gift der Biene nichts anhaben«, wiederholte Ida nachdenklich. »Aber woran ist er dann gestorben? Ich habe gehört, er wäre tot umgefallen.«

»War er sonst gesund?«

Das wusste Ida nicht genau.

»Schwaches Herz?«, fragte Amalie weiter.

»Davon war nie die Rede.«

»Wer so schnell stirbt, hat einen Hirnschlag oder das Herz setzt aus.«

Ida rutschte auf dem harten Sessel herum. Sie konnte sich an diese Möbel von Thonet nicht gewöhnen. »Woher wollen Sie das so genau wissen?«

»Das habe ich von meinem Cousin.«

»Wieso hat er darüber Kenntnis?«

»Er ist Mediziner. Pathologe.«

»Welche Aufgabe hat ein Pathologe?«

»Er untersucht Tote.«

Ida überlegte, ob sich die Photographin einen Scherz mit ihr erlaubte.

»Mein Cousin untersucht Leichen, um mehr über die Todesursache zu erfahren. So gewinnt er Erkenntnisse über Ursachen von Krankheiten und ihren Verlauf.«

»Ach, so ist das.« Ida spielte mit dem kleinen Beutel an ihrem Handgelenk. Das Gespräch machte sie nervös.

»Mein Cousin sagt, es sterben mehr Menschen eines unnatürlichen Todes, als wir annehmen würden.«

»Meint er damit, sie werden ermordet?«, fragte Ida entrüstet.

Amalie nickte und trank ihren Kaffee.

»Mord ist ein Verbrechen und Mörder bezahlen mit dem Leben. Die Todesstrafe ist ihnen gewiss.«

»Mein Cousin redet von Morden, bei denen es keine Wunden oder Würgemale gibt. Morde, die aussehen wie natürliche Todesfälle.«

»Hat dieser Cousin auch einen Namen?«, fragte Ida.

»Ernstl.«

»Ich brauche einen Nachnamen!«

»Ernst Holler.«

»Und er behauptet tatsächlich, dass Leute umgebracht werden und es der Justiz entgeht?«

Amalie nickte. »Der Verdacht ist eine Sache, der Beweis für den Mord eine andere. Ernstl besucht die Vorträge eines Gerichtsmediziners, bei denen es darum geht, wie man einen Mord beweisen kann.«

Auch dieser Begriff war Ida neu.

»Ein Gerichtsmediziner untersucht auf Anweisung des Gerichts die Ursache des Todes. Er versucht herauszufinden, ob der Tote auf natürliche Weise gestorben ist oder nicht«, erklärte Amalie, noch bevor Ida fragen konnte. »Er kann sogar einen ungefähren Todeszeitpunkt feststellen. Er kennt Methoden, um herauszufinden, welche Person hinter einer verkohlten oder stark verunstalteten Leiche steckt.«

Ida konnte sich nicht vorstellen, wie das möglich sein sollte. »Nach einem Brand haben die Flammen das Opfer doch völlig unkenntlich gemacht?«

»Diese Frage habe ich Ernstl auch gestellt. Er erwähnte Knochenbrüche und den Zustand der Zähne. Besteht ein Verdacht, um wen es sich bei der Leiche handeln könnte, werden die Hinterbliebenen befragt, ob der Verwandte sich Knochen gebrochen hat und wie es um seine Zähne bestellt war. Ihre Aussagen vergleicht man dann mit der Leiche.«

Ida war fasziniert von dem, was sie von Amalie erfuhr. Trotzdem war sie noch nicht überzeugt. »Der Arzt, der den Totenschein für Alfred Oberland ausgestellt hat, wird die Leiche doch untersucht haben. Er müsste wissen, dass der Bienenstich nicht die Todesursache sein konnte.«

Amalie trank den Rest ihres Kaffees und schnalzte mit der Zunge. »Der Arzt hat bloß das Offensichtliche gesehen. Ein plötzlicher Tod in der Nähe von Bienen. Also ziemlich sicher ein tödlicher Bienenstich. Oder ein Herztod. Der Verstorbene war weder eine hohe Persönlichkeit noch sonderlich reich, also vermutet niemand einen Mord. Wieso auch?«

»Er war Lehrer des Kronprinzen und hat in der Hofbibliothek gearbeitet.«

»Eben. Weder sehr wichtig noch sehr einträglich.« Amalie klopfte mit der Tasse auf den Tisch und rief Peter zu, mehr Kaffee zu kochen.

Ida nahm ein Spitzentuch aus ihrem kleinen Beutel und tupfte sich die Lippen ab. Sie dachte an das Päckchen, um dessen Schutz Oberland die Kaiserin bitten wollte. Hatte er damals schon Angst um sein Leben gehabt? Ida fühlte sich noch immer schuldig, weil sie ihn abgewiesen hatte. »Wie kann man…«, begann sie zögerlich. »Wie kann man jemanden ermorden, ohne eine Spur zu hinterlassen?«

»Gift!« Amalie sagte es, als wäre es das Selbstverständlichste auf der Welt.

»Gift löst Krämpfe aus«, widersprach Ida. »Gift bringt schreckliche Leiden. Über Giftmorde ist in den Zeitungen zu lesen und immer wird erwähnt, welchen fürchterlichen Todeskampf das Opfer durchmachen musste.«

»Ernstl hat einmal bei einem Familienessen erzählt, die feinste Art jemanden zu ermorden, sei Gift. Das Opfer riecht und schmeckt nichts. Es ist ein schneller und leiser Tod.«

»Und so etwas gibt es?«, fragte Ida mit einem Anflug von Angst in der Stimme.

Amalie nickte bloß.

2. Juni 1866

15

Die Fechtstunde war für halb sechs Uhr früh angesetzt.

Fanny Feifalik hatte Elisabeths Haare geflochten, aufgesteckt und noch im Toilettezimmer unter dem Fechthelm verstaut. Die Kleiderzofen hatten der Kaiserin in die Kniehose und das Oberteil geholfen. Es wurde hinten geschnürt wie ein Mieder. Die enganliegende Hose hatte Verschlüsse an der Seite, die nur in Gemeinschaftsarbeit von den Zofen geschlossen werden konnten. Sie wussten, dass die Kaiserin größten Wert darauf legte, ihre schlanke Figur auch in der Sportkleidung zu betonen.

Ihr Gegner beim Fechten hieß Pierre, stammte aus Frankreich und war ein Meister seines Faches. Als sie die Fechthalle im Erdgeschoss des Schlosses betrat, wartete Pierre bereits auf sie. Er trug einen Helm und sein Gesicht war hinter dem feinen, dunklen Gitter verborgen.

Elisabeth kannte weder seine Haarfarbe noch die Form seiner Nase. Ihr wurde ein Degen gereicht. Sie legte die linke Hand in die Seite, streckte die Waffe vor und ging in Stellung. Pierre tat es ihr gleich.

Elisabeth verglich ihn im Stillen mit einem Wiesel, weil er sich so schnell vor- und zurückbewegen konnte. Es war ihm verboten, sie zu belehren. Er durfte nur ihre Fragen zu Schritten und Armbewegungen beantworten.

Der Übungskampf dauerte fast eine Stunde. Elisabeth genoss Pierres Ermüdungserscheinungen. Sie gönnte sich selbst und ihm keine Pausen. Nach einem Treffer ging es sofort weiter.

An diesem Morgen war Elisabeth nicht ganz bei der Sache. Ihre Gedanken schweiften zu Ida und Latour, von denen sie in Kürze Bericht erhalten würde. Aus diesem Grund verlief die Stunde für sie nicht so erfolgreich wie sonst. Auch wenn sie nicht zählten, wusste sie, dass Pierre sie diesmal haushoch geschlagen hatte.

Schließlich nickte sie ihm zu und verließ den Saal. Im Appartement im oberen Stockwerk stand schon eine Wanne mit eiskaltem Wasser für sie bereit. Sie wurde jeden Tag in das Toilettezimmer gebracht, wo Elisabeth ihre Körperpflege verrichtete. Die Kleiderzofen zeigten ihr verschiedene Kleider und die Kaiserin entschied sich für eines aus dunkelgrünem, gekrepptem Stoff mit beigen Spitzen und langer Schleppe.

Später würde sie eine Irrenanstalt besuchen. Ihr war angekündigt worden, dass sie dort eine Vorführung von Hypnose bekommen sollte, die neuerdings zur Heilung der Geisteskranken eingesetzt wurde.

Das Frühstück wurde Elisabeth auf einem Silbertablett in den Salon serviert und bestand aus einem Glas Orangensaft. Sie blieb allein, da der Kaiser schon gefrühstückt hatte. Elisabeth sah ihm derzeit nicht gerne zu, wenn er drei Stück Gugelhupf mit Milchkaffee zu sich nahm. Sie hatte Gusto auf Mehlspeisen, aber die Waage zeigte noch immer mehr als 51 Kilogramm. Sie fühlte sich zu schwer und wollte weiter fasten.

Von draußen waren die sieben Schläge der Kirchturmuhr zu hören, als Ida nach kurzem Anklopfen eintrat. Argwöhnisch fiel ihr Blick auf Fanny Feifalik, die Elisabeths Haare bürstete und hochsteckte. Doch die Kaiserin machte keine Anstalten, die Friseuse hinauszuschicken.

»Was hast du in Erfahrung gebracht?«, wollte Elisabeth wissen. Sie bemerkte Idas Zögern.

»Die Fanny kann ruhig mithören«, sagte Elisabeth. So ganz schien das Ida nicht zu gefallen, doch Elisabeth kümmerte sich nicht darum. »Erzähle vom Treffen mit der Photographin.«

Hinter sich spürte Elisabeth, wie Fanny gekonnt die Finger durch ihre Haare gleiten ließ, sie anhob und senke. Sie spielte mit ihnen, als wären sie Wasser, und massierte dabei sanft die Kopfhaut. Ida redete langsam, weil sie kein Detail auslassen wollte.

Während Ida berichtete, begann Fanny mit den Bürstenstrichen, die zuerst vom Scheitel bis in den Nacken gingen. Dann vom Scheitel bis auf die Höhe der Schulterblätter. Schließlich zog sie die Bürste vom Kopf bis zu den Haarspitzen, die auf dem Boden lagen. Sie musste dazu jedes Mal in die Knie gehen. Auf Elisabeth wirkte es, als würde Fanny hinter ihrem Rücken Turnübungen machen.

Als Ida von dem Gift erzählte, das Amalie erwähnt hatte, gebot die Kaiserin der Friseuse mit einer energischen Handbewegung, das Bürsten zu unterbrechen. »Gift, das man weder riecht, noch schmeckt, das tötet und das den Tod natürlich aussehen lässt?« Elisabeth hatte davon noch nie gehört.

»So ist es, Majestät.«

»Kannst du glauben, dass Oberland ermordet wurde?«

»Es scheint keinen Grund zu geben, wieso ein Lehrer und Bibliothekar ermordet wird. Wäre da nicht das Päckchen, das er euch geben wollte…«

»Hat Latour in Erfahrung bringen können, was es enthalten hat? Wo bleibt er überhaupt?«

Ida wusste es nicht.

Fanny Feifalik hüstelte.

»Was ist denn?«, fragte Elisabeth ungehaltener als beabsichtigt. »Ich meine, was gibt es denn, Fanny?«

»Darf ich das Bürsten fortsetzen, Majestät? Die Kutsche wartet um elf Uhr. Ich habe für den heutigen Besuch eine besondere Frisur im Sinn, die ihre Zeit braucht.«

»Mach weiter.« Elisabeth wandte sich wieder Ida zu. »Mir will nicht aus dem Sinn, dass Oberland dachte, nur ich könnte den Inhalt des Päckchens beschützen. Wieso hat er es nicht Latour anvertraut? Er ist sein Vorgesetzter, sehr vertrauenswürdig und ein Oberst.«

»Der Inhalt muss von besonderem Wert sein.«

»Was soll ein Mann wie Oberland besitzen? Er verdient weniger als Fanny. Die hat das Gehalt eines Universitätsprofessors.«

Elisabeth wusste das so genau, weil sie der Kaiser mehrfach in anklagendem Tonfall daran erinnert hatte. Aber Elisabeth hatte Fanny unbedingt vom Burgtheater abwerben wollen, wo ihr die kunstvollen Frisuren der Hauptdarstellerin aufgefallen waren. Sie mochte Fanny von der ersten Begegnung an. Nicht nur ihr Talent war Grund dafür. Fanny wies auch eine ausgesprochene Ähnlichkeit zu Elisabeth auf. Sie besaß so langes Haar wie die Kaiserin, die gleiche Größe und eine Taille, so schmal wie ihre.

»Fanny, was ist das Kostbarste, das du dir jemals geleistet hast?«, wollte Elisabeth wissen.

Nach kurzem Nachdenken nannte Fanny eine Haarspange mit drei kleinen Rubinen, die sie nur an hohen Feiertagen trug.

»Was konnte Oberland Kostbares besessen haben?« Elisabeth ließ den letzten Rest Orangensaft im Glas kreisen. »Wenn es nur irgendwie gelänge, dieses Päckchen zu finden.«

»Oberland hat es leider wieder mitgenommen«, sagte Ida mit Bedauern.

Fanny hüstelte erneut.

»Was jetzt?« Die Kaiserin wurde an diesem Tag immer gereizter.

»Darf ich wissen, um welches Päckchen es sich handelt?«

Elisabeth deutete Ida, es zu beschreiben.

»Es hatte die Größe eines kleinen Buches und war in graues Papier eingewickelt. Zugebunden war es mit Spagat.«

Fanny unterbrach das Bürsten und ließ die Arme sinken.

»Mach weiter«, drängte Elisabeth.

»Hatte das Päckchen ein Siegel? Ein grünliches Siegel, um die Verschnürung zu fixieren?«

»Ja«, sagte Ida, die sich nun, da Fanny es erwähnte, daran erinnerte. »So ein Siegel konnte ich erkennen.«

Elisabeth drehte sich ruckartig um. »Wo ist es?«, wollte sie wissen.

»Am Tag, an dem Majestät Migräne hatte, bin ich am Nachmittag in das Gartenappartement gekommen, um zu sehen, ob die Zöpfe auch hoch genug gelagert waren.«

»Und da hast du das Päckchen gesehen?«

»Ich bin recht sicher. Etwas lag auf dem Tisch neben der Tür zum Salon. Ich erinnere mich auch an eine Karte, die unter die Schnur gesteckt worden war. Was darauf stand, konnte ich nur im Vorbeigehen lesen.«

»Was war es?«, fragte Ida.

»Etwas von ...zu Ihren Handen!«

»Zu meinen Handen?«, wiederholte Elisabeth. »Oberland muss das Päckchen zurückgebracht und auf die Etagere gelegt haben.«

Ida raffte die Schleppe ihres Rocks und eilte durch die Räume von Elisabeths Appartement ins Schreibzimmer. Sie bevorzugte die breiten Treppen des Schlosses, die viel besser für diese Kleider geeignet waren, aber der Weg über die Wendeltreppe zum Gartenappartement war kürzer.

Die Etagere war ein Halbmondtisch aus grünem Marmor mit einem vergoldeten Fuß, der zwei Delfine darstellte. Ihre Schnauzen stützten den Tisch.

Der Tisch war leer. Ida suchte den gesamten Vorraum ab, blickte unter die Kommode und hinter den Sessel beim Eingang. Sie suchte auch im Salon an allen Orten, wo das Päckchen vielleicht von einem Bediensteten hingelegt worden sein konnte. Doch das Paket blieb verschwunden.

Hatte sich die Feifalik geirrt?

Ida kehrte mit leeren Händen nach oben zurück.

»Ich erinnere mich genau«, sagte Fanny entschuldigend. »Aber etwas kam mir seltsam vor... Als ich im Vorraum gestanden bin, hatte ich das Gefühl, als würde mich jemand durch das Fenster beobachten. Ich konnte seine Augen in meinem Rücken spüren.«

»Und? Wer war es?«, wollte Ida wissen.

Die Friseuse zuckte mit den Schultern. »Ich habe nicht nachgesehen.«

Doch Ida kam eine Vermutung. Bestimmt hatte sich Oberland versteckt und abgewartet, ob die Kaiserin das Päckchen entdecken würde.

Als er gesehen hatte, wie Fanny Feifalik sein wertvolles Paket beinahe mitnahm, hatte er es sich anders überlegt und das Päckchen wieder an sich genommen.

Nur wo hatte er es hingebracht?

16

Marie war für Rudolfs Zimmer zuständig. Gemeinsam mit anderen Bediensteten machte sie sein Bett und brachte Ordnung in die Schränke des Kronprinzen. Sie war stets gut gelaunt und fröhlich.

Doch als die mütterliche Frau an diesem Tag in Latours Arbeitszimmer gestürmt kam und keuchend vor seinem Schreibtisch stehen blieb, war davon nichts zu sehen. Während sie nach Atem rang, zog sie die weiße Schürze hoch, beugte sich vor und wischte sich damit den Schweiß vom runden Gesicht.

»Was ist geschehen, Marie?«, wollte Latour wissen.

Marie hatte rote Flecken im Gesicht und am Hals, was bei ihr immer ein Zeichen höchster Aufregung war.

»Der Kronprinz... er ist nicht zu seinem Unterricht erschienen und wir können ihn nicht finden! Wir haben schon überall nach ihm gesucht. Ist er bei Ihnen?«

Latour sprang so heftig auf, dass der Schreibtischsessel gegen die Wand krachte.

»Wieso kommen Sie erst jetzt?«

»Ich dachte zuerst, es ist nur ein Spiel. Er ist aber weder in seinem Schlafzimmer noch in den Audienzräumen.«

»Vielleicht ist er zu seiner Mutter oder in den Garten gegangen.« Latour lief durch die Landschaftszimmer in das angrenzende Schlafzimmer des Kronprinzen. Marie folgte ihm schnaufend.

»Er war heute so vergnügt und ist auf seinem Steckenpferd herumgeritten«, erzählte sie.

Zwei Dienstmädchen waren mit dem Überziehen des Bettes beschäftigt. Marie deutete auf sie. »Ich habe den Mädchen aufgetragen, das Bett der kaiserlichen Hoheit nicht nur aufzuschütteln, sondern neu zu überziehen. Der Kronprinz schwitzt neuerdings sehr in den Nächten und braucht frische Laken. Als ich mich umgedreht habe, war er fort.«

Latour warf einen Blick unter das Bett, um zu prüfen, ob sich Rudolf dort versteckt hatte. Das tat er manchmal, wenn er übermütig war.

»Sie suchen die Gänge ab, ich gehe in den Garten«, sagte er zu Marie. Er öffnete die Tapetentür in die Weißgoldzimmer, Rudolfs Audienzräume. Das Licht, das durch die Terrassentüren einfiel, wurde von den mit Weißgold vertäfelten Wänden zerstreut und erhellte den Raum an diesem trüben Tag.

Normalerweise erlaubte sich Latour nie, den Kronprinzen beim Vornamen zu nennen. An diesem Tag aber lief er »Rudolf!« rufend durch die Audienzräume und hinaus in den Park.

Im Freien schlug ihm kalter Wind ins Gesicht. Während er weiter nach dem Kronprinzen rief, rannte Latour über den Vorplatz und vorbei an den Beeten, in denen die Gärtner die ersten Sommerblumen auspflanzten.

»Haben Sie den Kronprinzen gesehen?«, fragte er die drei Männer, die im Gras knieten. Sie sahen kurz hoch und schüttelten stumm den Kopf. Latour deutete zu den Gartentüren. »Ist von dort jemand gekommen? Haben Sie eine Tür gehört?«

»Ja. Gerade eben«, lautete die knappe Antwort.

»Das war ich«, rief Latour verärgert. Er wandte sich ab und rannte zur Allee, die in den östlichen Teil des Parks führte. Der Wind rüttelte an den Bäumen. Latour drehte sich im Kreis. Es gab im Park so viele Wege zwischen den Hecken. Wie sollte er Rudolf hier finden? Er hörte nicht auf, nach ihm zu rufen.

Es begann zu nieseln und Latour ging zum Schloss zurück. Was war nur in den Kronprinzen gefahren? Wo konnte er zu finden sein?

Latours Hoffnung war das kaiserliche Appartement. Vielleicht war Rudolf zu seiner Mutter gelaufen. In letzter Zeit hing er sehr an ihr. Ihre Aufmerksamkeit und ihr Lob waren Rudolf wichtig. Latour verstand sie als Ausgleich zu den strengen und missbilligenden Blicken seines Vaters. Er hatte kein Recht darauf, aber gerne hätte er dem Kaiser einmal erklärt, was dem Kronprinzen nur ein einziges lobendes Wort von ihm bedeuten würde.

In den Räumen des Kronprinzen suchten alle nach dem Jungen. Die Zimmermädchen schüttelten sogar die großen Kissen und Decken, um nachzusehen, ob er sich vielleicht darin verkrochen haben könnte.

Gisela kam ins Schlafzimmer.

Latour trat sofort zu ihr. »Kaiserliche Hoheit, wissen Sie, wo Ihr Bruder sein könnte?«

Gisela senkte den Kopf und dachte nach. Doch sie schüttelte nur den Kopf.

»Kann er sich in Ihren Räumlichkeiten versteckt haben?«

»Nein, das hätte ich bemerkt.« In Giselas Gesicht konnte Latour sehen, dass ihr etwas eingefallen war.

»Meine Aja hat uns gestern die Geschichte vom Zaubermantel vorgelesen, der unsichtbar macht. Rudolf mag sie so gerne. Er will sie immer wieder hören. Er hat einmal zu mir gesagt, er möchte so einen Zaubermantel haben. Dann kann er durch das Schloss laufen und keiner sieht ihn dabei.«

Das war für Latour ein Anhaltspunkt. »Hat er gesagt, wohin er gerne laufen würde?«

»Zu Papa, damit er ihm bei der Arbeit zusehen kann. Papa soll ihn aber nicht sehen, weil er ihn sonst sicherlich ausschimpft.«

Von der nahen Kirche kamen acht Schläge. Latour hätte sich längst bei der Majestät einfinden müssen. Bevor der Kronprinz nicht gefunden worden war, konnte er der Kaiserin aber nicht unter die Augen treten. Er kämpfte mit sich, ob er die Garde des Kaisers benachrichtigen sollte. Das würde ein noch viel größeres Aufsehen erregen. Im Schloss wüsste dann jeder, dass Rudolf aus der Obhut seines Erziehers davongelaufen war.

Marie kam ins Schlafzimmer des Kronprinzen zurück. Sie war völlig außer Atem und schwitzte nur noch stärker. Stumm schüttelte sie den Kopf.

»Bei der Kaiserin ist er nicht«, flüsterte sie Latour zu. »So viel konnte ich in Erfahrung bringen.«

Damit meinte sie wohl den Gardisten, mit dem sie ein Techtelmechtel hatte, dachte Latour, sagte jedoch nichts.

»Aber die Kaiserin soll aufgebracht sein, weil Sie nicht bei ihr erschienen sind.«

Latour nickte und dankte Marie.

Er musste eine Entscheidung treffen. Wie sollte er mit dem Verschwinden des Kronprinzen umgehen? Es blieb ihm nicht mehr viel Zeit, Rudolf zu finden. Gelang es ihm nicht, musste er Alarm schlagen.

Wo blieb eigentlich Alexander Oberland? Um sieben Uhr hätte er sich bei Latour für die tägliche Besprechung einfinden sollen, die der oberste Erzieher jeden Morgen mit den Lehrern abhielt. Er war aber nicht erschienen und keiner hatte ihn gesehen. Der Lehrer, der das Zimmer neben ihm bewohnte, meinte, Alexander wäre noch überhaupt nicht ins Schloss zurückgekehrt.

Der Tag fing für Latour nicht gut an.

17

Alexander Oberland spürte einen bohrenden Schmerz hinter der Stirn. In seinem Hinterkopf hämmerte es.

Wo war er?

Ihm war totenübel. Sein Mund war staubtrocken. Mit der Wange lag er auf etwas Hartem. Obwohl er die Augen geöffnet hatte, sah er nichts.

Seine Hand ertastete etwas. Es fühlte sich an wie ein Buch. Alexander bekam nur schwer Luft. In seiner Brust fühlte er ein Stechen, das nur ein sehr flaches Atmen möglich machte.

Nach und nach konnte er sich orientieren. Er lag auf dem Bauch, die Arme nach vorne, ein Bein angewinkelt.

Aufstehen, befahl er seinen Gliedmaßen. Ich muss aufstehen.

Vor sich erkannte er Schatten. Vier dünne Beine. Stuhlbeine. Als er alle Kraft zusammennahm, schaffte es Alexander, sich ein wenig hochzustemmen. Es fühlte sich an, als würden sich ihm dabei an verschiedenen Stellen seines Körpers glühende Eisen durch die Haut bohren.

Schließlich schaffte er es, sich zumindest aufzusetzen. Als er um sich tastete, spürte er noch mehr Bücher und eine Holzwand. Alexander hob den Arm und suchte über sich Halt. Er bekam eine Tischkante zu fassen. Keuchend und mit viel Stöhnen hievte er sich in die Höhe.

Er erkannte immer mehr Dinge um sich herum. Da war ein mit Leder bespannter Schreibtisch, auf dem Bücher, Papier, Schreibfedern und ein Tintenfass lagen. Zu seinen Füßen herrschte ein ähnliches Chaos aus Büchern und Mappen.

Die Übelkeit wurde so schlimm, dass er sich in Panik nach einem Gefäß umsah, in das er sich übergeben konnte. In der Ecke stand ein Lavoir. Alexander stieß sich vom Tisch ab und stolperte darauf zu. Er hatte es kaum erreicht, da wollte sein ganzes Inneres nach außen. Er glaubte zu ersticken.

Irgendwann ließ das Würgen nach. Es brannte in seinem Hals und der Geruch aus der Waschschüssel verursachte ihm gleich noch mehr Übelkeit. Alexander sah neben sich eine tiefe Türnische. Er wollte hinaus und torkelte zur Nische. Als er die Klinke der Türe niederdrückte, geschah nichts. Die Tür ließ sich nicht öffnen. Er rüttelte, was ihn unendlich viel Kraft kostete. Mit der Hand schlug er gegen das Holz.

»Hilfe«, wollte er rufen. Aus seinem Mund kam nur ein Krächzen.

Alexander drehte sich um und blickte in den Raum. Er hatte weit oben eine schmale Luke, die mit Karton abgedeckt war. An den Rändern fiel ein wenig Licht ein. Sein Vater war Kurator großer bibliophiler Kostbarkeiten gewesen. Er hatte in letzter Zeit mit Büchern gearbeitet, die mehrere hundert Jahre alt waren und daher vor allzu viel Licht geschützt werden mussten.

Stolpernd schaffte es Alexander bis zum Schreibtischstuhl mit halbrunder Lehne. Er sank hinein und drückte die Luft aus dem Lederkissen der Sitzfläche. Es klang wie ein erschöpftes Seufzen.

Wie spät war es? Wie lange war er auf dem Boden gelegen und warum?

Nach dem Leichenschmaus hatte er seine Mutter nach Hause begleitet, sich dann aber verabschiedet. Sein Onkel und seine Tante wollten die nächsten Tage bei ihr bleiben und Beistand leisten. Mit der Pferdebahn war er in die Innenstadt gefahren. Die Bauarbeiten an der neuen Ringstraße waren in vollem Gange und selbst am Abend wurde noch gearbeitet. Der Großteil der Stadtmauer war bereits niedergerissen worden und zu beiden Seiten der breiten neuen Straße, die sie ersetzte, entstanden Prunkbauten.

Alexander hatte auf einmal den dringenden Wunsch verspürt, das Büro seines Vaters noch einmal zu sehen. Es mussten sich dort persönliche Gegenstände von ihm befinden, die er mitnehmen wollte. So hätte er ein Andenken an den geliebten Vater.

Er war zum Eingang der Hofbibliothek auf dem Josefsplatz gegangen. Unterwegs hatte er sich zurechtgelegt, was er zum Portier sagen würde, um eingelassen zu werden. Er musste die kleine Rede aber nicht halten, da die Portiersloge leer war.

Die Gänge der Hofbibliothek wurden nur vom Licht der Dämmerung erhellt, das durch die Fenster fiel. Es schien niemand mehr zu arbeiten. Wachen gab es auch keine, obwohl hier wahre Bücherschätze lagerten. Alexander kannte den Weg zum Zimmer seines Vaters gut genug, um ihn auch im Halbdunkel zu finden.

Die Tür war nicht abgesperrt und er konnte eintreten. Das Halbdunkel schlich sich aus dem Gang in das Arbeitszimmer. Alexander wusste genau, wo sein Vater die Petroleumlampe immer abgestellt hatte. Daneben lag die Schachtel mit den Sicherheitszündhölzern bereit. Er zündete den Docht an und leuchtete im Raum herum.

Er befand sich in einem Chaos aus Büchern und Unterlagen, die kreuz und quer über dem Schreibtisch und dem Boden verteilt lagen. Sein Vater war von penibler Ordnung gewesen, nicht nur im Beruf, sondern auch zu Hause. Seine Mutter hatte sich oftmals über den Ordnungswahn beschwert. Er hatte dieses Durcheinander bestimmt nicht verursacht. Für Alexander wirkte es, als hätte jemand Bücher mit einem Handstreich aus den Regalen gefegt.

Alexander hob einige der Bücher auf und stellte sie ins Regal zurück. Dann blätterte er in den Unterlagen, die er auf dem Schreibtisch seines Vaters fand. Er spürte einen salzigen Wassertropfen die Wangen hinunterlaufen, als er seine Handschrift sah.

Links und rechts neben dem Schreibtisch standen zwei Schränke. Im linken bewahrte sein Vater eine Flasche seines Magenbitters und zwei Gläser auf. Er trank gerne nach der Arbeit einen Schluck, bevor er nach Hause ging. Wenn ihn jemand besuchte, bot er stets ein Glas an. »Selbst angesetzt«, sagte er jedes Mal dazu.

Alexander hatte sich ein halbes Glas eingeschenkt. Das wusste er noch. Er wollte im Stillen am geliebten Arbeitsplatz seines Vaters auf sein Wohl im Jenseits trinken. Der Kräuterschnaps war dunkelbraun und schmeckte kräftig. Alexander nippte nur am Glas.

Er begann in den Aufzeichnungen zu lesen und die Bücher durchzublättern. Weil er so vertieft war, vergaß er auf die Zeit.

Aber was war danach geschehen?

Er hatte das Glas ausgetrunken. Das war das Letzte, was er wusste.

Alexander wollte die Petroleumlampe anzünden. Sie stand an derselben Stelle wie am Abend zuvor, das Glasgefäß mit dem Docht war aber leer. Gleich daneben hatte die Schnapsflasche gestanden und das Glas. Beide waren fort. Wahrscheinlich hatte er sie zu Boden gestoßen. Aber es waren keine Scherben zu erkennen.

Eine neue Welle von Übelkeit und stechende Bauchschmerzen setzten seinen Überlegungen ein jähes Ende und ließen ihn wieder zur Schüssel stürzen.

18

Latour würde nie das wütende Gesicht des Grafen Gondrecourt vergessen, als dieser aus seinem Amt entlassen worden war. Jenes Amt, das jetzt Latour selbst innehatte. Ihm war klar, gegen wen sich diese Wut richtete.

Latour hatte Einblick in die Erziehungsmethoden des Grafen bekommen und beschlossen, die Kaiserin darüber zu informieren. Es war ein Schritt, der das Ende seiner Tätigkeit am Kaiserhof, seiner militärischen Laufbahn und seines Ansehens in Wien sein konnte.

Was er vorhatte, würde Gondrecourt und damit auch den Kaiser und seine Mutter in ein schlechtes Licht rücken. Die beiden waren es gewesen, die Gondrecourt immerhin für die Erziehung des Kronprinzen ausgewählt hatten. Gott allein wusste, wie die Kaiserin mit seinem Bericht umgehen würde, aber Latour hatte damals sein Schweigen nicht länger mit seinem Gewissen vereinbaren können.

Er hatte die Kaiserin um eine Unterredung an einem Ort gebeten, wo sie nicht belauscht werden konnten. Das Gespräch hatte deshalb während eines Spaziergangs stattgefunden.

»Seine Majestät der Kaiser denkt, nach bestem Gewissen zu handeln, wenn er den Kronprinzen schon in so jungen Jahren zum Soldaten ausbilden lässt«, begann Latour.

»Meine Schwiegermutter stimmt ihm in allem zu«, merkte Elisabeth spitz an.

Latours Schweigen war Antwort genug. Er musste an das Foto des erst dreijährigen Rudolfs denken, das ihn inmitten von

Soldaten verschiedener Grade zeigte. Der Kleine wusste nicht, wie ihm geschah, als er in den Empfangsräumen im Schloss eine Heeresdelegation »begrüßen« musste. Er besaß seit seiner Geburt den Rang des Obersts und der Empfang galt als eine seiner Aufgaben. Dem Kind war dazu sogar vom Schneider des Kaisers eine Uniform angemessen worden, die der seines Vaters glich.

»Graf Gondrecourt steht in Dienstgrad und Alter über mir. Ich bin sein Adjutant und habe deshalb kein Recht, Majestät ohne Wissen des Grafen über seine Art der Erziehung zu berichten.« Latour hatte an dieser Stelle bewusst eine Pause eingelegt. Die Kaiserin musste ihm ein Zeichen geben, weiterzureden.

Sie tat es. »Schildern Sie, Latour«, verlangte sie.

»Graf Gondrecourt hat mir einen Bericht diktiert, der für die Mutter Seiner Majestät bestimmt war. Darin bezeichnet er den Kronprinzen als zu reizbar und zu feinfühlig. Er glaubt, Rudolf wäre in seiner Entwicklung weiter als Gleichaltrige. Gondrecourt schlägt deshalb vor, die geistige Entwicklung zu hemmen, und dafür die körperliche Ausbildung zu forcieren.«

»Was bedeutet das im Alltag des Kronprinzen?«

»Gondrecourt lässt ihn stundenlang exerzieren. Selbst im Regen. Im Stechschritt auf- und abgehen. Strammstehen. Waffen halten. Laufen, Hinwerfen...«

Die Kaiserin geriet außer sich. »Dafür ist er doch viel zu klein! Rudolf ist gerade sechs Jahre alt.«

»Auf mich macht der Kronprinz den Eindruck eines aufgeweckten Kindes, besonders interessiert an Naturkunde«, fuhr Latour fort. »Es kann weder seinem Geist noch seiner Gesundheit zuträglich sein, in der Nacht mit Revolverschüssen geweckt zu werden.«

»Mit Revolverschüssen?«

»Gondrecourt übergießt ihn mit eiskaltem Wasser. Einmal setzte er ihn eine Nacht lang im Lainzer Tiergarten aus.«

»Der Kaiser und seine Mutter, die Erzherzogin, sind über diese Methoden informiert?«, fragte Elisabeth. Ihre Stimme bebte vor Zorn.

Latour nickte.

An dieser Stelle hatte die Kaiserin das Gespräch für beendet erklärt, ihm gedankt und war gegangen. Latour fiel erst danach ein, sie zu bitten, seinen Namen nicht zu erwähnen. Falls sie mit dem Kaiser über die Angelegenheit sprach, durfte niemand erfahren, von wem sie ihre Informationen erhalten hatte.

In den Tagen danach wich Latour seinem Vorgesetzten, dem Grafen Gondrecourt, so gut es ging aus. Er kümmerte sich um den Kronprinzen, der einen herzzerreißenden Anblick bot. Rudolf war blass, mit tiefen Schatten im Gesicht, und von einer Nervosität und Schreckhaftigkeit, die Latour besorgten.

Schließlich erhielt er die Nachricht, der Kaiser hätte Gondrecourt mit sofortiger Wirkung entlassen. Die Kaiserin übertrug Josef Latour die Aufgaben der Erziehung und des Unterrichts der kaiserlichen Hoheiten. Sie ließ ihm freie Hand bei der Auswahl der Lehrer, wollte aber über jeden persönlich informiert werden. Sie bevorzugte Bürgerliche gegenüber Adeligen. »Nicht auf ihren Stand kommt es an, sondern auf ihr Wissen und die Fähigkeit, es an Gisela und Rudolf weiterzugeben.«

Gondrecourt war Latour vor dem Appartement des Kronprinzen begegnet. Er hatte kein Wort gesprochen und Latour nur mit seinen kleinen, stechenden Augen angestarrt. In diesem Moment war Latour klar geworden, dass der Graf doch nicht so gefühllos war, wie er angenommen hatte. Er kannte den Hass offenbar gut. Latour redete sich ein, davor keine Angst haben zu müssen. Ganz so sicher war er sich aber nicht.

Noch immer war der Kronprinz nicht gefunden worden. Es blieb Latour nichts anderes übrig. Er musste die Wache verständigen und das Verschwinden des Kronprinzen melden. Wenn ihm nun etwas zugestoßen war? Latour würde sich das nie verzeihen können. Er wusste, dass Gondrecourt noch seine Verbündeten im Schloss hatte, die ihm sicher davon berichten würden.

Latour hatte das Appartement des Kronprinzen gerade verlassen, da hörte er hinter sich Marie rufen. Sie riss die Tür auf, warf die dicken Arme in die Luft und jubelte. »Der Kronprinz ist wieder hier.«

Latour rannte an ihr vorbei in den Schlafraum. Dort war Rudolf allerdings nicht.

»Wo ist er?«, fuhr Latour Marie an.

Die kleine Frau fasste sich erschrocken an die Brust. »Im Audienzraum, Herr Graf.«

Als Latour durch die Tapetentür stürmte, stand am Ende des schmalen Raumes tatsächlich der Kronprinz. Mit dem Fenster im Hintergrund, umgeben von den weißgoldenen Vertäfelungen der Wand und der Decke, erinnerte Latour der Anblick an ein Gemälde. Er versuchte den Gesichtsausdruck des Jungen zu deuten. War es Stolz? Oder Trotz? Wollte er seinen Erzieher herausfordern?

»Kaiserliche Hoheit.« Latour ging langsam auf den Jungen zu. »Wo waren Sie?«

»Ich habe Mut.« Rudolf bewegte sich nicht von der Stelle und streckte die Brust heraus, wie ein Soldat bei der Parade.

Nervös spielte Latour mit den Fingern an seinem dichten Schnauzbart herum. Was sollte er als Erzieher in so einem Fall tun?

»Wir waren alle in größter Sorge. Wo sind Sie gewesen?«, wiederholte er.

»Ich war unsichtbar.«

Hinter Latour tauchten Giselas Aja und die Zimmermädchen auf. Gisela drängte sich an allen vorbei und lief zu ihrem Bruder. Sie umarmte ihn herzlich und überschüttete ihn mit Fragen. Rudolf gab aber auch der Schwester weder eine Erklärung für sein Verschwinden noch für sein plötzliches Wiederauftauchen. Latour kam vor, er genoss die Aufmerksamkeit, die Sorge und das Rätselraten, die er bei den Erwachsenen ausgelöst hatte.

Der Erzieher klatschte in die Hände. »Frühstück für die kaiserlichen Hoheiten und danach Beginn des Unterrichts.« Zu Rudolf sagte er in leisem Ton: »Wir unterhalten uns später noch.«

Der Kronprinz lächelte nur.

19

Elisabeth sah aus dem Kutschenfenster auf die Fassaden der Häuser, die draußen vorbeizogen. Der Nieselregen ließ die Mauern trist erscheinen. Sie hatte die obere Hälfte des Fensters heruntergeklappt und blies den Rauch ihrer Zigarette hinaus.

Ida, die ihr gegenübersaß, musste an das Gespräch mit Amalie Buback am Vortag denken. Auch wenn die Hofdame selbst niemals eine Zigarette angefasst hätte, hegte sie stille Bewunderung für die Kaiserin. Sie setzte sich über so viele Konventionen hinweg. Elisabeth besaß Mut. Trotzdem sah Ida sie selten heiter und fröhlich.

»Wer stiehlt im Schloss?« Elisabeth nahm einen weiteren Zug an der dünnen Zigarette.

»Ich habe vor der Abfahrt mit dem Hauptmann der Garde vereinbart, dass dein Gartenappartement bewacht wird.«

»Nein.« Elisabeth schnippte die Asche der Zigarette ins Freie. »Wenigstens in diesen Räumen will ich ohne ständige Beobachtung sein.«

»Aber Elisabeth, es geht offenbar jemand unerlaubt ein und aus«, warf Ida ein.

»Versperrt die Tür. Ich kann nicht verstehen, dass sie immer offensteht.«

Ida verzichtete darauf hinzuweisen, dass es Elisabeths eigene Anordnung war, die Türe nie zu versperren. Sie wollte das Appartement ungehindert betreten und verlassen können.

»Wieso schafft es Latour nicht, den Sohn des Verstorbenen aufzutreiben? Hat er seine Untergebenen nicht im Griff?«

Die schlechte Laune der Kaiserin war am Hof gefürchtet. Nichts konnte an solchen Tagen in den Augen von Elisabeth Gefallen finden. Selbst Ida, die fast eine freundschaftliche Verbindung mit ihr verband, bekam dann den Groll der Kaiserin zu spüren. Genauso wie Fanny Feifalik, die Elisabeth ebenfalls nahestand. Ida hingegen konnte die Friseuse nicht leiden. In ihren Augen nahm sie sich zu wichtig und bildete sich ein, besser als eine Hofdame zu sein.

Mit Genugtuung hatte Ida mitbekommen, was Elisabeth heute Morgen zu Fanny Feifalik gesagt hatte. Fanny hatte die Haare der Kaiserin zu Zöpfen geflochten und diese kunstvoll verschlungen, sodass sie wie eine Krone aussahen. Doch Elisabeth hatte die Frisur »unmöglich und schlampig« genannt.

Die Kleiderzofen hatte sie angeherrscht, ihr keine Kleider zu reichen, in denen sie unförmig aussah. Beim Anziehen beklagte die Kaiserin, dass die Schneider alles absichtlich zu eng genäht hatten. Danach verlangte sie, auf die Waage zu steigen, die mehr als 52 Kilogramm anzeigte. Ein weiterer Grund für Elisabeths Unmut.

Die Kaiserin warf den Rest der Zigarette aus dem Fenster, ließ es aber offen. Ida wusste, dass sie kalte Luft als Erfrischungsmittel für die Haut schätzte.

»Der tote Oberland war doch in der Hofbibliothek tätig.«

Ida nickte. »Das war seine Hauptbeschäftigung.«

»Welche Funktion hat er dort genau ausgeübt?«

Diese Frage konnte Ida nicht beantworten.

»Bring es in Erfahrung«, verlangte Elisabeth.

»Ich werde Latour fragen…«

»Geh in die Hofbibliothek. Erkundige dich dort.«

»Heute wird es bereits zu spät sein, aber morgen kann ich das gleich in der Früh tun.«

»Ich will die Auskunft schneller.«

Die Hofdame setzte in solchen Momenten ein geduldiges Lächeln auf.

»Wenn ich nach der Rückkehr sofort einen Fiaker nehme, schaffe ich es vielleicht noch rechtzeitig in die Hofbibliothek. Aber ich weiß nicht, wie lange dort jemand anzutreffen ist.«

Elisabeth deutete zum Fenster. »Wir sind doch nicht weit von der Hofburg entfernt. Lass den Kutscher zur Hofbibliothek fahren. Ich warte, während du dich erkundigst.«

»Wenn du das wünschst.« Ida klopfte an die vordere Wand der Kutsche und öffnete die kleine Luke zum Kutschbock. »Zur Hofbibliothek, jetzt!«

Das Klappern der Pferdehufe hallte von den hohen Mauern des Josefsplatzes wider, als die Kutsche einbog. Da das Pflaster vor dem Eingangstor aufgerissen war, hielt der Kutscher neben dem Reiterdenkmal. Ida stieg aus. Sie blickte zum Dach der Hofbibliothek hinauf, wo auf der Kante ein Standbild thronte, von dem die Kaiserin erst neulich geschwärmt hatte. Vier feurige Pferde zogen einen Wagen, auf dem eine Kriegerin stand, den Speer erhoben.

Durch das offene Kutschenfenster rief ihr Elisabeth nach: »Ich will auch wissen, welche Göttin dort oben steht.«

Ida hob die Hand als Zeichen, dass sie den Auftrag gehört hatte. Sie musste nun genau darauf achten, wo sie hintrat. Der Boden war aufgeweicht, Pflastersteine lagen in kleinen Haufen herum.

Im Gebäude der Hofbibliothek wollte Ida den Portier fragen, wer Auskunft über die Tätigkeit von Alfred Oberland geben konnte. In der Loge sah sie hinter dem Glasfenster jemanden sitzen. Der Mann schien mehr breit als hoch zu sein. Den Kopf auf die Hand gestützt, lümmelte er hinter dem Fenster, durch das man mit ihm sprechen konnte.

Ida klopfte energisch an die Scheibe. Der Mann schrak auf. Sie blickte in ein rotes Gesicht mit zerklüfteter Knollennase. Die Augen lagen tief eingesunken und waren blutunterlaufen.

Der Mann schob den oberen Teil des Fensters zur Seite. Ida konnte sofort den Branntwein in seinem Atem riechen. Auf ihre Frage hin, deutete er nach oben. Die Antwort war ein Lallen. »Der Professor… der weiß alles.«

Ida überlegte, ob sie sich über den Portier beschweren sollte. Es würde ihn die Stelle kosten und vielleicht würde er dann in einem Armenhaus landen. Sie beschloss, seinen Zustand zu übergehen.

Das Büro des Professors lag in der Nähe des Prunksaals. Sie klopfte an die weiß gestrichene Holztür. Da niemand antwortete, klopfte sie noch einmal und trat dann ein. Sie fand sich in einem Arbeitsraum mit zwei Schreibtischen wieder, die einander gegenüberstanden. An den Wänden standen zahlreiche Regale, die vom Boden bis zur Decke reichten und voll mit Büchern waren. Die Tür zum Nebenraum stand halb offen.

»Guten Tag«, rief Ida.

»Wer ist da?«, fragte jemand barsch.

»Ich komme im Auftrag der Kaiserin von Österreich.«

20

Ein großgewachsener Mann mit schlohweißen Haaren und langem Bart trat ihr entgegen. Seine Haut war fast so hell wie sein Haar. Seine Haltung war trotz seines Alters aufrecht, der Anzug tadellos.

»Was kann ich für die Kaiserin tun?«

»Professor Lobmüller?«

»Sehr wohl. Mit wem habe ich das Vergnügen?«

Ida stellte sich als Hofdame der Kaiserin vor und der Professor bat sie, einzutreten. Sein Büro hatte die Größe des Vorzimmers, die Wände waren ebenfalls von Buchregalen verdeckt. Der schwarze Schreibtisch hatte Ausmaße, gegen die sich der Schreibtisch des Kaisers winzig ausnahm.

Lobmüller bot ihr einen ledergepolsterten Sessel an und setzte sich selbst hinter den Schreibtisch. Er blickte ernst unter seinen buschigen weißen Augenbrauen.

Ida war nicht sicher, ob sie ihn als arrogant oder abweisend empfinden sollte. Sie wollte den Ort schnell wieder verlassen. »Der Portier meinte, Sie könnten Auskunft über Alfred Oberland geben, der hier gearbeitet hat.«

»Als Direktor der Hofbibliothek sollte ich dazu in der Lage sein.«

Ida fiel ein, dass sie den Mann schon einmal gesehen hatte. Der Kaiser hatte ihm damals einen Orden für besondere Verdienste verliehen.

»Sie wissen sicherlich, dass er verstorben ist.«

»Ein tragischer Unfall, der eine Lücke unter meinen Mitarbeitern hinterlassen hat. Ich habe Oberland und seine Arbeit sehr geschätzt.« Professor Lobmüller zog ein großes Taschentuch aus der Jacke, drehte sich weg und schnäuzte sich laut.

»Verzeihen Sie.« Er wischte sich die Nase noch ein paar Mal ab und wandte sich dann wieder Ida zu. »Schnupftabak. Meine Leidenschaft. Oder Schwäche, wie es meine Gattin bezeichnet.«

Papier. Der Direktor der Hofbibliothek sah aus wie Papier, war trocken wie Papier und redete wie jemand, der jeden Satz aus einem Buch ablas. Stumm wartete er auf ihre nächste Frage.

»Herr Oberland war auch Lehrer des Kronprinzen. Er hat ihn in Kunst und Musik unterrichtet. Wofür war er in der Hofbibliothek zuständig?«

»Oberland hatte verschiedene Funktionen inne. Er hat das Kopieren einiger der ältesten Folianten geleitet, die wir hier aufbewahren. Außerdem war er an der Erstellung eines neuen Archivsystems der Kunstbuchabteilung beteiligt. Sein Fachgebiet war die Musiksammlung. Wir besitzen das Original der Kaiserhymne von Josef Haydn, die Noten von Mozarts Requiem und Violinkonzerten von Ludwig van Beethoven, um nur einige zu nennen.«

»Es müssen sich kostbare Bücher hier in der Bibliothek befinden.« Ida deutete um sich.

»Nicht in meinem Büro. Aber an anderen Orten.«

»Ist es möglich, dass ein Mitarbeiter ein Buch aus der Bibliothek entfernt und mitnimmt?«

Professor Lobmüller zeigte zum ersten Mal eine Gemütsregung. »Das ist strengstens untersagt. Bücher können im Lesesaal studiert werden, aber die Mitnahme ist verboten.« Ida schwieg.

»Wieso wollen Sie das wissen?«, fragte Lobmüller, der Idas nachdenkliche Miene bemerkt hatte.

Sollte Ida von dem Päckchen erzählen? Ihr Verdacht, es könnte ein Buch enthalten, erhärtete sich. Einen Beweis hatte sie allerdings nicht.

»Es gibt keinen Grund, nur Interesse.« Ida lächelte. »Die Statuen auf dem Dach«, sagte Ida. »Was stellen sie dar?«

»Es ist die römische Göttin Minerva auf einer Quadriga«, erklärte Lobmüller, etwas verwundert, dass Ida so unmittelbar das Thema gewechselt hatte. »Sie triumphiert über Neid und Unwissenheit.«

Ohne Lobmüllers Ausführungen zu kommentieren, fragte die Hofdame: »Hatte Oberland einen fixen Arbeitsplatz? Einen Schreibtisch oder ein eigenes Zimmer?«

»Ein Zimmer, ja.«

»Kann ich es sehen?«

»Wozu?«

»Er war der Lehrer des Kronprinzen. Es könnte sein, dass er Schriftstücke von ihm hier aufbewahrte. Diese müssen zurückgegeben werden.«

»Wenn etwas gefunden wird, werden wir es umgehend überbringen.«

»Kennen Sie den Sohn von Alfred Oberland?«, fragte Ida weiter. Lobmüller wirkte, als wüsste er nicht, worauf Ida mit diesen scheinbar unzusammenhängenden Fragen hinauswollte. Genau diese Verwirrung wollte Ida ausnutzen.

»Seit er ein Kind ist«, antwortete der Professor. »Ich habe ihn gestern beim Begräbnis nach längerer Zeit wiedergesehen.«

»Das ist gut zu wissen.« Ida nickte vor sich hin.

»Wie meinen Sie das?«

»Er ist heute nicht zu seinem Dienst im Schloss erschienen. Bis Mittag war er unauffindbar. War der junge Oberland vielleicht heute hier?«

»Bei mir hat er sich nicht gemeldet.«

Ida erhob sich, machte aber keine Anstalten, das Arbeitszimmer des Professors zu verlassen. »Ich würde doch noch gerne das Zimmer sehen, in dem der alte Oberland tätig war.«

Lobmüllers Miene war nicht zu deuten. »Wenn Sie darauf bestehen, folgen Sie mir.«

Sie verließen die Direktion und gingen die Treppe hinunter. Oberlands Büro befand sich am Ende eines langen Ganges. Lobmüller wollte die Tür öffnen, stellte aber überrascht fest, dass sie abgesperrt war. Er rüttelte an der Klinke.

»Hilfe! Hilfe, öffnen Sie!«

»Wer ist da drinnen?«, rief Lobmüller.

»Ich bin es! Xandi. Rauslassen! Ein Arzt, schnell!«

21

Nachdem sie ins Schloss Schönbrunn zurückgekehrt war, hatte sich Elisabeth sofort in ihr Schreibzimmer zurückgezogen. Sie war in Gedanken versunken. Idas Bericht über die Auffindung von Alexander Oberland war ein weiterer Beweis für die große Bedeutung des Päckchens, das für Elisabeth bestimmt war.

Auf dem Schreibtisch lag das neue Album, das sie eigentlich für die Sammlung der schönen Leichen vorgesehen hatte. Nun aber bekam es eine andere Funktion.

Auf die erste Seite kam das Foto des toten Alfred Oberland. Aus der Schreibtischlade holte sie einen Tiegel mit Pergamentleim. Mit einem kurzen Pinsel trug sie ihn auf und drückte das Foto ins Album.

Als nächstes wollte sie Aufzeichnungen darüber anlegen, was seit dem unerwarteten Besuch von Alfred Oberland alles geschehen war. Als Ida aus der Hofbibliothek in die Kutsche zurückgekommen war, hatte ihr Elisabeth eingeschärft: »Außer dir, Latour und der Feifalik weiß niemand von dem Päckchen. Ich wünsche, dass das so bleibt.«

Ida hatte ihr Wort darauf gegeben. Sie gestand Elisabeth, dass sie immer noch das schlechte Gewissen drückte. »Ich hätte Oberland nicht so schroff abweisen dürfen.«

»Es entsprach dem Protokoll und mein Zustand hätte eine Audienz nicht zugelassen«, hatte Elisabeth entgegnet.

»Trotzdem hätte ich wenigstens seine Gründe erfragen können. Oder bei dir persönlich vermitteln.«

»Dann wäre Oberland noch am Leben, meinst du?«

»Vielleicht.«

In dieser Unterredung war Elisabeth ein Gedanke gekommen, den sie unbedingt zu Papier bringen musste. Mit ihrer schwungvollen Handschrift schrieb sie:

Gründe für Oberlands Wunsch,
mir das Päckchen zu übergeben:

1) Wertvoller Inhalt, der durch meine Bewachung geschützt ist
2) Wichtiger Inhalt, der nur bei mir in richtigen Händen ist
3) Inhalt, der von mir mehr geschätzt wird als von anderen
4) Inhalt, dessen Wert nur ich verstehe
5) Inhalt, der für das Kaiserhaus von Bedeutung ist

Der letzte der Gründe schien ihr am unwahrscheinlichsten. Sie wollte ihn wegstreichen, als Franz Joseph eintrat.

»Sisi, Liebes, du bist zurück. Du hast eine Wohltätigkeitseinrichtung besucht, hat man mir gesagt.«

»Ich war in einem Irrenhaus und durfte sehen, wie ein Arzt eine Geisteskranke in einen schlafähnlichen Zustand versetzte.«

Franz Joseph runzelte die Stirn. Elisabeth erzählte weiter. »Er ließ ein Pendel vor ihren Augen schwingen und redete mit ruhiger Stimme auf sie ein.«

»Ach was.« Franz Joseph zeigte wenig Interesse und wollte sein Anliegen vorbringen. Aber Elisabeth ließ ihn nicht zu Wort kommen.

»Die Frau führte daraufhin seine Befehle aus, selbst wenn sie lächerlich waren. Als der Arzt es verlangte, gab sie Tierlaute von sich.«

Der Kaiser nickte, kommentierte den Bericht aber nicht. »Ich habe gleich eine Unterredung mit dem Botschafter Englands, der letzte Woche seinen Dienst in Wien angetreten hat. Er und seine Gemahlin sind heute Abend zu einem Diner im Schloss geladen. Du wirst ihnen doch auch die Ehre geben?«

Elisabeth hatte wenig Lust dazu.

»Du kannst mit dem Botschafter und seiner Frau Englisch reden«, lockte sie der Kaiser.

Das war ein Grund für Elisabeth, zuzusagen. Sie liebte die Sprache, in der sie sich gerne mit ihrer Schwester Helene unterhielt.

Franz Joseph wollte das Schreibzimmer verlassen, als er das aufgeschlagene Album bemerkte. Er warf einen Blick auf das Foto des toten Oberland und seine Augenbrauen schoben sich zusammen.

»Wieso besitzt du das Foto eines Verstorbenen?«

An diesem Tag war Elisabeth danach, den Kaiser zu provozieren. »Weißt du, Franz, im Tod ist der Mensch doch am schönsten. Deshalb habe ich mir gedacht, Fotos von Leichen zu sammeln. Sie sind so schön, die Leichen. Ich glaube, deshalb nennen die Wiener Begräbnisse auch ›a schene Leich‹.«

»Jetzt geh', Sisi, das kann nicht dein Ernst sein. Du wirst den Botschafter doch hoffentlich nicht um Fotos von toten Engländern bitten? Wenn Königin Victoria davon erfährt, wird unser Ansehen in ihren Augen nicht gerade steigen.«

Elisabeth schenkte ihm ein Lächeln. »Ich werde mit dem Botschafter über das Wetter reden, das tun die Engländer doch so gerne. Aber bis zum Essen kann ich mir noch langweiligere Themen einfallen lassen, damit Queen Victoria nicht geschockt wird, wenn er ihr von dem Abend berichtet.«

Franz Joseph blickte sie mit traurigen Augen an. Elisabeth wusste den Blick zu deuten: Seine Liebe zu ihr war groß, doch ihrem Benehmen gegenüber sah er sich machtlos.

Ein Sekretär klopfte und meldete dem Kaiser, dass der Botschafter im Vorzimmer wartete.

Nachdem Franz Joseph gegangen war, wandte sich Elisabeth wieder dem Album zu. Sie legte das Blatt mit den »Gründen« ein und nahm ein neues.

Diesmal schrieb sie:

Wieso starb Oberland?
Bienenstich?
Erstickung?
Versagen des Herzens?
Hitzschlag?

Sie zögerte einen Moment und schrieb dann in großen, schwungvollen Buchstaben:

5. Juni 1866

22

Latour holte Alexander Oberland persönlich aus dem Krankenhaus ab. Er hatte angeordnet, darüber benachrichtigt zu werden, sobald Alexander in häusliche Pflege entlassen werden konnte.

Ida hatte ihm den fürchterlichen Moment geschildert, als die Türe zum Zimmer des alten Oberland aufgebrochen worden war. Ein Gestank war Lobmüller und ihr entgegengeschlagen, der ihr den Atem geraubt hatte. Sie musste sich sofort abwenden, weil sie sie sich sonst übergeben hätte.

Alexander war in das Allgemeine Krankenhaus gebracht worden. Latour hatte am nächsten Tag erfahren, dass die Ärzte zunächst eine Infektion vermuteten. Da sich Alexanders Zustand aber schneller besserte als erwartet, gingen sie davon aus, dass er beim Leichenschmaus etwas Verdorbenes gegessen haben könnte.

Auch für seine Bewusstlosigkeit hatten sie eine mögliche Erklärung. Auf seinem Hinterkopf waren Wunden entdeckt worden. Wahrscheinlich hatte Alexander sie sich bei einem Sturz zugezogen, genau wie den verstauchten Knöchel. Die genaue Ursache für die Bewusstlosigkeit konnten die Ärzte jedoch nicht mit Sicherheit feststellen. Da Alexander keine Erinnerung an den Vorfall besaß, blieb vieles im Unklaren.

Alexander war sehr blass, als er Latour über den Gang des Krankenhauses entgegengehumpelt kam. Er musste zum Gehen noch eine Krücke verwenden, da der Fuß beim Auftreten schmerzte.

Vor dem Krankenhaus wartete eine Kutsche. Latour half Alexander beim Einsteigen und verfrachtete ihn auf die hintere Bank. Der Kutscher wusste, wohin er fahren sollte, und gab den Pferden das Signal, loszulaufen.

Zuerst hatte die Kaiserin darauf bestanden, dass Alexander nach Schönbrunn gebracht und in seinem Dienstzimmer gepflegt wurde. Latour und Ida hatten ihr davon abgeraten. Besser er kam in das Haus seiner Familie und zu seiner Mutter, die damit eine Aufgabe hatte und vom Schmerz des Verlustes ein wenig abgelenkt werden würde.

Die Kaiserin hatte Latour darauf eingeschworen, kein Wort über das Päckchen zu verlieren. Auch alle Erkenntnisse der vergangenen Tage mussten unter ihnen bleiben. In ihr war ein Ehrgeiz erwacht, die mysteriösen Umstände von Alfred Oberlands Tod selbst aufzuklären.

Die Kutsche holperte über das Katzenkopfpflaster dahin. Latour und Alexander wurden durchgerüttelt. Der junge Lehrer verzog immer wieder das Gesicht, weil seine Verletzungen noch sehr schmerzten.

»Sehr freundlich von Ihnen, mich zu meiner Mutter zu bringen«, bedankte er sich bei Latour.

»Ich bin daran interessiert, dass Sie bald wieder Ihre Arbeit am Hof aufnehmen können.«

Alexander lächelte gequält. »Ich weiß nicht, ob ich das schaffe.« Er massierte seine Nasenwurzel mit den Fingern. Latour erkannte, dass er auf diese Weise seine Tränen verbergen wollte. »Ich meine manchmal, Schuld an Vaters Tod zu haben.«

»Wie kommen Sie darauf?«

»Er war unachtsam. Vielleicht aus Nervosität über die Anwesenheit der kaiserlichen Hoheiten. So ist der Unfall geschehen. Ich hätte ihn nicht so aufregen dürfen …«

Ohne etwas von dem Mordverdacht zu erwähnen, versuchte Latour, Alexander zu versichern, dass es ganz und gar nicht seine Schuld war.

»Aber nur, weil ich die Kaiserkinder gebracht habe, hat er an diesem Tag bei den Bienenstöcken gearbeitet.«

Latour ging nicht darauf ein. »Können Sie sich inzwischen daran erinnern, was im Arbeitszimmer Ihres Vaters mit Ihnen geschehen sein könnte?«

Alexander erzählte ihm nur Dinge, die Latour ohnehin schon wusste. Er beschrieb das Durcheinander der Bücher und Aufzeichnungen, der Notizbücher und Unterlagen.

»In dem Zimmer muss jemand gewütet haben«, hatte Latour der Kaiserin berichtet, nachdem er sich am Tag nach dem Auffinden von Alexander in der Hofbibliothek selbst ein Bild verschafft hatte.

»Es muss jemand dort etwas gesucht haben«, folgerte Elisabeth. »Wahrscheinlich den Inhalt des Päckchens.«

Als Alexander im Krankenhaus lag, hatte Latour in jeden Tag besucht. Am zweiten Tag hatte ihn ein Arzt vor dem Zimmer zur Seite genommen und ihm leise gesagt: »Verzeihen Sie, dass ich mich einmische, aber bei der Visite heute Morgen ist mir ein Gedanke gekommen.«

»Und der wäre?«

»Der Patient Oberland spricht von Magenbitter, den er im Schreibtisch seines Vaters gefunden und getrunken hätte.«

»Das ist mir bekannt.«

»Im Schnaps könnte Gift gewesen sein.«

»Welches Gift?«

»Das kann ich nicht sagen. Aber die Symptome könnten von Gift ausgelöst worden sein. Meine älteren Kollegen halten nichts von meiner Vermutung, aber ich dachte, ich sollte sie Ihnen mitteilen.«

Latour dankte und fasste den Entschluss, Alexander bewachen zu lassen, sobald er das Krankenhaus verlassen würde. Er hatte Marie um einen Gefallen gebeten. Sie sollte ihren Freund in der Garde fragen, ob er jemanden kannte, der sich um die Sicherheit von Alexander Oberland kümmern konnte.

Ein ehemaliger Gardist, den man wegen Trunkenheit entlassen hatte, übernahm den Auftrag für geringen Lohn. Er versprach im Umkreis des Fuhrwerkerhauses der Familie Oberland zu bleiben und Alexander zu bewachen.

Latour hatte auch ein Gespräch mit Lobmüller geführt. Der Professor war geschockt über den Vorfall. Der Trakt, in dem sich Alfred Oberlands Büro befand, wurde derzeit nicht benutzt. Es hätte Tage dauern können, bis jemand nach unten gestiegen wäre und Alexander gefunden hätte. Ida hatte ihm vielleicht mit ihrer Neugier das Leben gerettet.

Den Gedanken, dass jemand Alfred oder Alexander Oberland vergiften wollte, hatte Lobmüller jedoch von der Hand gewiesen. »Die Hofbibliothek ist ein Ort des Wissens, nicht des Verbrechens.«

»Könnten Sie sich denken, wer die Tür abgeschlossen hat?«

»Ich werde persönlich untersuchen, wer sich zu dieser Zeit im Gebäude aufgehalten hat«, erklärte Lobmüller. Ein Ergebnis dieser Untersuchung hatte Latour noch keines erfahren.

Frau Oberland stand vor dem Haus, als die Kutsche hielt. Der Kutscher half, Alexander auf die Straße zu stellen. Im Tageslicht sah Alexander erbärmlich aus. Bleich, tiefe Schatten unter den Augen, eingefallene Wangen und fettige Haare. Die Mutter brach in Wehklagen aus, als sie seinen Zustand sah.

Hinter dem Haus, vor der Tür zur Küche, war ein Tisch für zwei Personen gedeckt.

»Ich wusste nicht, dass wir Besuch bekommen würden«, entschuldigte sich Frau Oberland. Sie holte sofort noch einen Teller und Besteck. Sie hatte Alexanders Lieblingsspeise gekocht: Gulasch.

»Ich kann noch nicht richtig essen«, sagte Alexander mit großem Bedauern. »Eine Semmel ist für mich genug. Und warmes Wasser. Mein Magen behält noch nicht mehr. Aber ich sehe euch beim Essen zu.«

Nachdem er zehn Minuten gesessen hatte, musste er sich ins Haus zurückziehen. Er war müde und die Übelkeit machte ihm wieder zu schaffen.

Behutsam erkundigte sich Latour bei Frau Oberland nach dem möglichen Inhalt des Päckchens.

»Hat Ihr Mann etwas erzählt, über....« Latour suchte nach den richtigen Worten. »...über etwas, das ihm wichtig war? Etwas, das er gut verwahren wollte? Etwas, das nicht in die falschen Hände geraten sollte?«

Frau Oberland wischte sich die Hände am Rock ab und blickte verwirrt. »Wie meinen Sie das? Mein Mann war anständig. Das wissen Sie doch. Er hätte keine Geheimnisse mit sich herumgetragen.«

»Haben Sie vielleicht ein Päckchen bei ihm gesehen? Mit einem grünen Siegel auf der Verschnürung?«

»Alfred hat immer grünen Siegellack verwendet. Das hat auch sein Vater schon so gemacht.«

»Aber ein Päckchen, ungefähr so groß?« Latour zeigte die Größe, die Ida beschrieben hatte, mit den Händen.

»Nein. Was sollte das sein? Wieso fragen Sie?«

Latour schüttelte nur den Kopf, als wäre es nicht weiter wichtig.

23

Alexanders früheres Kinderzimmer lag unter dem Dach. Es maß nur vier Schritte im Quadrat und hatte eine schiefe Wand. Außer einem Bett gab es noch einen kleinen Schreibtisch und einen Sessel.

Nachdem er sich auf sein Bett gelegt hatte, war Alexander sofort eingeschlafen. Die lange Fahrt vom Krankenaus hatte ihn zusätzlich erschöpft.

Als er erwachte, dämmerte es vor dem kleinen Dachfenster. Sein Kopf schmerzte, als er sich aufsetzte. Außerdem hatte er großen Durst. Vorsichtig stieg er die steile Holztreppe hinunter. Seine Mutter saß vor der Küche auf einer Bank. Latour war bereits gegangen.

Alexander holte sich Wasser und setzte sich zu ihr. Er versicherte ihr mehrfach, dass es ihm besser ginge. Dann unterhielten sie sich leise über den verstorbenen Vater. Beide konnten sie noch immer nicht fassen, dass er nie wieder im Garten arbeiten und sich um seine geliebten Bienen kümmern würde.

»Was machen wir mit den Bienenstöcken?« Die Mutter sah Alexander von der Seite fragend an. Er zuckte mit den Schultern.

Weil er nichts mehr essen wollte, verabschiedete sich die Mutter, um zu Bett zu gehen. Alexander blieb noch etwas an der frischen Luft. Er holte sich eine Jacke aus dem schweren Holzschrank im Erdgeschoß. Das Zimmer, das er im Schloss Schönbrunn bewohnte, war klein und er hatte deshalb Kleidung bei den Eltern gelassen.

Die Dunkelheit senkte sich langsam über den Garten. In der Küche zündete Alexander eine Petroleumlampe an und verschloss die Tür zum Garten.

Im Erdgeschoß befanden sich außer der Küche noch eine Stube, das Schlafzimmer der Eltern und eine kleine Kammer. Manchmal war sein Vater dort drinnen an seinen wenigen freien Tagen gesessen und hatte gearbeitet. Viel hatte er darüber allerdings nie erzählt.

Bestimmt war seine Mutter seit dem Tod des Vaters nie dort drinnen gewesen. Alexander hielt die Petroleumlampe vorgestreckt und leuchtete sich den Weg zu der niedrigen Tür. Sie knarrte, als er sie öffnete. Er ließ den Lichtschein über die wenigen Möbel wandern. So wie er es von seinem Vater kannte, war alles tadellos aufgeräumt.

In einem Regal standen Bücher über die Imkerei. Daneben lagen Mineralien, die der Vater als Kind gesammelt hatte. Ein Holzpferd, das eines der ersten Spielzeuge von Alexander gewesen war, diente auf der anderen Seite als Bücherstütze.

Auf dem kleinen Tisch entdeckte er grünen Siegellack und ein Siegel in Stempelform. Eine Schere lag daneben und ein aufgewickeltes und sorgfältig verschnürtes Stück Bindfaden. Alexander war als Kind immer eingeschärft worden, den Vater nicht zu stören, wenn er arbeitete, das Zimmer niemals allein zu betreten und nichts anzufassen.

Das aber war lange her, der Vater lebte nicht mehr und Alexander war erwachsen. Er zog die Schreibtischlade auf. Sie war leer. Als er sie wieder zuschob, verklemmte sie sich und er musste rütteln, um sie zurückzuschieben. In der Lade klimperte etwas. Alexander zog sie erneut auf.

Auf dem Boden lag ein Schlüssel. Alexander stellte die Petroleumlampe ab und nahm ihn heraus. Es war kein Schlüssel für eine Zimmer- oder Haustür, dafür war er zu klein.

Aber wieso hatte er ihn vorher übersehen? Der Schlüssel war in der Mitte der Lade gelegen. Wachs klebte daran. Alexander zog die Lade ganz heraus und fuhr mit der Hand in das Fach. Er tastete die Unterseite der Schreibtischplatte ab. Auch dort fühlte er einen kleinen Klumpen Wachs. Alexander kratzte ihn herunter und holte ihn hervor. Er konnte den Abdruck des Schlüssels sehen. Sein Vater hatte ihn dort versteckt.

Aber wieso? Was sperrte der Schlüssel auf?

Alexander fiel die Truhe ein, die im Kleiderschrank stand. Er kannte sie, seit er ein Kind war. Es war eine eisenbeschlagene Truhe, in der die Großeltern und Urgroßeltern das verdiente Geld aufbewahrt hatten. Sie war mit dem Schrank verschraubt, damit niemand sie stehlen konnte. Der Schrank war mit Eisenbändern an der Wand befestigt.

Mit der Petroleumlampe in der einen Hand und dem Schlüssel in der anderen, ging er zum Kleiderschrank und öffnete beide Türen. Rechts unten waren Fachbretter für die Truhe ausgespart. Alexander ging in die Knie, die Lampe stellte er auf den Boden. Seine Hand zitterte ein wenig, als er den Schlüssel in das dafür bestimmte Loch steckte. Er ließ sich mit einiger Anstrengung drehen. Sein Verdacht erwies sich als richtig. Eine Mechanik knirschte im Inneren der Truhe. Es klickte.

Bestimmt enthielt die Truhe Geld, die Ersparnisse der Familie, dachte er, bevor er den Deckel aufklappte. Alexander leuchtete in die Truhe. Sie war gefüllt mit Büchern. Er nahm eines nach dem anderen heraus. Sie hatten grüne, rote oder blaue Einbände und waren alle gleich dick. Als er eines aufschlug, erkannte er sofort die Handschrift seines Vaters.

3. Feber 1853

Der heutige Tag hatte keine großen Vorkommnisse. Aber auch die kleinen erfüllen mich mit Dankbarkeit.

Hastig blätterte er alle Bücher durch. Sie waren gefüllt mit ähnlichen Einträgen, die im Jahre 1839 begannen und im Mai dieses Jahres endeten.

Er hielt die Tagebücher seines Vaters in den Händen. Durfte er sie lesen? War ihm das schon so kurz nach seinem Tod erlaubt?

Alexander legte die Bücher zurück in die Truhe und verschloss sie wieder. Nur das letzte der Tagebücher nahm er mit nach oben in sein Zimmer. Er setzte sich auf das Bett und konnte seine Neugier kaum bezwingen.

Der erste Eintrag war von seinem Vater am 2. Januar 1866 gemacht worden. Die letzte Eintragung stammte vom 25. Mai. Im Vergleich zu den anderen Tagebüchern schien Alexander, als hätte sein Vater in diesem Zeitraum besonders viel aufgeschrieben. Es kostete ihn etwas Überwindung, den letzten Eintrag zu lesen. Die Handschrift war schlampiger als sonst, als hätte sein Vater in Eile geschrieben. Es fehlten Worte und Satzzeichen.

Endlich Einfall. Werde Latour ersuchen, mir Audienz bei Kaiserin verschaffen. Übergebe ihr das Buch zur Aufbewahrung. Dort ist es sicher vor

Danach war die Tinte verwischt. Von welchem Buch schrieb sein Vater? Und vor wem musste er es beschützen?

6. Juni 1866

24

Wie schnell doch drei Wochen vergehen, dachte Ida. Und was in dieser Zeit alles geschehen kann!

Alle drei Wochen fand der Waschtag der Kaiserin statt, an dem in einer langwierigen Prozedur ihre Haarpracht gewaschen wurde.

Heute war es wieder so weit. Ida war an Waschtagen für Elisabeths Zerstreuung verantwortlich. Mittlerweile konnte Ida aus den Andeutungen der Kaiserin erkennen, ob sie lieber altgriechische Verse vorgetragen bekommen wollte, Sonette von Shakespeare oder Gedichte von Heinrich Heine. Seit den Vorfällen rund um den Tod von Alfred Oberland war aber alles anders.

Elisabeths Stimmung war oft gereizt und sprunghaft. Deshalb hatte Ida vorsichtshalber fünf Herren eingeladen, die Elisabeth von Zeit zu Zeit vorlasen oder etwas vortrugen. Ein Ungar, der ihr Unterricht in Ungarisch gab, war genauso dabei wie ein Gelehrter der Philosophie, der recht unterhaltsam vor sich hin dozieren konnte.

Ida ging im Audienzraum der Kaiserin unruhig auf und ab. Sie kannte Elisabeth lange genug und hatte ein Gespür für ihre Launen entwickelt. Dieses Gespür sagte Ida, dass Elisabeth heute zur Unterhaltung etwas völlig anders wünschen würde. Doch würde ihr Ida diesen Wunsch erfüllen können?

Ein Kammerdiener ließ die fünf Herren ein, die unterschiedlicher nicht hätten sein können. Von einem gebückt gehenden Greis bis zu einem blasierten jungen Mann, dem die Langeweile ins Gesicht geschrieben stand, war alles vertreten. Zum Glück wussten die

Männer nicht, welche Spitznamen ihnen der Kaiser gegeben hatte. Er schätzte diese Gesellschaft seiner Frau wenig und sprach nur vom »Buckeligen«, dem »Hinkenden« und dem »Schlafauge«.

Ida begrüßte die Herren kurz. Jeder war über die Anwesenheit der anderen erstaunt.

»Bitte setzen Sie sich. Ich werde Ihnen bald sagen können, wer der Kaiserin heute vorträgt.« Sie erkannte die Besorgnis in den Gesichtern und versicherte, dass selbstverständlich alle entlohnt würden. Auch wenn sie nicht zum Einsatz kämen.

Danach kehrte sie in das Toilettezimmer zurück, das sich im Anschluss an das kaiserliche Schlafzimmer befand. Als Ida eintrat, erinnerte sie der Duft an eine Zuckerbäckerei. Der Geruch stieg aus den Schüsseln, in denen das Kopfwaschmittel gemischt wurde. Es bestand aus Eigelb und reichlich Cognac, dazu ein kleiner Schuss Apfelessig und einige andere Zutaten.

Viele Male hatte Ida dabei zugesehen, wie Fanny Feifalik die Mischung am Ansatz fest in die Haare knetete und danach in den Längen verteilte. Sie ließ das Mittel einwirken und begann dann mit dem Auswaschen. Zimmermädchen brachten Bottiche, in denen die langen Haare immer wieder gespült wurden. Aus einem Krug goss Fanny Wasser über den Kopf der Kaiserin.

Für diese Prozedur lag Elisabeth auf dem Rücken, den Kopf auf der Lehne einer Chaiselongue gebettet. War das Spülen endlich beendet, begann das Kämmen. Fanny verwendete einen breiten Hornkamm und hielt die Haarsträhnen am oberen Ende fest, um zu vermeiden, dass sie die Haare der Kaiserin grob nach unten riss.

»Majestät«, sagte Ida vorsichtig.

Elisabeth öffnete die Augen.

»Was?«

»Ich wollte nur fragen, welchen Vorleser ich später hereinbringen darf?«

»Vorleser?« Die Kaiserin überlegte. »Was mich interessiert sind Gifte und ihre Wirkungen. Wir müssen dazu doch Bücher in der Hofbibliothek haben. Besorge eines und dazu jemanden, der mir daraus vorliest.«

Ida hatte es geahnt. Elisabeth kam mit einem Sonderwunsch.

Fanny winkte den Zimmermädchen die Ständer aufzustellen, die schon an der Wand warteten. Es waren Gestelle aus gedrechseltem und vergoldetem Holz mit Querstangen, auf denen an Migränetagen die Zöpfe der Kaiserin lagen. Mehrere dieser Gestelle wurden hintereinander aufgereiht. Unter Mithilfe der Mädchen breitete Fanny Elisabeths Haare zum Trocknen darauf aus.

Die Kaiserin hob den Kopf und die Haare verrutschten auf den Ständern. Fanny, die hinter Elisabeth stand, hob beschwörend die Arme, weil sie die Arbeit noch einmal machen musste.

»Meinst du, es gibt ein Buch über Morde mit Gift?«, wollte Elisabeth von Ida wissen.

»Bis zur Hofbibliothek und zurück brauche ich einige Zeit. Die Suche wird dauern. Bis ich zurück bin, könnten die Haare schon trocken sein.«

Elisabeth ließ sich wieder zurücksinken. Fanny begann erneut mit dem Legen der Haare.

»Wie wäre es mit einer Lektion in Ungarisch?«, schlug Ida vor. »Ich bin sicher, Ferenc kann auch über Gifte sprechen und Ihnen einige neue Wörter lehren.«

»Heute nicht. Ich will mehr über Gifte erfahren.«

Ida unternahm keinen weiteren Versuch, Elisabeth von der Idee abzubringen. »Dann mache ich mich auf den Weg.«

»Nein. Bleib hier.« Sie deutete Ida, sich an ihre Seite zu setzen. »Erinnere mich, was diese Photographin zu dir gesagt hat. In ihrer Familie kennt man sich aus mit Giften, nicht wahr?«

»Der Cousin von Amalie Buback ist Pathologe. Er interessiert sich für die gerichtliche Medizin. Sie beschäftigt sich mit der Untersuchung von Leichen, wenn davon auszugehen ist, dass ein Mensch keines natürlichen Todes starb. Er besucht dafür Vorlesungen bei einem renommierten Professor.«

»Gerichtsmedizin nennt man das.« Elisabeth überlegte. »Und wie war das mit dem Gift?«

»Es gibt Gifte, die man weder riechen noch schmecken kann. Sie lösen einen Tod aus, der nicht verdächtig wirkt. Amalie Buback hat mir erzählt, dass die Opfer aussehen, als hätten sie einen Herzschlag erlitten.«

»Wie kann man das Gift bei den Opfern dann erkennen?«

Das wusste Ida nicht.

»Kennst du auch die Namen von Bubacks Cousin oder dem Professor?«

»Ihr Cousin heißt Ernst Holler«, erinnerte sich Ida. »Wie der Gerichtsmediziner heißt, der die Vorträge hält, kann ich herausfinden.«

»Tu das. Du musst ihn finden und mit ihm reden.«

Ida tat für die Kaiserin alles, was in ihrer Macht stand. Dieser Auftrag erschien ihr jedoch unmöglich.

»Majestät, Ihr müsst mein Zögern verstehen. Wenn ich einen Arzt aufsuche und diese Fragen stelle, wird er den Grund dafür wissen wollen. Ich kann unmöglich sagen, dass mich die Kaiserin von Österreich geschickt hat.«

Elisabeth lachte kurz auf. »Er könnte denken, ich hätte vor, die Habsburger zu vergiften.« Sie schnaubte und lächelte bitter. Leise sagte sie: »Obwohl es mir bei dem Luzi-Wuzi durchaus gefallen könnte.«

Damit war, wie Ida wusste, Ludwig Viktor, der Bruder des Kaisers, gemeint.

»Die Presse könnte von meinem Treffen mit dem Gerichtsmediziner und Ihrem Auftrag erfahren«, warnte Ida. »Einer dieser frechen Journalisten verfasst am Ende einen Artikel darüber. Sie wissen, wie die Schreiberlinge sind. Sie können die gemeinsten Unterstellungen als Fragen formulieren.«

Da sie nicht nicken konnte, weil sonst die Haare erneut verrutscht wären, schwenkte Elisabeth den ausgestreckten Zeigefinger. »Da hast du schon recht, Ida. Aber es muss doch möglich sein, mit diesem Arzt ein Gespräch zu führen, ohne ihm von dem Tod Alfred Oberlands zu erzählen.«

Ida fiel eine Möglichkeit ein, aber Elisabeth würde davon nichts wissen wollen. Dennoch schilderte sie die Idee in wenigen Worten. Zu ihrer Überraschung war die Kaiserin angetan. Sie wollte sofort mit dem Kaiser darüber sprechen und bat Ida, ihn zu holen.

Der Zutritt zu ihren Gemächern war Franz Joseph an Waschtagen streng verboten. Franz Joseph hielt sich daran, weil er den Unmut seiner Frau unter keinen Umständen erregen wollte. Der Sekretär des Kaisers, den Ida aufsuchte, war genau so erstaunt wie sie über den Wunsch der Kaiserin.

»Das Anliegen ist von größter Wichtigkeit«, versicherte ihm Ida.

»Seine Majestät hat eine Besprechung mit einem Kommandanten«, entgegnete der Sekretär.

»Und Ihre Majestät, die Kaiserin, möchte mit ihrem Gemahl reden«, gab Ida zurück. Sie ließ sich nicht so leicht einschüchtern oder abwimmeln.

Eine Viertelstunde später wurde an die Tür des Toilettezimmers geklopft und der Kaiser trat ein. Ida erhob sich und knickste. Ida hatte Franz Joseph noch nie so verlegen erlebt. Er wusste nicht, ob er seine Frau in dieser ungewöhnlichen Pose, mit den Haaren auf den Ständern, ansehen durfte.

»Ich warte draußen, Majestät«, sagte Ida und verließ das Zimmer durch die Tapetentür, die zum Raum für die Dienstboten führte. Weil sie das Gespräch belauschen wollte, ließ sie die Tür einen Spalt offen. Damit die anderen Bediensteten das nicht bemerkten, setzte sie sich an den Tisch, auf dem die verklebten Schüsseln standen, und tat, als müsse sie die Reste untersuchen.

»Franzl«, begann Elisabeth.

Ida hatte noch nie gehört, wie Elisabeth den Kaiser mit diesem Namen ansprach.

»Elisabeth, was ist denn geschehen?«

»Franzl, ich will, dass du einen Empfang gibst.«

»Für wen soll er sein?«

»Für Ärzte und ...« Elisabeth musste kurz nachdenken, bis ihr die richtige Bezeichnung wieder einfiel. »...für Gerichtsmediziner. Mir ist von einem berichtet worden, der jeden Mord aufklären kann. Wir müssen das honorieren.«

»Wir?« Der Kaiser sah sie ungläubig an.

»Wir werden den Gerichtsmediziner und seine Kollegen hier empfangen. Ich finde, wir sollten ein Essen für sie geben. Ich könnte davor auch einige zu einer Audienz laden.«

»Elisabeth, ist das dein Ernst?«

»Mein voller Ernst.«

Da jeder wusste, wie ungern und selten sich die Kaiserin bei solchen Anlässen zeigte, konnte Ida das große Erstaunen des Kaisers gut verstehen.

»Wenn du das wirklich möchtest, dann werde ich den Auftrag dazu geben.«

»Bald. Es muss bald geschehen. Vielleicht schon zum Wochenende. Oder stehen da andere Verpflichtungen auf dem Programm?«

»Ich werde das klären und dich benachrichtigen lassen.«

»Wir dürfen nicht lange warten«, schärfte ihm Elisabeth ein.

»Ich habe verstanden.«

»Danke, Franzl.«

9. Juni 1866

25

»Ich kann noch nicht. Mein Zustand lässt es leider nicht zu.« Alexander Oberland saß am Küchentisch des Fuhrwerkerhauses. Die Fensterläden und die Tür waren trotz des warmen Tages geschlossen.

»Würde Ihnen frische Luft nicht guttun?«, schlug Latour vor.

»Das Licht schmerzt mich in den Augen. Deshalb habe ich hier alles abgedunkelt.«

Der junge Oberland sah nicht sehr gesund aus, das musste Latour zugeben. Das schummrige Licht in der Küche trug sicherlich zu diesem Eindruck bei.

»Wann werden Sie denn wieder nach Schönbrunn zurückkehren? Die kaiserlichen Hoheiten fragen nach Ihnen und ich will keinen anderen Lehrer einstellen.«

Alexander zuckte mit den Schultern. »Ich kann es nicht sagen. Es wird sicher noch einige Zeit dauern.« Er atmete schwer aus. »Sie müssen mich entschuldigen. Ich muss mich wieder hinlegen.«

Latour nickte und erhob sich. Weil er keine Nachricht von Oberland bekommen hatte, war er mit dem Fiaker zu ihm gefahren. Als er ankam und an das Tor klopfte, hatte ihm lange niemand geöffnet. Es dauerte, bis Oberland erschienen war, eine Decke um die Schultern gelegt. Sein Gang war langsam, er wirkte schwach.

»Ich hoffe, Sie fühlen sich bald wieder bei vollen Kräften«, sagte Latour. Er wünschte dem Lehrer alles Gute und verließ das Haus.

Nachdenklich ging er die Straße hinunter. Während seiner Zeit als Erzieher der Kaiserkinder hatte er Alexander Oberland schätzen gelernt. Der junge Mann unterschied sich zwar in manchen Belangen deutlich von ihm. Er war schüchtern, unsicher und etwas ungeschickt. Alexander hätte keinen guten Soldaten abgegeben. Doch er war auch sanft, klug und ein Lehrer aus Leidenschaft. Es schmerzte Latour, ihn in diesem Zustand zu sehen.

Der Fiaker war weitergefahren und Latour musste sich einen anderen suchen. Mit dem Finger strich der Oberst die Bürste entlang, die sein Schnauzbart über der Lippe bildete. Er mochte dieses feine Kratzen.

Eine gefleckte Katze rannte vor ihm über den Weg. Ein Hund jagte hinter ihr her. Die Katze flüchtete auf einen Baum, der Hund stand darunter und bellte wie verrückt.

Latour bereute es, dass er den Fiaker nicht hatte warten lassen. Vor Schloss Schönbrunn standen immer genug bereit. In dieser Gegend aber schien es keine zu geben. Er musste die Station der Pferde-Tramway suchen.

Weil niemand auf der Straße unterwegs war und er keine Orientierung in dieser Gegend hatte, ging er auf die Kirche zu, deren Turm über den Hausdächern zu sehen war.

Auf dem Platz vor der Kirche gab es einen kleinen Markt. Bauern boten Gemüse feil. Viel Kundschaft war aber nicht da. Gleich am ersten Stand, wo es Würste zu kaufen gab, sah Latour ein bekanntes Gesicht.

»Guten Tag, Frau Oberland.«

Die Witwe zuckte erschrocken. »Oh, Verzeihung«, sagte sie, als sie ihn erkannte. »Sie haben mich überrascht.«

Der Verkäufer reichte ihr zwei Würste und eine Schwarte geräucherten Speck, die sie in ihren Korb legte. Dort sah Latour auch Brot und etwas Gemüse.

»Ich bitte um Entschuldigung, dass ich Sie erschreckt habe.« Latour bot Frau Oberland an, den Korb zu tragen. Sie lehnte dankend ab.

»So schwer ist er nicht, das schaffe ich schon. Was führt Sie in unsere Gegend?«

»Ich habe Alexander einen Krankenbesuch abgestattet.«

Frau Oberland nickte. »Zum Glück ist er schon fast genesen.«

Diese Aussage überraschte Latour. »Finden Sie?«

»Er isst schon wieder recht ordentlich und steht auch sonst gut auf den Beinen. Viel sehe ich aber nicht von ihm. Er verbringt die meiste Zeit in der Kammer seines Vaters. Alexander liest seine Bücher, hat er gesagt. Das hilft ihm, mit dem Schmerz besser zurechtzukommen.«

»Schläft er noch viel?«, erkundigte sich Latour.

»Im Gegenteil. Wir brauchen viel Petroleum, weil er auch in der Nacht liest.«

»Ich hoffe, er kehrt bald in den Dienst zurück«, sagte Latour. »Das hoffen auch die kaiserlichen Hoheiten.« Er erkundigte sich nach einer Haltestelle der Pferdebahn und Frau Oberland zeigte ihm den Weg. Danach verabschiedeten sie sich.

Als er zur Pferdebahn ging, strich sich Latour immer heftiger über die Spitzen der Barthaare. Er überlegte, was er nun tun sollte. Am besten wäre es, zurückzugehen und Alexander Oberland zur Rede zu stellen. Wieso hatte er ihn vorhin belogen? Er konnte sich doch nicht in dem jungen Mann so getäuscht haben?

Vielleicht wollte Alexander einfach noch einige Tage zu Hause bei seiner Mutter verbringen und hatte Latour deshalb etwas vorgespielt.. Möglich, dass ihn die Trauer belastete, und er noch Zeit benötigte.

Was aber las der junge Oberland bis tief in die Nacht? Was stand so Interessantes in den Büchern seines Vaters?

Bestimmt würde die Mutter ihrem Sohn vom Treffen mit Latour erzählen. Was würde Alexander dann tun? Ihm musste klar sein, dass Latour über seinen wahren Gesundheitszustand informiert war. Latour würde dem jungen Lehrer einen Tag Gnadenfrist lassen, um zu ihm zu kommen und sich zu erklären. Tat er das nicht, konnte das für Alexander schwerwiegende Folgen haben.

26

Die Fürstin fröstelte. Sie wollte die Decke auf ihren Beinen etwas höher ziehen, aber ihre Hände bewegten sich kaum. Bekümmert betrachtete sie die dürren Finger. Wie fleckiges Pergament spannte sich die Haut über ihre Knochen.

Ihre Kräfte schwanden täglich. Die Fürstin hatte sich damit abgefunden, diese Welt schon bald zu verlassen. Aus diesem Grund genoss sie die Sonne an diesem Tag besonders und ließ sich von ihr das Gesicht wärmen. Der Wind bewegte die langen Enden ihrer Witwenhaube aus schwarzem, englischen Krepp.

So lange schon durfte ich auf dieser Erde sein, dachte sie im Stillen. Sie blickte zum Himmel, über den große Wolken zogen. Sie warfen Schatten auf die Felder und Hügel, die vor ihr lagen.

»Guter Gott, du hast mir viele Leiden auferlegt, als Buße für das, was ich getan.« Sie bewegte beim Beten kaum die Lippen und flüsterte nur. »Du hast mir aber auch so viele Jahre geschenkt, wie kaum einer anderen. Ich hoffe, dass meine guten Taten überwiegen und du beim Jüngsten Gericht berücksichtigst, dass meine Absicht immer nur die Beste war. Liebe ist größer als der Tod. Liebe ist stärker als Hass und Missgunst. Liebe braucht Schutz und soll niemals Ziel von Spott und Verachtung sein.«

Das Schloss war auf einer leichten Erhöhung gebaut. Als Kind hatte die Fürstin es geliebt, von einem Fenster zum anderen zu laufen und ins Land hinauszublicken. Wohin das Auge reichte, gehörten Felder, Wiesen und Wald ihrer Familie. Jetzt, im hohen Alter, hatte die Fürstin diese Natur aufs Neue lieben gelernt. Jeden Tag veränderte sich die Landschaft ein klein wenig. Im Frühling hatte sie beobachtet, wie sich das Grün ausbreitete, nun wurde das Korn auf manchen Feldern bereits golden. Bald würde es geschnitten werden.

»Wie lange noch, Gott, wie lange lässt du mich noch hier verweilen?«, fragte sie leise.

»Verzeihung, Durchlaucht.«

Die Fürstin blickte auf. Ihre Gesellschafterin Franziska war gekommen. Sie machte dieses wichtige Gesicht, das die Fürstin so hasste.

»Durchlaucht hat mich gebeten, Pater Stefan ins Schloss zu holen. Der Pater ist soeben eingetroffen. Ich weiß, dass Durchlaucht allein auf der Terrasse sein wollte, aber ich dachte...«

»Schon gut«, unterbrach sie die Fürstin. »Ich lasse ihn zu mir bitten.«

»Sehr wohl, Durchlaucht. Darf es noch etwas Tee sein?«

Die Fürstin lehnte ab. Sie konnte die Tasse nicht mehr gut greifen und wollte nicht, dass sie ihr jemand an die Lippen hielt.

Pater Stefan war ein kleiner Mann, der gerne aß und dem Wein zusprach. Die Hände immer vor dem runden Bauch gefaltet, trat er zur Fürstin und lächelte sie gütig an.

»Sie können gehen, Franziska«, sagte sie.

Die Gesellschafterin blieb stehen. »Durchlaucht, soll ich Sie nicht zurück in den Salon schieben? Es wird bald kühl werden...«

»Sie sollen gehen«, wiederholte die Fürstin, so scharf sie noch konnte.

Franziska deutete auf die offene Tür. »Ich bin nicht weit, wenn Durchlaucht...«

»Gehen Sie endlich!«

»Sehr wohl.«

Nachdem sie das Schließen der Tür gehört hatte, atmete die Fürstin auf. »Setzen Sie sich doch bitte«, sagte sie zu Pater Stefan und deutete auf eine Steinbank, die an der Balustrade der Terrasse stand. »Vorher aber schieben Sie mich näher.«

Der Pater trat hinter sie, packte die Griffe des Rollstuhls und schob ihn neben die barocke Bank. Sie konnten nun einander gegenübersitzen.

Die Fürstin kam gleich zu ihrem Anliegen. »Pater, ich möchte, dass Sie mir die Beichte abnehmen.«

»Hier? Unter freiem Himmel?«

»Hier, unter den Augen Gottes«, erwiderte die Fürstin.

»Ich könnte Sie in die Schlosskappelle bringen. Oder in Ihre Bibliothek.«

»Ich bitte Sie, es hier zu tun.«

»Wenn Durchlaucht das so wünschen.«

Die Fürstin hob die Hand, um sich zu bekreuzigen. Sie konnte sie nicht bis an die Stirn führen und machte das Kreuz vor der Brust. »Im Namen des Vaters und des Sohnes und des Heiligen Geistes. Amen.«

Pater Stefan öffnete die Hände zum Himmel. »Gott, der unser Herz erleuchtet, schenke dir wahre Erkenntnis deiner Sünden und seiner Barmherzigkeit.«

»Amen.«

Der Pater faltete wieder die Hände und gab ihr mit dem Kopf ein Zeichen, mit dem Erzählen zu beginnen.

»Seit 75 Jahren trage ich ein Geheimnis in meinem Herzen, das ich nicht in mein Grab mitnehmen möchte.« Ihr Blick wanderte über die Brüstung hinunter in den Schlossgarten. Die Bäume waren alt, ihre Kronen breit. Gärtner hatten die Büsche und Hecken in geometrische Formen gestutzt. Die Fürstin sah über die Pyramiden, Würfel, langen Quader und Kugeln hinweg zu einer Stelle, wo hohe Zypressen zu einem Rechteck angeordnet worden waren.

»Ich habe einen Menschen getötet.«

Der Priester konnte seine Überraschung nicht verbergen. Er bekreuzigte sich schnell.

»Damit hast du eine Todsünde begangen.«

»Nein. Gott weiß, dass ich es nur tat, um das Wertvollste zu schützen, was ich besitze.«

»Du hast also dein Leben verteidigt und dabei einen Menschen getötet?«

»Nein.«

Pater Stefan wurde nervös.

»Ich habe den Mann ermordet.«

Der Pater sah sich verstohlen um, ob sie jemand belauschen könnte. »Meine Tochter, ich kann dich von einer solchen Sünde nicht lossprechen, wenn ich nicht mehr über die Umstände weiß.«

»Ich habe im Namen der Liebe getötet und für die Ehre meiner Familie.«

Mit beiden Händen wischte sich der Pater über das Gesicht. Die Fürstin wusste, dass er sich nun gerne hinter dem Holzgitter des Beichtstuhles versteckt hätte, aber sie wollte ihm von Angesicht zu Angesicht gegenübersitzen. Wenn sie ihm schilderte, was damals geschehen war, wenn er ihr Gesicht dabei sah, die Trauer und den Ernst, so würde er ihre Gründe verstehen.

»Meine Tochter, du weißt, dass das Beichtgeheimnis mich zum Schweigen verpflichtet. Was du mir hier gestehst, das kann ich aber vielleicht nicht für mich behalten, weil ich durch das Wissen selbst Schuld auf mich lade.«

»In meinem Vermächtnis habe ich die Kirche bedacht«, sagte die Fürstin.

»Das ist gut und wichtig. Aber trotzdem ...«

»Pater, mir bleibt nicht mehr viel Zeit. Für mich gibt es keine Gerichtsbarkeit mehr. Was ich Ihnen erzähle, ist eine wahre Geschichte der Liebe, die ich hüten musste. Ihr Wissen hilft heute keinem mehr.«

Ehe der Pater etwas erwidern konnte, fuhr sie auch schon fort. »Hört mir genau zu«, bat die Fürstin. Es klang mehr nach einem Befehl als nach einer Bitte. »Ihr werdet, das versichere ich euch, verstehen.«

Und die Fürstin begann zu erzählen. Langsam, mit leiser Stimme, aber ihre Sätze waren klar und sie erlaubte sich keine Unterbrechung. Am Ende ihrer Erzählung faltete der Pater die Hände, senkte den Kopf und murmelte ein Gebet.

Die Fürstin kämpfte mit sich, ob sie ihm noch etwas anderes anvertrauen sollte. Da es vielleicht die letzte Gelegenheit war, die sie hatte, entschloss sie sich dafür.

»Pater.«

Er unterbrach das Gebet und sah auf.

»Ich fürchte, auch einen anderen Menschen zu einem Mord angestiftet zu haben.«

»Durchlaucht…« Pater Stefan wischte sich den Schweiß von der Stirn. »Meine Tochter, du hast viel Schuld auf dich geladen.«

»Daher bitte ich um Gottes Gnade und seine Barmherzigkeit. Was ich tat, tat ich bloß, um die größte Liebe meines Lebens zu schützen.«

Eine Stunde später verließ Pater Stefan eilig das Schloss. Die Fürstin sah ihn von ihrem Platz auf der Terrasse durch den Garten zu den Zypressen eilen. Er verschwand für kurze Zeit aus ihrer Sicht. Als er wieder zwischen den Bäumen hervortrat, blickte er zu ihr hoch. Er bekreuzigte sich und hob Segen spendend die Arme.

27

Was sollte er tun? Die Mutter hatte ihm von der Begegnung mit Latour erzählt. Latour wusste also, dass er ihm etwas vorgespielt hatte.

Sollte Alexander das Gespräch mit Latour suchen? Sollte er ihm andeuten, was er im Nachlass seines Vaters entdeckt hatte? Er vertraute Latour. Der Oberst war ein korrekter und ehrlicher Mann. Doch noch zog er vor, alles für sich zu behalten. Er wollte erst herausfinden, mit was genau er es eigentlich zu tun hatte.

Alexander hatte mittlerweile alle Tagebücher gelesen. Die meisten enthielten Aufzeichnungen über das Leben der Familie und den kleinen Aufstieg, den Alfred Oberland in der Hofbibliothek und im Dienst der kaiserlichen Familie geschafft hatte.

Zahlreiche Eintragungen betrafen die Imkerei. Der Vater war Mitglied in einer Vereinigung der Bienenzüchter in Wien gewesen und im vergangenen Jahr zu einer Versammlung nach Brünn gereist. Dort war erstmalig die Honigschleuder präsentiert worden. Von seinem Ersparten hatte er eine gekauft.

Stolz war er auf seine Auszeichnungen, die er als Imker erhalten hatte. Im Regal lagen drei Handteller große Medaillen des Vereins für erfolgreiche Honigernten. Zweimal hatte er den dritten Platz gemacht, einmal sogar den ersten.

Die Bienen waren der Ausgleich zu seiner Arbeit in den Archiven der Hofbibliothek gewesen. Manchmal beschwerte sich der Vater in seinen Eintragungen über langen Stunden in den Räumen ohne Licht, wo er nur im Schein der Petroleumlampe Kisten und Schatullen sichten musste, die der Hofbibliothek vermacht worden waren. Komponisten, Schriftsteller, Forschungsreisende und Philosophen hinterließen ihre Schriften und Unterlagen, damit sie in der Hofbibliothek für die Nachwelt erhalten blieben.

»Nicht selten kann ich nur den Kopf darüber schütteln, wie Menschen so eingebildet sein können. Ihre Schriften sind bloß eine Verschwendung von Papier«, hatte der Vater in seinem Tagebuch notiert.

Der 3. Januar des Jahres 1866 aber wurde zum Schicksalstag für ihn. Alexander hatte alle Eintragungen bis zum Mai bestimmt schon zwanzig Mal gelesen. Der Tonfall und der Schreibstil seines Vaters hatten sich nach dem 3. Januar verändert. Vor allem begann er, zahlreiche Abkürzungen zu verwenden, die Alexander nicht verstand. Hatte sein Vater Angst gehabt, jemand könnte ihm das Buch entwenden? Wollte er vermeiden, dass jemand heimlich seine Notizen las? Alexander kannte die Beweggründe seines Vaters nicht. Ihm war nichts anderes übrig geblieben, als alle Abkürzungen herauszuschreiben und über ihre Bedeutung nachzugrübeln.

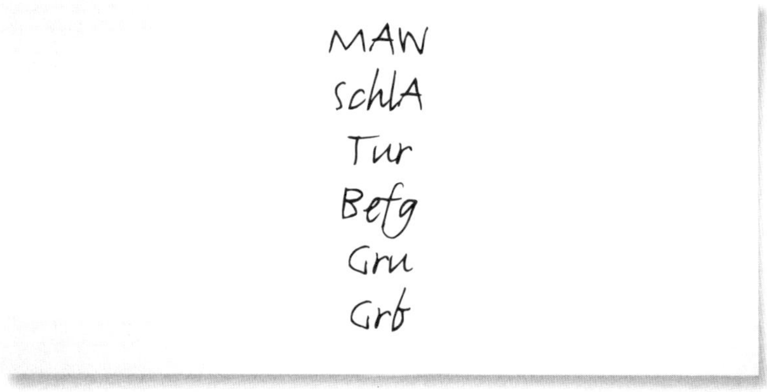

3. Januar 1866

In meiner Brust tobt ein Kampf. Wer soll sich der Entdeckung rühmen dürfen? Die Eigentümer des Aufbewahrungsortes oder ich, der Finder?

Wer, außer mir, weiß von der Existenz der Kiste? Ich kann mir nicht denken, dass sie irgendeinen meiner Vorgänger interessiert hat. Immerhin hatte sie einem Wichtigtuer gehört, der dachte, die Fähigkeit zu besitzen, Lieder, Menuette und Opern schreiben zu können.

Wie kann ein talentloser und erfolgloser Mensch nur zur Überzeugung gelangen, seine Werke seien der Zeit voraus und würden bloß deshalb keinen Anklang finden?

Erst 75 Jahre nach seinem Tod sollten seine Lieder aufgeführt werden. Wie vermessen! Bis dahin verstellen sie in den Regalen der Hofbibliothek bloß Platz und verstauben. Und ich muss mich ihrer annehmen.

Bereits nach den ersten Seiten seiner Kompositionen war mir klar geworden, dass *eine Beschäftigung mit diesem Werk pure Zeitverschwendung wäre.*

Das Büchlein, das auf den Mappen mit seinen Musikstücken lag, hatte ich zuerst nicht beachtet. Es war kein Tagebuch wie dieses hier. Es handelte sich um eine Sammlung von Notizen.

Boshaftigkeit war es, die mich antrieb, in den Notizen zu lesen. Insgeheim freute ich mich auf törichte Worte des »Komponisten«. Doch die ersten Zeilen änderten alles.

War es abermals Wichtigtuerei? Oder schrieb der Mann die Wahrheit?

Nach einigen weiteren Seiten wurde mir bewusst, dass ich möglicherweise auf eine Sensation gestoßen war, wie sie die Musikgeschichte, die Wienerstadt und Musikliebhaber sich nie hätten erträumen können.

Ich zitiere hier, falls das Buch durch unvorhergesehene Umstände zerstört oder unlesbar wird …

Die folgenden Seiten waren aus dem Tagebuch gerissen worden. An den Resten, die noch in der Fadenbindung hingen, zählte Alexander, dass es zwölf gewesen waren.

Was war mit ihnen geschehen? Hatte sein Vater die Seiten selbst herausgerissen? Aber warum? Um sie an einem anderen Ort zu verstecken? Wenn Alexander richtig verstand, befanden sich auf ihnen die Notizen des geheimnisvollen Komponisten, auf die sein Vater gestoßen war. Doch wo waren sie jetzt?

An Schlaf war für Alexander in dieser Nacht nicht zu denken. Er war viel zu aufgeregt. Sollte er nach Schönbrunn zurückkehren und mit Latour reden? Tat er es nicht, würde er mit großer Wahrscheinlichkeit entlassen werden.

Vielleicht bekam er in der Hofbibliothek eine neue Stelle. Er könnte bei Professor Lobmüller vorsprechen und ihn fragen. Schließlich musste jemand die Arbeit seines Vaters verrichten und er hätte sie nur zu gerne übernommen.

Alexander verwarf die Idee. Hinten im Tagebuch hatte sein Vater einen Brief eingelegt. Was darin stand, bestätigte, was er seit den schmerzhaften Erlebnissen in dem Büro seines Vaters vermutete: Die Hofbibliothek war ein gefährlicher Ort, von dem er sich besser fernhielt.

An
Alfred Oberland
Hofbibliothek

Nur diese drei Zeilen standen als Adresse auf dem Umschlag aus festem, teuren Papier. Jemand musste den Brief persönlich in der Hofbibliothek abgegeben haben. Der Portier, der dem Alkohol zusprach, würde sich aber kaum daran erinnern können.

Die Nachricht des Briefes war kurz, ohne Datum, Ort, Anrede oder Unterschrift. Sie war in großen, etwas krakeligen Buchstaben verfasst. Wahrscheinlich, damit niemand die Handschrift erkennen und zuordnen konnte.

SIE IRREN
BLEIBEN SIE FORT
VERSTEHEN SIE DIE WARNUNG
ENTWEDER SIE SCHWEIGEN
ODER SIE STERBEN

Sein Vater war gestorben.

28

Die Ingredienzien standen in Tiegeln, Fläschchen und Schalen bereit. Ida roch Rosenduft und die Süße von Mandeln. Mit der Hand fächelte sie die angenehmen Gerüche in ihr Gesicht.

Die Kammerdienerin strafte sie mit einem missbilligenden Blick. Es war die verkniffene Loretta, die weder Ida noch die anderen Bediensteten der Kaiserin leiden konnten.

»Wagen Sie es ja nicht, den Finger in die Schalen zu stecken!«, fauchte sie.

Ida sagte etwas auf Ungarisch zu ihr. »Du dummes Kätzchen, sträub nicht so dein Fell und mach keinen Buckel. Dadurch wirst du auch nicht wichtiger.«

Loretta stemmte die Hände in die Seite. »Was haben Sie da gesagt?« Ida blieb ihr die Erklärung schuldig. In ihr erwachte das kleine Mädchen, das immer schon etwas gegen aufgeblasene Wichtigtuerinnen gehabt hatte. Demonstrativ nahm sie das Fläschchen mit der rosa Flüssigkeit und hielt es an die Nase. Tief sog sie den Duft des Rosenwassers ein.

»Stellen Sie das zurück!«, zeterte Loretta.

Ida spielte ihre höhere Stellung im Dienste Elisabeths nur selten aus. Gegenüber dieser Person aber konnte sie nicht widerstehen. Sie roch erneut am Rosenwasser und nahm danach die Schale mit dem leicht gelblichen Öl aus Mandeln.

Energisch knallte die Kammerdienerin den Zettel mit dem Rezept auf den Tisch. »Cold Creme«, las Ida darauf. Sie studierte die Zutaten und wusste nun, was sich in den Schalen befand. Es handelte sich um Weißes Wachs und Walrat.

»Walrat? Tatsächlich vom Wal?«, wollte Ida wissen.

Ohne die Frage zu beantworten, begann Loretta die Zutaten nach den Mengenangaben im Rezept zu mischen.

»Ich hätte mir denken können, dass Sie das nicht wissen.« Ida drehte sich um und verließ das Dienstbotenzimmer. Sie hatte ein Geräusch im Toilettezimmer gehört und vermutete, dass Elisabeth vom Abendessen mit der kaiserlichen Familie zurückgekommen war.

»Natürlich vom Wal, von wem denn sonst?«, keifte ihr die Kammerdienerin hinterher. Ida schloss schnell die Tapetentür. Sie traf auf eine aufgebrachte Elisabeth, die vor dem Waschtisch auf- und ablief, wie ein Panther in seinem Käfig.

»Er wagt es, mich vor dem Kaiser, den Erzherzögen und ihren Frauen zu schulmeistern!«

Es war nicht schwierig zu erraten, über wen Elisabeth sprach. Ida, die an diesem Abend müde war und in ihre Wohnung wollte, wusste, dass daraus vorerst nichts werden würde. Elisabeth musste erst ihre Wut ablassen.

»Er weiß wohl nicht, was über ihn alles in Wien erzählt wird. Mir kommt es aber zu Ohren! Ich werde den Kaiser darüber unterrichten, wo sein Bruder gerne verkehrt und wer dort sonst anzutreffen ist.«

Ida unternahm keinen Versuch, eine Frage zu stellen. Es war sinnlos.

»Die jungen Offiziere fürchten die Aufforderung von Ludwig Viktor, sie ins Bad zu begleiten! Wenn General Luzi-Wuzi aber befiehlt, müssen sie gehorchen. Geschockt kehren sie aus dieser Badeanstalt zurück, die den Namen Central-Bad trägt. Keiner wagt es, sich über den Bruder des Kaisers zu beschweren. Alle fürchten Luzi-Wuzis Zorn und seine Zunge, die gespalten ist wie die einer Schlange.«

So in Rage hatte Ida die Kaiserin schon lange nicht mehr erlebt. Auch Ida waren Gerüchte über Seine Hoheit zu Ohren gekommen. Er hatte es immer abgelehnt, zu heiraten und manche meinten, er bevorzuge die Gesellschaft von Männern. Vor allem von jungen Männern, die er in den Regimentern auswählte. Sie mussten ihm dann privat zu Diensten stehen. Auch wenn seine Wünsche weit über das hinausgingen, was von einem Offizier erwartet wurde.

Endlich unterbrach die Kaiserin ihren Redefluss.

»Elisabeth«, begann Ida vorsichtig. »Deine Gesichtscreme wird gerade zubereitet. Lege die Kleider ab und mit ihnen diesen Tag. Gönne dir Ruhe und Entspannung. Sie sind deinem Aussehen zuträglich.«

Der Hinweis auf ihre Schönheit wirkte normalerweise. An diesem Abend aber war Elisabeth zu erregt.

»Während der Kaiser also gerade den fünften Gang in sich schlingt, wendet sich der Erzherzog mir zu. Mir schaudert, wenn ich sein langgezogenes Gesicht und die weibischen Lippen sehe. Seine Arroganz und seine zynischen Bemerkungen müssen ihm schon mit der Muttermilch eingeflößt worden sein. Oder mit der Milch der Amme!«

Fanny Feifalik trat ein, um Elisabeths Frisur zu lösen und die Haare zu bürsten.

»Später!«, brauste die Kaiserin auf. Fanny wollte sich zurückziehen. »Bleib da«, befahl Elisabeth. »Du sollst auch hören, was Luzi-Wuzi von sich gegeben hat.«

Die Kaiserin deutete den beiden Frauen, sich auf das schmale Sofa an der Wand zu setzen.

Sie selbst blieb stehen. »Zuerst sprach er über die Aufführung des Lohengrin in der Hofoper. Das Einzige, das diesen Opernkenner beeindruckt habe, wäre das fahrbare Boot gewesen, das von einem Schwan gezogen wurde. Es blieb auf der Bühne stecken, was den Erzherzog auf das Köstlichste amüsierte. Der Sänger wäre viel zu fett und der Schwan wohl zu schwach, hat er gespottet.«

Aus der Zeitung wusste Ida, dass Richard Wagners Opern in Wien jubelnde Anhänger und erbitterte Gegner hatten. Die Kaiserin zählte schon allein aus Protest gegen die Meinung am Hofe zu den glühenden Verehrerinnen.

»Danach hat er sein Gift über die Sängerin der Elsa versprüht. Sie hätte Zähne wie ein Pferd und einen Hals wie die Giraffe in der Menagerie.« Elisabeth streckte das Kinn vor. »Dabei hat er mich mit seinen wässrigen Augen angestarrt, aus denen die Niedrigkeit nur so sprühte. Er konnte sich gerade noch zurückhalten, aber ich habe genau gesehen, was er sagen wollte: Die Sängerin könnte mit mir verwandt sein!«

Den Vergleich mit der Giraffe empfand Ida als eine Unverschämtheit, die sie nicht einmal Ludwig Viktor zugetraut hätte. Die stets aufrechte Haltung der Kaiserin und die engen Krägen, die sie gerne wählte, ließen ihren Hals länger erscheinen, als er war.

»Er wird mich noch fürchten lernen«, kündigte Elisabeth an. »Ich kann alle nur warnen vor diesem Luzi-Wuzi.« Dass sie seinen Spitznamen in Anwesenheit der Friseuse und der Hofdame verwendete, drückte den Grad ihrer Verachtung aus.

Weil sie sich so echauffiert hatte, rang Elisabeth nach Atem. Ida rief einem Lakaien zu, der Kaiserin ein Glas Wasser zu bringen. »Aus dem Schönen Brunnen«, fügte sie hinzu. Elisabeth trank nur das Wasser, das der Quelle im Park entsprang. Frisch geschöpft, hatte es die Temperatur, die sie bevorzugte.

»Majestät, die Cold Creme ist bald bereit«, sagte Ida mit ruhiger Stimme.

Auf dieses Stichwort kam die übereifrige Loretta sofort zur Tür herein. Sie musste gelauscht haben. Elisabeth schickte sie energisch hinaus, da erst ihre Haare gepflegt werden mussten. Ida gönnte Loretta diese Zurechtweisung und an Fannys Gesichtsausdruck konnte sie ablesen, dass sie nicht die Einzige war.

»Kann ich noch etwas tun für Sie?«, fragte Ida die Kaiserin.

Elisabeth verneinte. »Du kannst dich zurückziehen. Die Feifalik ist an der Reihe.«

Ida wünschte eine gute Nacht.

Elisabeth blickte düster. »Ich werde wieder kein Auge zu tun und durch die Zimmer wandern.«

Als Ida anhob, etwas zu entgegnen, entließ sie Elisabeth mit einer Handbewegung. Die Hofdame knickste und entfernte sich.

Ihre kleine Wohnung lag im Seitentrakt des Schlosses. Ida schritt durch die nächtliche Allee, bevölkert von den Wachen, die dort ihren Dienst versahen. Sie kam dabei am Wirtshaus vorbei, das für das kaiserliche Personal eingerichtet worden war. Aufgrund des milden Abends stand die Tür des Wirtshauses offen. Lachen war zu hören und das Klingen von Gläsern. Ida setzte keinen Fuß in das Wirtshaus. Hier verkehrten Angestellte wie der Diener, der für das Bad des Kaisers zuständig war. Der Badewaschl, wie er auf Wienerisch genannt wurde, trank sicherlich wie jeden Tag über den Durst. Josef war sein Name und Ida hatte einen Lakaien des Kaisers einmal scherzen gehört, dass der Kaiser den Badewaschl am Morgen manchmal stützen musste, wenn er ihn zur Badewanne geleitete, obwohl es umgekehrt sein sollte.

Josef beteuerte, nur deshalb so viel zu trinken, damit er die Nacht wachblieb, da der Kaiser im Sommer sein Bad oft schon um halb fünf Uhr am Morgen wünschte.

Ida freute sich, vor dem Zubettgehen noch eine Weile mit der FREUNDLICHEN BOTIN zu verbringen. Es war ein Heft für Dienstboten, das jeden Monat herausgegeben wurde. Die Köchin auf dem Gut von Idas Eltern in Ungarn hatte der kleinen Ida daraus vorgelesen. Den meisten Platz nahm im Heft ein Fortsetzungsroman ein. Es handelte sich um abenteuerliche Geschichten in adeligen Kreisen mit Verrat, Betrug, Enttäuschung, Liebe und Versöhnung. Die Eltern hätten der kleinen Ida diese Lektüre niemals erlaubt. Deshalb hatte sie auch so gerne die lebensfrohe Köchin besucht, die sie manchmal an ihren großen Busen drückte und sie auf Ungarisch ihr »Mädele, ihr gutes Mädele« nannte. Als Ida besser lesen konnte als die Köchin, hatte sie das Vorlesen für sie übernommen. Die Köchin konnte Vorbereitungen für eine Mahlzeit treffen und gleichzeitig den Geschichten lauschen.

Ein Lehrer hatte gegenüber ihren Eltern einmal den schwülstigen Stil von Idas Aufsätzen erwähnt. Den Grund dafür kannte nur sie. Damals hatte sie begonnen, heimlich in ihrem Zimmer selbst Geschichten und Gedichte zu schreiben. Sie versteckte alle in einer Schatulle unter ihrem Bett.

Der Tag mit Elisabeth war anstrengend gewesen. Ida versank in die Welt der Gräfin Katka. Um die Aufmerksamkeit des jungen Grafen zu erregen, täuschte sie auf einem Ball eine Ohnmacht vor, als er in ihrer Nähe war. Der Graf, ein schüchterner, aber hilfsbereiter Mann, kniete neben ihr nieder, um sie aufzurichten. Durch den Stoff ihres Kleides spürte sie seine zarten, aber kräftigen Hände…

10. Juni 1866

29

Es war Sonntag.

Die kaiserlichen Hoheiten waren bei der Messe in der Schlosskapelle und hatten danach Religionsunterricht bei Pater Anton. Anschließend nahmen sie am Mittagessen der Familie teil und später waren ein Spaziergang im Schlosspark und ein Besuch in der Menagerie vorgesehen. Der Sonntag war für Latour daher ein Ruhetag. Doch auch an diesen Tagen verließ er das Schloss nur selten.

Der Ärger, den Latour auf Alexander Oberland verspürt hatte, war mittlerweile verflogen. Vielleicht sollte er noch bis Montag Geduld haben? Latour hatte Verständnis für die Verlegenheit, in die sich Alexander gebracht hatte. So ernsthaft er in seinen Studien der Naturkunde schien, so jungenhaft kam er Latour manchmal in seinem Benehmen vor. Die schlechte Seite dieses jugendlichen Gemüts war die Unüberlegtheit, die gute die Begeisterung, wie sie Kinder im Spiel kannten.

Gerade deshalb hatte er Alexander als Lehrer für Rudolf ausgewählt. Der Kronprinz brauchte Menschen, die seine Lebensfreude und Leidenschaft förderten. Nach der Tortur durch Gondrecourt war das nötig. Der Vorschlag, nicht nur über Bienen zu reden, sondern einem Imker bei der Arbeit zuzusehen, war aus Alexanders Begeisterungsfähigkeit entsprungen und von Latour begrüßt worden.

Wie immer, wenn er über etwas Schwieriges nachzudenken hatte, wanderte Latour von einem Landschaftszimmer in das andere. Es gab vier, die direkt hintereinander lagen und die ihm als Wohnung zur Verfügung standen.

Als die kleine Standuhr auf seinem Schreibtisch zwölf Uhr Mittag schlug, beschloss Latour, in das Wirtshaus des Schlosses essen zu gehen. Der Schweinsbraten mit Knödeln und Sauerkraut war am Sonntag immer saftig und hatte eine knusprige Schwarte. Er freute sich auf einen Krug Bier dazu und Gesellschaft. Die Kutschenfahrer hatten einiges zu erzählen, weil sie viel in der Stadt herumkamen. Sie versuchten sich oft gegenseitig mit ihren Geschichten über Skandale, Liebeleien und Verbrechen zu übertreffen.

Gerade als sich Latour ein zweites Bier bestellte, trat eine der Wachen in den Gastraum und sah sich suchend um. Er kam zwischen den Tischen auf Latour zu und salutierte vor ihm. Latour ließ das Besteck sinken und blickte fragend hoch.

»Herr Oberst, wir haben einen Lehrer beim Durchsuchen Ihrer Räumlichkeiten überrascht. Ein Zimmermädchen hat gemeldet, dass sich jemand in Ihrer Wohnung aufhält.«

»Ein Lehrer?« Latour ahnte, um wen es sich handelte. Aber wieso schlich sich Alexander in seine Wohnräume ein? Das Mysterium um den jungen Mann wurde immer größer. Latour fasste blitzschnell einen Entschluss. »Gehen Sie zurück und sagen Sie ihm, ich werde in Kürze bei ihm sein. Ich habe ihn schon erwartet.«

Der Wächter sah ihn überrascht an. Latour benutzte die Lüge, um Alexander zu schützen. Allerdings würde es das letzte Mal sein. Damit Alexander nicht flüchten konnte, fügte Latour hinzu: »Bleiben Sie bei dem Lehrer! Sein Vater ist auf tragische Umstände ums Leben gekommen. Der junge Mann fürchtet seither um sein eigenes. Zeigen Sie ihm, dass Sie ihn beschützen.«

Der Wächter salutierte und ging.

Latour wandte sich wieder seinem Schweinsbraten zu. Die Köchin hatte gebratene Speckwürfel ins Sauerkraut gemischt, die es besonders schmackhaft machten.

Er würde Alexander Oberland warten lassen. Alexander wusste nicht, was Latour mit ihm vorhatte, und konnte nichts anderes tun, als neben der Wache zu sitzen und darüber nachzudenken. Das würde ihn mürbe machen.

Erst eine Stunde später kehrte Latour in die Gemächer des Kronprinzen zurück, an die seine eigenen Zimmer grenzten.

Alexander Oberland kauerte auf der Kante eines Sessels in Latours Empfangszimmer. Er fuhr in die Höhe, als er ihn eintraten sah. In seinen Augen stand Angst. Der Wächter an der Tür salutierte.

»Sie können uns allein lassen. Ich übernehme«, sagte Latour. Der Tonfall in Latours Stimme ängstige Alexander nur noch mehr.

Nachdem die Tür des Zimmers geschlossen war, winkte Latour Alexander, ihm zu folgen. Er führte ihn weiter in sein Arbeitszimmer, setzte sich hinter den Schreibtisch und ließ Alexander davor stehen bleiben.

»Sie haben zwei Möglichkeiten«, begann er das Gespräch. »Entweder Sie berichten mir die Wahrheit und geben eine plausible Erklärung für Ihr Verhalten. Oder aber ich sorge dafür, dass Sie ins Gefängnis kommen.«

Der junge Oberland zog den Kopf ein, wie ein Junge, der Schläge erwartete.

»Ich warte.« Latour legte die Fingerspitzen aneinander und lehnte sich zurück.

»Kann ich einen Schluck Wasser haben?«, bat Alexander.

»Später.«

»Mir geht es wirklich nicht gut.« Mit der Hand tastete Alexander nach etwas, um sich abzustützen. Latour sprang auf und kam um den Schreibtisch herum. Er packte Alexander am Arm und zog ihn zum Besuchersessel. Alexander ließ sich darauf niedersacken. Er fuhr sich mit dem Finger an den Kragen. »Ich bekomme keine Luft.« Alexander deutete auf das Fenster. »Bitte öffnen. Schnell.«

Latour trat zu den Doppelfenstern, die jeweils zwei Flügel besaßen. Sie klemmten, weil sich das Holz verzogen hatte. Latour musste heftig rütteln, um die äußeren Flügel aufzubekommen. Endlich war es geschafft und frische Luft vom Park strömte herein. Latour drehte sich um.

Der Sessel war leer. Die Tür ins Empfangszimmer stand offen. Latour rannte hinaus, aber er konnte Alexander nirgends entdecken. Er stürzte aus seinem Appartement in das Schlafzimmer des Kronprinzen, doch auch hier fand er keine Spur des Lehrers. Da die Tapetentür in die Weißgoldzimmer offenstand, ahnte Latour, auf welchem Weg Alexander geflüchtet war. Alexander war in den Park hinausgelaufen. Als Latour ins Freie stürmte und sich nach allen Seiten umsah, war der junge Mann bereits verschwunden.

Nun stand er wirklich vor einem Dilemma: Meldete er den Vorfall bei der Schlosswache, war Alexander Oberland ein Mann, der von der Polizei gesucht wurde. Behielt Latour das mehr als eigenartige Verhalten für sich, konnte es ihm eines Tages als Verfehlung ausgelegt werden.

Seine Mutter wusste am ehesten, wo sich Alexander verstecken könnte. Latour beschloss, einen Fiaker zu besteigen und zu ihr zu fahren.

30

Bereits seit dem frühen Morgen war das Mieder stündlich enger gezogen worden. Elisabeth wollte am Abend die schmalste Taille haben, die möglich war. Beim Mittagessen hatte sie deshalb auch nur einen Teller Bouillon zu sich genommen.

Im Handspiegel kontrollierte sie die Frisur, die Fanny ihr gesteckt hatte. Sie nickte zufrieden. Die Haarkrone betonte ihre Stellung als Majestät. Die locker fallenden Haare auf dem Rücken, gaben ihr etwas Weibliches und Anziehendes.

Eine Audienz in ihren privaten Räumen war etwas, das Elisabeth nur höchst ungern und selten gab. Für die Ärzte machte sie eine Ausnahme. Sie hatte an ihrem Schreibtisch zahlreiche Fragen überlegt und aufgeschrieben. Danach hatte sie alle auswendig gelernt.

Elisabeth wählte ein schlichtes, dunkles Kleid mit hohem Kragen und kurzer Schleppe. Sie wollte bei ihren Besuchern den Eindruck erwecken, dass sie eine Frau war, die ernsthaftes Interesse an der Pathologie und der Gerichtsmedizin hegte.

Ida hatte den Namen des Gerichtsmediziners herausgefunden, bei dem Amalie Bubacks Cousin Vorlesungen besuchte. Sein

Name war Professor Dlauhy. Er hatte einige wenige Kollegen in Wien. Ernst Holler, den Cousin, hatte Elisabeth ebenfalls auf die Gästeliste setzen lassen. Zur Audienz hatte Elisabeth nur Dlauhy und Holler geladen. Sie erwartete sich von einem intimeren Gespräch mehr Auskünfte.

Die beiden Männer warteten bereits auf sie, als Elisabeth den Salon betrat. Ein Lakai verkündete ihre Namen.

Ernst Holler war jünger und kleiner als Dlauhy. Er hatte versucht, seinen markanten, roten Haarschopf für diesen Anlass zu bändigen. Gelungen war es ihm nicht.

Der junge Arzt verneigte sich. Die Kaiserin nickte ihm zu.

Professor Dlauhy besaß große, stechende Augen und einen Backenbart wie der Kaiser. Allerdings war seiner nicht so akkurat gestutzt wie der von Franz Joseph. Dlauhy hatte sich die Haare über die Ohren wachsen lassen, wo sie ausgefranst herabhingen. Er hatte etwas Zerstreutes an sich. Seine Verneigung war ungeschickt, seine Miene ernst.

Elisabeth bot den beiden Armlehnsessel an. Sie selbst nahm gegenüber auf einem kleinen Sofa Platz. Lakaien servierten süßen Wein in Kristallgläsern. Die Kaiserin erhob das Glas und prostete den beiden Ärzten zu.

Alle tranken, wobei Elisabeth nur an der Flüssigkeit nippte. Das Glas noch in der Hand, stellte sie direkt die erste Frage. »Meine Herren, wenn Sie mich vergiften wollten, welches Gift hätten Sie mir in den Wein gemischt?«

Die Überraschung war den beiden Männern anzusehen.

Holler antwortete als Erster. »Ich bin kein großer Experte in der Toxikologie, aber es müsste ein Gift sein, das schnell und mit wenig Spuren tötet. Sonst wäre es für den Giftattentäter Selbstmord, da das Zimmer Ihrer Majestät gleich hinter dem Zimmer der Leibgarde liegt und er sofort festgenommen werden würde.«

Elisabeth gefiel die frische, fast freche Art des jungen Arztes. »Es sollte also aussehen wie ein natürlicher Tod?«, fragte sie. »Dann muss das Gift geruch- und geschmacklos sein. Welches Gift würden Sie wählen?«

Fast gleichzeitig antworteten die beiden Ärzte: »Arsen.« Verlegen blickten sie sich an.

»Arsen also.« Elisabeth hatte den Namen schon einmal gehört. Sie nahm einen kleinen Fächer aus der Tasche ihres Kleides, öffnete ihn und fächelte sich Luft zu. »Würde Arsen in einem so kleinen Glas ausreichen? Wein muss darin schließlich auch noch Platz finden.«

Diesmal sprach Professor Dlauhy. »Es gibt eine Redensart über Arsen: Ein Gerstenkorn macht Wangen rot, ein Erbsenkorn macht sicher tot.«

Elisabeth hob die Hand. »Moment. Arsen soll Wangen röten? Wie kann ich das verstehen?«

»Es wird in ländlichen Gegenden von den Holzfällern und den Knechten in kleiner Dosis genommen, weil es Kraft und Ausdauer verleiht.«

»Auf die Dosis kommt es an«, warf Holler ein.

»Auch Pferden wird Arsen gegeben, damit sie stärker ziehen können«, setzte Professor Dlauhy fort.

»Wie einfach ist es, an Arsen zu kommen?«, wollte Elisabeth wissen. Sie fächelte immer schneller.

»Es wird beim Rösten des Erzes als Nebenprodukt gewonnen«, erklärte Dlauhy. »Kleine, weiße Kügelchen, die in Zündholzschachteln auf dem Markt verkauft werden.«

»Wie unglaublich. Wo kann man Arsen erwerben?«

Professor Dlauhy nannte Wochenmärkte in Tirol und der Steiermark.

Elisabeths Erstaunen wurde immer größer. »In der Hofapotheke kann ich es auch kaufen?«

Holler schüttelte energisch den Kopf. »Nicht, ohne aufzufallen. Dort wird jeder Verkauf genau dokumentiert. Arsen ist und bleibt Gift.«

»Ein Gift, das Kraft gibt und tötet«, fasste Elisabeth zusammen.

»Ein Gift, das Mäuse vertilgt. Aber bedauernswerterweise manchmal auch für Menschen eingesetzt wird«, sagte Holler.

»Und Sie sagen, es ist einfach so auf einem Wochenmarkt zu erwerben?« Diese Erkenntnis überraschte Elisabeth am meisten. »Wenn ich nun also eine Dosis Arsen verabreicht bekomme, die dem Gewicht eines Erbsenkorns entspricht, falle ich tot um.«

Johann Dlauhy wurde nervös. »Ich bin nicht sicher, ob wir Majestät alle Einzelheiten zumuten können.«

»Nur zu, nur zu, ich ertrage das schon.«

Professor Dlauhy zögerte trotzdem. Holler kam ihm zu Hilfe.

»Wenn Sie die Dosis auf leeren Magen zu sich nehmen, dauert es etwa eine halbe Stunde, bis ein Herzstillstand eintritt. Haben Sie vorher gegessen, benötigt das Gift länger, bis es wirkt.«

»Auf leeren Magen, soso.« Elisabeth machte sich im Geiste eine Notiz, weil sie später alles, was sie erfahren hatte, in ihr

Album eintragen wollte. Als sie sich den Medizinern wieder zuwandte, bemerkte sie die ratlosen Gesichter. Sie hatte den Eindruck, dass keiner der beiden es wagte, sich nach dem Grund ihres Interesses zu erkundigen.

»Neulich hatte ich ein Gespräch mit dem Kaiser und anderen Hoheiten darüber, ob auch wirklich alle Mörder ihr verdientes Urteil finden«, erklärte sie den Ärzten. »Dabei wurde erwähnt, dass Morde mit Gift in letzter Zeit immer mehr in Mode kämen, weil sie von der Polizei meist unentdeckt blieben. Die Todesfälle würden von den Totenbeschauärzten als natürlich eingeschätzt.«

Professor Dlauhy stimmte heftig zu. »Majestät, es ist meine tiefe Überzeugung, dass die Staatsarzneikunde – man nennt sie jetzt auch Gerichtliche Medizin – eine höhere Bedeutung hat, als ihr derzeit eingeräumt wird.« Elisabeth nickte interessiert und Dlauhy fuhr fort. »Leichen können erzählen.«

Das verstand Elisabeth nun wieder nicht so ganz. »Sie können doch wohl nicht mehr reden?«

»Das nicht. Doch kann eine genaue Untersuchung wichtige Erkenntnisse über den Tathergang bringen, selbst wenn der Mörder sich alle Mühe gegeben hat, es wie einen Unfall aussehen zu lassen.« Als Beispiel berichtete Professor Dlauhy von einer jungen Frau in Tirol, die bei einer Wanderung am Stilfser Joch abgestürzt war. Ihr Bräutigam behauptete, es hätte sich um einen Unfall gehandelt.

»Die Tote wurde dem Kollegen in Innsbruck zur Untersuchung gebracht und dieser fand an ihren Händen zahlreiche ausgerissene Haare, die ihrem Bräutigam zugeordnet werden konnten. Unter dem Mikroskop gab es keinen Zweifel, dass sie von ihm stammten.«

»Er hat sie in die Tiefe gestoßen?« Elisabeth schloss den Fächer wieder.

Dlauhy nickte. »Majestät schließt sehr scharfsinnig«, sagte er ein wenig gönnerhaft.

»Sie wehrte sich und hat ihm dabei Haare ausgerissen. Die Schwester der Toten hatte den Verdacht, dass der Verlobte sie umgebracht haben könnte. Sie wusste von einer anderen Frau, der er ebenfalls die Heirat versprochen hatte. Deshalb ließ man die Leiche gerichtsmedizinisch untersuchen. Sonst wäre der Vorfall als Bergunfall abgelegt worden und der Mörder noch frei.«

»Wie interessant. Es war eine wunderbare Idee des Kaisers, Sie und Ihre Kollegen einzuladen und zu ehren.«

Bescheiden neigte Professor Dlauhy den Kopf.

»Aber bevor Sie sich zu den anderen gesellen, erklären Sie mir doch bitte noch, wie ein Mord mit Arsen bewiesen werden könnte.«

Wieder zögerte Professor Dlauhy verlegen. »Majestät, was wir Ihnen dazu erzählen würden, wäre nicht appetitanregend.«

»Keine Sorge, ich bin froh, wenn ich heute keinen Appetit mehr habe«, meinte die Kaiserin scherzend.

»Also gut«, sagte Holler, der offenbar weniger Bedenken hatte als sein älterer Kollege. »Wir müssten das Lebergewebe des Toten entnehmen und verbrennen. Es muss verkohlen wie ein Braten, der zu lange im Ofen war. Dadurch werden die Salze des Giftes freigelegt.« Holler machte eine kurze Pause und blickte zu Elisabeth um zu schauen, ob diese ihm folgen konnte. Die Kaiserin nickte.

»Die Reste der Leber lösen wir in Salpetersäure auf«, fuhr Holler fort. »So erkennen wir, wie viel Metall in der Leber des

Toten war. Ist der Metallanteil höher als in einer normalen Leber, dann ist es möglich, dass er mit Arsen vergiftet wurde.«

»Welches weite Land Sie mir eröffnen.« Elisabeths Verstand arbeitete schnell. »Kennen Sie ein Gift, das in Kräuterschnaps gemischt werden kann und das Opfer in eine fast todesähnliche Bewusstlosigkeit fallen lässt? Große Übelkeit nach dem Erwachen ist die Folge.«

Holler fuhr sich durch die Haare, die mit Pomade niedergedrückt worden waren. Widerspenstig standen sie danach über der Stirn in die Höhe.

»In Wien sind Betrüger unterwegs, die sich an reiche Witwen heranmachen und ihr Vertrauen gewinnen. Wenn sie die Möglichkeit haben, ihr Geld und ihren Schmuck zu stehlen, verabreichen sie den Witwen ein Gift, das sie betäubt.«

»Können sie entkommen? Findet die Polizei sie nicht?«, fragte Elisabeth entsetzt.

»In den seltensten Fällen. Ist die Beute groß genug, verlassen die Schurken Wien und reisen in eine andere Stadt, um dort von Neuem zu beginnen.«

Dlauhy übernahm wieder. »Der Kollege spricht Fälle an, die ich untersucht habe. Eine der Frauen erhielt eine zu hohe Dosis des Giftes und starb daran. Das Gift heißt Nicotin.«

»Aha. Nicotin.« Elisabeth machte die nächste mentale Notiz. »In großer Dosis tödlich. In geringerer Dosis betäubt es und verursacht Übelkeit.«

»Der Zustand der Opfer beim Aufwachen könnte von Ärzten als Darminfektion diagnostiziert werden«, ergänzte Holler.

Elisabeth erhob sich. Die Herren folgten sofort ihrem Beispiel.

»Ich werde mich beim Kaiser dafür einsetzen, dass die Gerichtsmedizin mehr Aufmerksamkeit erfährt, Professor Dlauhy.«

Der Arzt lächelte zum ersten Mal, seit er den Salon betreten hatte.

Zu Holler sagte Elisabeth: »Ihre beredte Art beim Mittagstisch Ihrer Familie war von Wichtigkeit.«

Seinem Gesichtsausdruck nach konnte sie sehen, dass er keine Ahnung hatte, was sie meinte. Das machte aber nichts. »Noch etwas zum Schluss: Die heutige Unterredung bleibt in diesem Raum und unter uns. Es gibt unter den Hoheiten manche, die meinen, es schicke sich nicht für eine Kaiserin, über solche Themen Bescheid zu wissen.«

Professor Dlauhy legte die rechte Hand auf das Herz. »Ich schwöre, Majestät.« Holler folge seinem Beispiel.

»Eine Kaiserin muss wissen, wie es um die Wissenschaften steht«, erklärte Elisabeth zum Abschied. »Nur so kann sie sich dafür einsetzen.«

31

Die Dämmerung brach herein, als er endlich sein Ziel erreichte. Alexander war kein guter Sportler. Die Flucht aus Schönbrunn war der schnellste Lauf seines Lebens gewesen. Sein Ziel lag außerhalb der Stadtgrenze in Rodaun. Er war als Kind einmal hier gewesen, als seine Eltern einer Einladung gefolgt waren.

Ein Dienstmädchen öffnete. Alexander war verschwitzt und spürte den Staub zwischen den Zähnen knirschen. Seine Augen brannten.

»Ich muss zu Professor Lobmüller«, sagte Alexander. Er konnte kaum sprechen, so trocken war seine Kehle.

»Wen soll ich melden?«

»Alexander. Er kennt mich.«

»Warten Sie!« Das Dienstmädchen machte keinen Hehl daraus, dass ihr sein Aufzug wenig vertrauenswürdig erschien. Mit Nachdruck schloss sie die Tür vor seiner Nase wieder.

Alexander sah die Blütenpracht zu beiden Seiten des Hauses. Professor Lobmüller und seine Frau bewohnten es vor allem in den Sommermonaten. Die Gestaltung des Gartens war eine Freizeitbeschäftigung des Professors. Er legte dabei nicht selbst Hand an, sondern befehligte drei Gärtner. Alexander erinnerte sich, wie sein Vater erzählt hatte, dass die Frau des Professors einer sehr wohlhabenden Familie entstammte und sie deshalb über ein beträchtliches Vermögen verfügten. Viel mehr, als der Vorstand der Hofbibliothek verdiente.

»Was nützt alles Geld, wenn es doch der Ruhm ist, der zählt und uns überlebt«, hatte Lobmüller einmal gesagt. Im Gespräch, das Alexander im Sommerhaus mitverfolgen konnte, war es um reiche Gönner gegangen, die Künstler wie Mozart oder Beethoven finanziell unterstützten. Sie ermöglichten es ihnen, sich ganz ihrer Kunst zu widmen. Doch nur die Namen der Komponisten wurden unsterblich. Die Gönner gerieten früher oder später in Vergessenheit.

Es erschien Alexander wie eine halbe Ewigkeit, bis der Professor endlich an die Tür kam. Er trug Hemd und Jacke, als wäre er im Dienst. Sein weißer Bart war gebürstet, die Haare exakt gescheitelt.

»Meine Güte, was ist denn mit dir geschehen?«, fragte er zur Begrüßung.

»Ich erzähle alles und gerne, aber zuerst... Professor Lobmüller, hätten Sie bitte Wasser für mich? Und vielleicht ein Stück Brot.«

Er bekam Wasser, Brot und noch dazu Wurst und Käse. Das Dienstmädchen brachte alles ins Esszimmer und stellte den Teller eine Spur zu heftig ab. Alexander schlang das Essen gierig hinunter und trank mehrere Gläser Wasser. Danach lehnte er sich zurück und deutete an sich herab. »Entschuldigen Sie meinen Aufzug.«

Der Professor hatte ihm schweigend beim Essen zugesehen.

»Du wirst sicher eine Erklärung dafür haben.«

Alexander zögerte. »Professor, ich habe im Nachlass meines Vaters eine Entdeckung gemacht, die eine Sensation darstellen könnte.«

Lobmüller musterte ihn durch die kleinen runden Gläser seiner Nickelbrille. »Was soll das sein? Dein Vater hat mir gegenüber nie etwas in diese Richtung erwähnt.«

»Es geht um ein Notizbuch, das ein Komponist zusammen mit einer Kiste voll Noten der Hofbibliothek vermacht hat. Die Kiste durfte erst 75 Jahre nach seinem Tod geöffnet werden.«

Der Professor nahm die Brille ab und massierte seine Nasenwurzel.

Alexander fuhr fort. »Das Notizbuch ist verschwunden. Mein Vater wollte es der Kaiserin zur Aufbewahrung übergeben. Können Sie sich so etwas vorstellen?«

Lobmüller hielt inne und sah ihn zweifelnd an. »Der Kaiserin Elisabeth? Wie kam er auf diese Idee?«

»Das Buch muss etwas so Wichtiges enthalten, dass er es nur ihrem Schutz anvertrauen wollte. Er hatte davor eine Morddrohung erhalten.«

Alexander berichtete, was er in den vergangenen Tagen herausgefunden hatte.

»Aber nun habe ich eine Dummheit begangen und weiß nicht, wie ich meinen Kopf aus der Schlinge ziehen kann.« Er schilderte Lobmüller, was im Schloss vorgefallen war. Er hatte Latour nicht angetroffen und gewartet. Weil der nicht erschienen war, kam Alexander die Idee, in Latours Räumen nach dem Notizbuch zu suchen. Sein Vater hatte erwähnt, dass er mit dem Oberst reden wollte, und vielleicht hatte er ihm das Buch für die Kaiserin übergeben.

»Ich bin erwischt worden. Ein Wächter hat mich wie einen Dieb festgehalten. Latour hat mir mit Gefängnis gedroht, wenn ich ihm nicht die Wahrheit erzähle. Da habe ich einen Schwächeanfall vorgetäuscht und während er das Fenster geöffnet hat, bin ich geflohen.«

»Mein Sohn, das war mehr als töricht.« Lobmüller konnte über so viel Unverstand nur den Kopf schütteln. »Was willst du von mir?«

»Bitte, Professor Lobmüller, bitte legen Sie für mich ein gutes Wort ein.«

Der Professor massierte wieder die Nasenwurzel. »Ich muss überlegen, wie ich das anstellen soll.« Er sah Alexander streng an. »Auf jeden Fall aber ist alles, was dein Vater unrechtmäßigerweise entwendet hat, Besitz der Hofbibliothek.«

»Wie ich Ihnen gesagt habe, ist das Buch, von dem mein Vater in seinem Tagebuch schreibt, nicht auffindbar.«

»Umso wichtiger sind alle anderen Aufzeichnungen von ihm. Sie enthalten Informationen, die er durch Diebstahl vom Eigentum der Hofbibliothek an sich gebracht hat.« Lobmüller schlug mit der flachen Hand auf den Tisch. »Was für eine Enttäuschung. Nie hätte ich so etwas von ihm gedacht.«

Alexander war erschrocken zusammengezuckt. Nun musste er seinen Vater verteidigen. »Er hat so viele Jahre seinen Dienst zu Ihrer vollen Zufriedenheit versehen, war immer ehrlich und aufrichtig. Dazu hat er auch mich erzogen.«

»Trotzdem. Dein Vater scheint noch andere eingeweiht zu haben. Wer sonst hätte sofort nach seinem Tod das Arbeitszimmer durchwühlen sollen? Es müssen die Falschen gewesen sein, denen er Vertrauen geschenkt hat.«

»Ich tue alles, wenn Sie mir nur helfen, nicht im Gefängnis zu landen.«

»Darüber muss ich nachdenken.«

Verlegen druckste Alexander herum. »Ich habe keinen Platz, an dem ich heute Nacht schlafen kann.«

Lobmüller winkte mit beiden Händen ab. »Hier kannst du unter keinen Umständen bleiben. Ich mache mich schuldig, wenn du gefunden wirst.«

»Ich schlafe in einem Schuppen. Hauptsache, ein Dach über dem Kopf.«

»Nicht hier. Zehn Minuten von hier entfernt gibt es ein Gasthaus, in dem du ein Zimmer bekommen kannst. Hast du Geld?«

Alexander kramte in seinen Taschen, beförderte aber nicht viel zu Tage.

Professor Lobmüller warf ein paar Münzen auf den Tisch. »Das sollte reichen. Bei Tagesanbruch musst du zurück nach Wien. Geh vor sechs Uhr früh in die Hofbibliothek. Das Tor steht offen, der Portier schläft seinen Rausch aus. Bleibe im Zimmer deines Vaters. Du kannst in den Unterlagen suchen, die er hinterlassen hat und mir alles, was weiterhelfen kann, übergeben.«

Damit war Alexander einverstanden.

»Ich werde mich umhören, was in deiner Sache bereits polizeilich unternommen wurde, und überlegen, was ich tun kann.«

Alexander bedankte sich viele Male. Lobmüller forderte ihn auf zu gehen, bevor seine Frau nach Hause zurückkehrte. Sie besuchte eine Tante und es war besser, wenn sie ihn hier nicht sah.

»Das Hausmädchen ist glücklicherweise dumm und wird deinen Namen sofort vergessen. Nun geh«, sagte Lobmüller mit ernstem Blick, als er Alexander zur Tür brachte. »Du hast nicht viel Zeit.«

11. Juni 1866

32

Nach dem Empfang, den Elisabeth und der Kaiser gestern Abend für die Ärzte gegeben hatten, wollte Franz Joseph in sein Arbeitszimmer zurückkehren. Gemeinsam waren Elisabeth und er bis vor die Tür ihres Appartemens gegangen. Dort waren sie stehen geblieben und Elisabeth hatte ihrem Mann eine gute Nacht gewünscht.

»Sisi«, hatte Franz Joseph zum Abschied gesagt, »lass uns morgen einen Spaziergang unternehmen.«

»Warum?«, wollte Elisabeth wissen.

»Ich möchte mit meiner Frau eine Stunde allein verbringen.«

»Auf einem Spaziergang?«

»Lass uns zeitig in der Früh aufbrechen. Um halb sechs, schlage ich vor. Wir fahren nach Laxenburg.«

Weil er sie so inständig bat, hatte Elisabeth eingewilligt. Sie wollte so auch ihre Dankbarkeit für den Empfang zeigen.

Die Nacht hatte Elisabeth im Gartenappartement verbracht. Am Schreibtisch sitzend, hatte sie im Schein mehrerer Petroleumlampen an ihren Aufzeichnungen über den »Fall Oberland« gearbeitet. Sie schrieb aus dem Gedächtnis nieder, was sie sich von der Unterredung mit den Ärzten gemerkt hatte. Die Seiten nach dem Foto des Toten hatte sie freigelassen. Dort hielt sie die Chronologie der Ereignisse fest.

Das Wort Gift kam häufig vor. Elisabeth fasste ein erstes Fazit:

Was auch immer Oberland mir übergeben wollte, muss große Bedeutung für ihn besessen haben. Auch andere Leute sind dahinter her.

Diese Bedeutung macht Menschen sogar zu Mördern.

Auch der junge Oberland ist ein Opfer von Gift geworden, das aber wohl für seinen Vater bestimmt war.

Der Täter muss ihm in die Hofbibliothek gefolgt sein oder sich dort aufgehalten haben. So konnte er die Flasche und die Gläser entfernen, die möglicherweise verdächtige Spuren aufgewiesen hätten.

Das Gift im Toten kann nachgewiesen werden. Er muss dazu aber exhumiert werden.

Wer könnte das veranlassen?

Sie wollte darüber mit Latour reden. Vielleicht hatte er einen Vorschlag. Gleich nach dem Aufwachen wollte sie nach ihm schicken lassen.

Am nächsten Morgen wartete die Kutsche, die den Kaiser und die Kaiserin nach Laxenburg bringen sollte, bereits früh beim Hietzinger Eingang des Schlosses. Es war zwar schon taghell, aber noch kühl. Als Elisabeth das Schloss verließ, sah sie nur unweit von ihnen eine andere Kutsche. Sie wusste, wer drinnen saß: Es waren die Bewacher, die sich immer in der Nähe des Kaiserpaares aufhielten. Mit Respektsabstand würden sie den beiden auf allen Wegen folgen.

Von wegen allein und ungestört, dachte Elisabeth bitter.

Ein Lakai half ihr in die Kutsche. Franz Joseph ließ sie ein paar Minuten warten. Vor dem Einsteigen rief er dem Kutscher laut zu, wohin er fahren sollte. »In den Prater zum Heustadlwasser. Aber schnell.«

Der Kutscher besaß Ehrgeiz, die Anweisung des Kaisers wortwörtlich auszuführen. Franz Joseph stand nach dem Einsteigen noch gebückt in der Kutsche, als sie schon mit einem Ruck anfuhr. Er lachte verlegen, weil er das Gleichgewicht verlor und beinahe auf Elisabeths Schoß landete.

»Verzeih mir.« Mit Verrenkungen schaffte er es auf die gegenüberliegende Bank, auf der sonst Ida saß. Elisabeth bevorzuge immer die Fahrtrichtung. Franz Joseph klopfte heftig gegen die Wand, um die Aufmerksamkeit des Kutschers zu bekommen. »Laxenburg, wir fahren nach Laxenburg. Aber auf dem schnellsten Weg«, rief er durch die kleine Luke in der Wand.

Die Räder der Kutsche gerieten ins Rutschen, so schnell jagte der Kutscher die Pferde um die Kurve.

»Was soll der Sinneswandel?«, wollte Elisabeth wissen.

»Sisi, manchmal muss selbst der Kaiser von Österreich zu einer List greifen, um mit seiner Frau allein zu sein.«

Nun verstand Elisabeth. Die Sicherheitsleute waren der Meinung, das Kaiserpaar wollten in den Prater und würden bereits dorthin unterwegs sein. Im Schlosspark von Laxenburg aber waren sie beide wenigstens für eine Stunde unbeobachtet. Spätestens dann würde sich der Aufenthaltsort des Paares herumgesprochen haben und sie hätten die lästigen Schatten erneut an den Fersen.

In Laxenburg wurden die beiden Teile des schmiedeeisernen Tores aufgezogen und die Wächter salutierten. Der Kaiser salutierte aus der Kutsche zurück.

»Kannst du das nicht unterlassen? Jetzt haben sie dich gesehen«, brauste Elisabeth auf.

Franz Joseph lächelte verlegen. »Das steckt mir so im Blut. Bitte verzeih.«

Vor dem Diana-Tempel ließ der Kaiser die Kutsche anhalten und sie stiegen aus. Der achteckige Bau mit den offenen Bögen soll einst der Lieblingsplatz von Kaiserin Maria Theresia gewesen sein, die hier Karten gespielt hatte. Franz Joseph bot Elisabeth seinen Arm an und sie hängte sich ein. Gemeinsam spazierten sie zum Tempel und traten in seine Mitte. Von hier aus hatten sie einen prächtigen Blick in die acht Achsen, die in den umliegenden Wald führten. Sie waren als Stern angelegt.

»Wo willst du gehen?«, fragte Franz Joseph.

Elisabeth deutete wahllos in eine der Schneisen. Der Weg war gepflegt. Arm in Arm schlenderte sie dahin, begleitet vom morgendlichen Gesang der Vögel.

»Sisi, ich habe ein Anliegen an dich, das von großer Wichtigkeit ist.«

»Und das wäre?«

»Der Blumenkorso.«

»Nein!«

»Bitte höre mich an.«

»Nein.«

Hatte Franz Joseph sie nur deswegen nach Laxenburg ausgeführt? War das der Grund für den ungestörten Spaziergang? Auf einen Schlag verlor Elisabeth jede Freude an der seltenen Ruhe und Zweisamkeit.

»Elisabeth«, beschwor sie der Kaiser. Seine Stimme klang sanft, fast bittend. »Das Volk muss seine Kaiserin wieder sehen. Du hast dich seit Wochen, seit Monaten praktisch nie in der Öffentlichkeit gezeigt. Die Menschen lieben dich.«

»Du verlangst also, dass ich mich wie ein Stück Vieh beim Verkauf zur Schau stelle«, giftete ihn Elisabeth an.

»Du gebrauchst immer gleich so grausliche Vergleiche.« Franz Joseph fuhr mit der Hand über die blanken Knöpfe seiner Uniformjacke. »Die Menschen bewundern dich. Sie wollen dich aber auch sehen und dir zujubeln.«

»Und dir ist es wichtig, dass dein Bruder nicht wieder spitze Bemerkungen über mich vor der Familie macht. Ist es nicht so?«

»Ludwig Viktor will doch nur...«

»...sich wichtig machen und sein Gift verspritzen.«

Eine Weile ging das Kaiserpaar schweigend dahin.

»Deine Kutsche wird mit tausend Rosen geschmückt sein.«

Auch die Blumen konnten Elisabeth nicht überzeugen.

»Du machst es mir nie leicht«, beschwerte sich Franz Joseph mit gesenkter Stimme. »Ich habe deine Bedingungen erfüllt und dir alle Freiheiten in der Obsorge unseres Sohnes überlassen.«

»Rudi war ein zitterndes Bündel Elend, nach der Quälerei durch Gondrecourt.«

»Der Graf wollte einen Soldaten aus ihm machen. Er hat es gut gemeint.«

»Gut? Pha!«

»Als er sich noch um ihn kümmerte, ist Rudolf zumindest nie verschwunden«, brauste der Kaiser auf.

Elisabeth sah ihn von der Seite an. »Was willst du damit sagen?«

»Ich habe Hinweise erhalten, dass die Erziehung von Rudolf zu wünschen übrig lässt. Er war neulich verschwunden. Die halbe Dienerschaft musste nach ihm suchen.«

Da Elisabeth davon nichts gehört hatte, geriet sie in Bedrängnis.

»Du scheinst davon gar nichts zu wissen.« Franz Joseph genoss den kleinen Triumph.

»Wer hat dir das erzählt?«, fragte Elisabeth.

Der Kaiser blieb ihr die Antwort schuldig. Die Hände auf dem Rücken, ging er weiter.

»Wer war es?« Elisabeth bestand auf einer Antwort.

»Es war Gondrecourt, dem Rudolfs Wohlergehen ein Anliegen ist. Es wurde ihm aus dem Schloss mitgeteilt.«

»Er hat also noch immer seine Spitzel!«

»Er war bei vielen beliebt«, gab der Kaiser heftig zurück.

Ein paar Vögel flogen erschrocken auf, weil das Kaiserpaar so laut miteinander redete.

»Ich werde herausfinden, wer für ihn spioniert, und dafür sorgen, dass diese Personen entfernt werden.« Elisabeth blickte grimmig vor sich hin.

»Elisabeth, ich mache mir doch nur Sorgen. Rudolf ist der Kronprinz, der einmal die Geschäfte von mir übernehmen soll. Dazu muss er ein echter Mann und tapferer Soldat sein.«

»Rudi wird von Oberst Latour zu meiner vollen Zufriedenheit erzogen. Ich habe gemeinsam mit ihm die Lehrer ausgewählt.«

»Was sind das für Lehrer, die Rudolf und Gisela unter freiem Himmel unterrichten wollen?« brauste der Kaiser auf. »Immerhin ist ein Lehrer bei dieser neuen Art des Unterrichtens gestorben!«

»Aber Franzl...«, begann Elisabeth, doch der Kaiser ließ sie nicht zu Wort kommen.

»War der Lehrer etwa krank? Wusste niemand von seiner Krankheit? Wieso darf ein Kranker den Kronprinzen unterrichten?«

Elisabeth unterbrach den Kaiser. »Oberland war völlig gesund. Er wurde ermordet.«

Als Antwort blickte sie Franz Joseph nur entgeistert an. Er rang einige Momente nach Worten. »Ermordet? Wieso wird ein Lehrer ermordet?«, fragte er schließlich.

»Um den endgültigen Beweis für den Mord zu erhalten, müsste der Tote exhumiert und von Professor Dlauhy untersucht werden.«

»Du scheinst dich in der Materie auszukennen. Wie kommt das?« wollte der Kaiser wissen.

»Ich interessiere mich für vieles. Nicht nur für das Erlernen des Ungarischen und anderer Sprachen, die Kunst der alten Griechen und Gedichte von Heinrich Heine. Ist dir nie aufgefallen, dass ich über wesentlich mehr Wissen verfüge als die meisten anderen Mitglieder dieser Familie?«

Der Kaiser suchte noch nach den richtigen Worten, da redete Elisabeth schon weiter. »Es scheint, als ob ich vor allem als Schauobjekt zu dienen hätte, aber nicht als denkende Frau.«

»Das ist nicht wahr«, protestierte Franz Joseph. Es klang allerdings nicht sehr überzeugend.

»Was Rudis Verhalten angeht, so muss ich dir noch einmal sagen, dass er unter Schock steht. Nach der Tortur durch Gondrecourt reagiert er viel empfindlicher als früher. Er wird ein harmloses Versteckspiel betrieben haben. Latour wird mir davon berichten, wenn es ein ernsthaftes Problem in Rudolfs Entwicklung darstellt.«

Franz Joseph ging darauf nicht ein. »Elisabeth, wie soll ich deine neuen Interessen verstehen? Ich habe das Foto eines Toten bei dir im Schreibzimmer gesehen. Heute redest du über einen ermordeten Lehrer und von einem Gerichtsmediziner, der ihn untersuchen soll.«

Elisabeth blieb ihm jede Erklärung schuldig. »Veranlasse, dass das Grab von Alfred Oberland geöffnet und die Leiche untersucht wird. Wenn ich Recht behalte, dann sieh ein, dass eine Kaiserin noch andere Aufgaben hat, als das Protokoll für sie vorsieht.«

»Aber ich kann nicht ohne Beweise…«

»Unsere Kinder und Oberst Latour waren Augenzeugen, als der Mann zusammengebrochen ist. Es gab keine Anzeichen für eine Krankheit. Der Arzt, der den Toten beschaute, gab einem Bienenstich die Schuld, aber der Lehrer war Imker und einem Imker kann das Bienengift nichts mehr anhaben.«

»Du sprichst, als wärst du von der Polizei.«

»Wirst du meinen Wunsch erfüllen?«

Nach kurzer Überlegung versprach der Kaiser, mit dem Polizeipräsidenten von Wien darüber zu sprechen »Ich tue wieder einmal, was du von mir verlangst. Dafür aber bitte ich dich inständig um die Teilnahme am Prater-Korso.«

Um ihn bei Laune zu halten, willigte Elisabeth ein. »Sonst noch etwas, das du besprechen willst?« Es war eine rhetorische Frage, auf die sie keine Antwort erwartete.

»Ja, es wäre da noch etwas.«

Leicht genervt atmete Elisabeth durch.

»Es geht um den Oskar.«

»Um wen?«

»Den Oskar, deinen Hund.«

»Sein Name ist Houseguard. Hüter des Hauses heißt das übersetzt«, belehrte Elisabeth ihren Mann.

»Die Hundsbuben nennen ihn Oskar.«

»Weil sie kein Englisch verstehen.«

»Also der Hausgat…« Elisabeth kommentierte die schlechte Aussprache des Kaisers nicht. »…bitte verbiete dem Hausgat, dass er im Schlafzimmer auf den Sofas liegt. Er hat neulich sogar in meinem Bett geschlafen und als ich mich hingelegt habe, hatte ich den Mund voller Haare.«

»Ich werde ein ernstes Wort mit ihm reden«, versprach Elisabeth.

33

Es war schon zwei Uhr nachmittags und noch immer hatte Alexander nichts von Professor Lobmüller gehört. Um nicht entdeckt zu werden, war er die ganze Zeit im ehemaligen Büro seines Vaters geblieben. Bei einem Bäcker am Stadtrand hatte er frühmorgens Brezel und Semmeln gekauft. Mittlerweile hatte er alles aufgegessen und bekam wieder Hunger.

Um sich abzulenken, arbeitete er weiter. Neben der Tür stapelte er alle Bücher auf, die er durchgeblättert und in denen er nichts gefunden hatte. Daneben lag ein Stoß Zettel und Flügelmappen aus Pappkarton, die Alexander für bedeutungslos hielt.

Weil er damit bereits zuhause Erfolg gehabt hatte, begann er, den Schreibtisch zu untersuchen. Er zog die drei Laden heraus und tastete die Unterseite der Schreibtischplatte ab. Dort befand sich diesmal nichts. Auch an der Unterseite der Laden war nichts versteckt. Ihren Inhalt hatte er bereits durchgesehen.

Alexander kniete sich vor den Schreibtisch und nahm die Petroleumlampe. Er leuchtete in die Fächer. Auf der linken Seite fand er nur Ringe, die feuchte Schnapsflaschen und Gläser hinterlassen hatten. Er klopfte gegen die Holzteile und nahm das Mittelfach heraus. Doch er fand nichts.

Der rechte Schrank des Schreibtisches besaß vier Fachbretter. Alexander zog sie nacheinander heraus. Er ließ den Schein der Lampe über die Holzwände wandern. Das Einzige, was er entdeckte, waren einige Tintenflecken auf dem Boden.

Wo könnte sein Vater etwas versteckt haben?

Der Schreibtisch stand direkt an der Wand. Um dahinter zu sehen, zog ihn Alexander ein Stück vor. Das Möbelstück war alt und das Holz schwer. Als Alexander es über den Boden schleifte, erzeugte es ein quietschendes Geräusch.

Alexander hielt die Luft an und lauschte, ob jemand kam. Er warf einen Blick in den Gang hinaus, sah aber niemanden. Also hatte keiner etwas gehört. Wie auch? Das Büro lag weit von allen anderen entfernt.

Wonach suchte er eigentlich? Nach dem Notizbuch des Komponisten? Oder nach den herausgerissenen Seiten von Vaters Tagebuch?

Alexander zwängte sich in den Spalt zwischen Wand und Schreibtisch und leuchtete die Rückseite ab. Im Gegensatz zum aufpolierten Holz der vorderen Teile, war die Rückwand rau und unbehandelt. Mit dem Fingerknöchel klopfte Alexander das breite Brett unter der Tischplatte ab und danach die Rückwände der Seitenteile.

Erfolglos.

Schnaubend kletterte er wieder heraus und stellte die Petroleumlampe auf dem Tisch ab. Er warf sich auf den Schreibtischsessel. Die Luft unter der Lederpolsterung wurde mit einem dumpfen Zischen herausgedrückt. Da kam ihm eine Idee.

Alexander stand auf. Mit der Hand drückte er das aufgewölbte Leder der Sitzfläche hinunter. Wieder hörte er dieses Geräusch, das wie ein Fauchen klang. Alexander legte den drehbaren Sessel um und prüfte die Unterseite. Da er nichts fand, stellte er ihn wieder auf und leuchtete mit der Petroleumlampe über das Leder.

Dort, wo die Lehne auf die Sitzfläche traf, fiel ihm etwas auf. Die Messingnägel mit den glatten Köpfen waren nicht so tief hineingedrückt, wie an der Seite und vorne. Er befühlte die Lederkante. Sie stand etwas auf.

Vom Schreibtisch holte er einen Brieföffner und bohrte die Spitze unter das Leder. Die Spitze glitt hinein und er konnte die Tapeziernägel Stück für Stück nach oben hebeln. Schließlich hatte er alle entfernt. Er klappte das Leder hoch und sah darunter.

Im Schreibtischsessel steckte etwas. Es waren gefaltete Zettel, die Alexander mit viel Geschick und spitzen Fingern herausziehen konnte. Als er sie in Händen hielt, begann sein Herz, schneller zu schlagen. Er öffnete die Zettel. Zwei davon waren aus festem Papier. Es handelte sich um einen Brief, datiert mit 30. Dezember 1791. Die Tinte war verblasst, die Handschrift schwer zu entziffern.

Ich, Witwe des im Dezember des Jahres 1791 verstorbenen Komponisten Jakob Fahrig, übergebe hiermit getreu seinem Willen diese Truhe mit seinen Kompositionen in die Hände der Verwahrer an der Hofbibliothek zu Wien.

Ohne den ausdrücklichen Wunsch meines Gemahls füge ich seine Aufzeichnungen bei, die er in den frühen Tagen des Dezembers 1791 getätigt hat. Jakob hat zu Beginn des Monats eine Veränderung durchgemacht, die ich zu deuten kaum wage. Seine Erregtheit und seine ständige Abwesenheit würden auf eine Geliebte schließen lassen. Doch war Jakob ein treuer Mann, dafür bürge ich.

Seine Aufzeichnungen der Tage will ich nicht lesen, in der Angst, nach seinem Tod eine Überraschung zu erleben, die meine Treue zu ihm und mein Vertrauen zerstören würde. Der Inhalt des Buches, das ich seinem Werk beifüge, ist mir unbekannt und soll, wie seine Kompositionen seinem Wunsch gemäß, 75 Jahre nach seinem Tod geöffnet werden.

Der Tod meines Mannes wird als Unfall bezeichnet. Jakob Fahrig wurde am 21. April in einem Fischteich nahe Horn gefunden. Er muss dort bereits im Dezember im Eis eingebrochen und ertrunken sein. Die späte Schneeschmelze gab ihn erst im April frei. Er wurde von einem Waldarbeiter am Rande des Fischteiches gefunden.

Jakob trug in einer flachen Ledertasche ein Schriftstück an seinem Körper. Der Briefkopf mit seinem Namen war gedruckt und deshalb auch im Wasser erhalten geblieben. Die Tinte des Schriftstücks war verwaschen, der Inhalt ist daher unbekannt. Mich kümmert wenig, was darin stand. Durch den Briefkopf konnte herausgefunden werden, wer der Tote war. Sonst hätte ich womöglich nie erfahren, welches Schicksal mein Mann erlitt.

Die Gründe für seinen Tod sind mir nicht erklärlich. Ebenso wenig weiß ich, wieso er sich in dieser Gegend aufgehalten hat. Er verließ am 16. Dezember unser Haus und ist nie zurückgekehrt. Ich habe voller Angst und Sorge auf seine Rückkehr gewartet, aber vergeblich. Das Eis des Teiches ist nur um die Mitte des Dezembers so dünn, dass dort jemand einbrechen kann. Daher wird vermutet, dass der Todestag in diesem Zeitraum liegt.

Es schenkt mir Frieden, den Willen meines Mannes zu erfüllen und der Hofbibliothek seine Werke anzuvertrauen. Sie dürfen erst im Jahre 1866 eingesehen werden. Ich vermerke das neben dem Siegel.

Mögen die Werke in der Zukunft den Erfolg finden, der Jakob zu Lebzeiten versagt blieb. Trotz bester Lehrmeister und seiner tiefen Überzeugung vom Wert der Musikstücke.

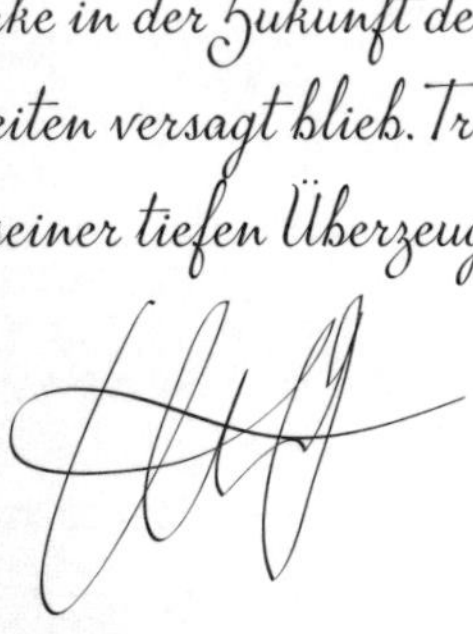

Die Unterschrift war nicht lesbar.

Das dritte Papier war dünn und durchscheinend und gehörte nicht zu dem Brief der Witwe Fahrig. Linien und ein paar Punkte waren darauf gezeichnet. »SchlA« stand bei einem Punkt. Bei einem anderen »Gru«. Alexander erkannte die Handschrift seines Vaters.

Er erinnerte sich, dass sein Vater dieses Papier verwendet hatte, um Abbildungen aus Büchern zu kopieren. Man legte das Papier auf und konnte die Illustration darunter sehen. Sein Vater war beim Abzeichnen immer sehr genau vorgegangen.

Was bedeuteten die eingezeichneten Punkte und die Beschriftungen? War das die Pause einer Landkarte? Welche konnte es sein? In der Hofbibliothek gab es tausende.

Nachdem Alexander das dünne Papier wieder gefaltet hatte, hielt er es vor sich und betrachtete es nachdenklich. Ein Satz aus dem Tagebuch seines Vaters, den er gleich zu Beginn des Jahres eingetragen hatte, fiel ihm ein.

Wer soll sich der Entdeckung rühmen dürfen? Die Eigentümer des Aufbewahrungsortes oder ich, der Finder?

Damit war das Notizbuch gemeint, das er im Nachlass von Jakob Fahrig entdeckt hatte. Sein Vater war der Finder, aber streng genommen gehörte es der Hofbibliothek. Da sein Vater kein Mann von großen Worten war, hätte er den Inhalt niemals als »Sensation« bezeichnet, wenn es sich nicht wirklich um eine solche handelte. Alexander könnte vielleicht das vollenden, was ihm nicht mehr möglich gewesen war.

Die Sensation, von der Alfred in seinen Tagebüchern schrieb, wäre dann für alle Zeiten mit dem Namen Oberland verbunden. Das ehrte seinen Vater und würde auch Alexander Bedeutung und Respekt einbringen. Für jede zukünftige Bewerbung konnte das nur hilfreich sein.

Alexander steckte die drei Papiere behutsam in die Innentasche seiner Jacke. Weil ihn das Warten zermürbte, beschloss er, zu Lobmüllers Büro zu gehen.

Bedacht darauf, ungesehen zu bleiben, verließ er das Zimmer und ging den kahlen Gang hinunter. Er war fast bei der Tür angelangt, die ins Treppenhaus führte, als sie geöffnet wurde und ihm Latour entgegentrat.

Wie angewachsen blieb Alexander stehen. Er blickte hinter sich. Gab es eine Fluchtmöglichkeit?

»Oberland, lassen Sie das«, sagte Latour ruhig. »Sie kommen mit ins Schloss und wir reden dort in Ruhe über alles.«

»Ich will nicht ins Gefängnis«, rief Alexander in Panik.

»Mein Angebot steht: Reden wir in Ruhe und entscheiden dann, was weiter geschehen soll.«

Hinter Latour tauchte die aufrechte Gestalt von Professor Lobmüller auf. »Du tust, was Oberst Latour befiehlt.«

»Es ist kein Befehl, sondern ein letztes Angebot«, sagte Latour.

Einen Moment herrschte Stille zwischen den drei Männern. Latour machte Platz, damit Alexander durch die Tür treten konnte. Den Kopf zwischen die Schultern gezogen, tat er es.

»Sie werden nicht noch einmal wegrennen«, schärfte ihm Latour leise ein.

Alexander versprach es.

»Hast du im Arbeitszimmer deines Vaters etwas gefunden?«, wollte Lobmüller wissen. »Hast du die Zeit genutzt und gesucht?«

Alexander tat sein Bestes, glaubhaft den Verlegenen zu spielen. »Ich habe überall gesucht, den Schreibtisch zerlegt und den Schreibtischsessel auch. Es tut mir leid. Es waren dumme Ideen.«

»Du hast also nichts finden können?«

»Nichts. Nichts, das von irgendeiner Bedeutung wäre. Was ich schon durchgesehen habe, liegt bei der Tür.«

Professor Lobmüller blickte ihn lange an, sagte aber nichts mehr. Alexander spürte den Blick des Professors im Rücken, als Latour ihn den Gang entlang zum Ausgang führte.

Im Fiaker, der sie nach Schönbrunn brachte, kauerte Alexander auf der Kante der Sitzbank, die Hände zwischen den Beinen. Er wagte nicht, Latour anzusehen.

»Ich habe etwas von der Kaiserin zu bestellen«, sagte Latour.

Alexander blickte ihn ungläubig an. »Mir? Von Ihrer Majestät?«

»Richtig. Aber wir reden darüber erst hinter verschlossener Tür im Schloss. Seien Sie Professor Lobmüller dankbar, dass er zu mir gekommen ist und für Sie ein gutes Wort eingelegt hat.«

Doch Alexander nahm diese Worte kaum noch wahr. Was konnte die Kaiserin von Österreich nur von ihm wollen?

34

Wie viele Tage hast du noch für mich vorgesehen, Gott?

Die alte Fürstin saß in ihrem Rollstuhl vor den drei hohen verglasten Türen, die auf eine kleine Terrasse führten.

Welch ein Luxus, dachte sie. Die Türen waren in Quadrate unterteilt, durch die auch an schlechten Tagen viel Licht in ihr Zimmer fiel. An einem regnerischen Nachmittag wie heute konnte sie davorsitzen und in die Landschaft blicken.

Wie lange werde ich noch hier sitzen können, Gott?

Das stille Gebet beruhigte sie an Tagen wie diesem. So viele Jahre lang schien das Geheimnis der Gruft gut gehütet und geschützt zu sein. Bis wieder jemand kam und danach fragte.

Aber wie war das möglich? Es gab nur drei Mitwisser: die beiden Totengräber und diesen verrückten Komponisten, der in seiner Besessenheit etwas beobachtet hatte, das nicht für seine Augen bestimmt gewesen war.

Die Totengräber hatten sich beide versoffen. Keiner hätte ihnen geglaubt, wenn sie erzählt hätten, was in dieser Nacht geschehen war.

Wie die Fürstin in Erfahrung bringen konnte, starben sie nur ein Jahr später im Abstand von wenigen Monaten.

Wie jung ich damals war, dachte sie. Sie betrachtete die dunklen Flecken auf den dürren Händen. Die Zeit hatte sie ausgetrocknet und zernagt, wie sie das mit jedem Lebewesen tat.

Der Komponist hatte vorgesprochen, kurz nachdem ihre Eltern abgereist waren. Sie waren nach Baden bei Wien gefahren, um dort zu kuren.

Es war eine glückliche Fügung, dass die Fürstin als einziges Familienmitglied im Schloss zurückgeblieben war. So kam der Komponist zu ihr. Sie konnte ihn noch immer vor sich sehen, wie er kriecherisch begonnen hatte, von wissenschaftlichem Interesse zu sprechen. Sie hatte vorgegeben, nicht zu verstehen, was er meinte.

Da war er frech geworden.

»Ich habe Sie gesehen«, hatte er gesagt, mit einem falschen Lächeln im Gesicht. »Als Sie die Leiche fortgeschafft haben. Eine adelige Leichendiebin.«

Die Fürstin war ihm mit steinernem Gesicht gegenübergesessen und hatte keine Reaktion gezeigt. Gleichzeitig hatte sie fieberhaft überlegt, was nun zu tun war. Ihre Tat durfte niemals an die Öffentlichkeit gelangen. Ihre Eltern hätten sie ihr nie verziehen, ihr Ruf wäre zerstört gewesen, ihr Verlobter Arnold hätte die Hochzeit abgesagt.

Der Komponist schilderte ihr jedes Detail. Er wollte ihr beweisen, dass er Bescheid wusste und sie in der Hand hatte. Es war ein bitterkalter Tag im Dezember gewesen und es hatte in Strömen geregnet.

Die Fürstin war mit einem Fuhrwerk zum Friedhof gekommen, das von zwei Pferden gezogen wurde. Auf der offenen Ladefläche transportierten die Holzknechte normalerweise zerhackte Baumstämme. In dieser Nacht aber sollte der Wagen eine völlig andere Fracht tragen. Jokl, der stumme, einfältige Knecht, begleitete die Fürstin. Der gute Kerl tat alles, was man von ihm verlangte, und konnte niemandem davon erzählen.

»Ich verehre ihn, müssen Sie wissen«, hatte der Komponist gesagt. »Ich möchte in seiner Nähe sein. Es ist die Nähe Gottes.«

Er sprach von dem unwürdigen letzten Weg. Die wenigen Trauernden waren auf Grund des Wetters umgekehrt, noch bevor der Sarg ins Grab gelassen worden war. Er aber war bei ihm geblieben.

»Es bereitete meiner Seele Schmerzen, als die Totengräber den Sarg neben dem frisch ausgehobenen Grab einfach im Regen stehen ließen. Ich wollte sie an ihre Pflicht erinnern, aber sie haben mich nur ausgelacht.« Er verstummte. Seine Lippen bebten vor Zorn, als er sich daran erinnerte.

»Branntwein. Das war alles, was sie von mir verlangten. Erst danach wollten sie weiterarbeiten.«

Also war er zum nächsten Wirtshaus gegangen und hatte den billigsten Branntwein geholt. Er selbst genehmigte sich auch einige Schnäpse, um sich warm zu halten.

Als er das Wirtshaus verließ, dämmerte es bereits. Er lieh sich vom Wirt eine Laterne. Auf dem Friedhof fand er die Totengräber in einer Hütte an der hinteren Mauer. Sie waren schon angetrunken und rissen ihm die Flasche Branntwein aus den Händen. Danach stießen sie ihn vor die Hütte und riegelten ab.

Am nächsten Tag wollte er zurückkommen und sich beschweren. Es musste jemanden geben, dem die Totengräber unterstellt waren. Bevor er den Heimweg antrat, wollte er das Grab besuchen und dem Sarg einen letzten Gruß entbehren.

Doch der Sarg war fort. Der Komponist leuchtete in die Grube. Sie war lehmig, tief und leer. Unten hatte sich bereits Regenwasser gesammelt. Er lief zur Hütte der Totengräber und brüllte: »Was ist mit dem Sarg geschehen? Wo ist der Sarg?« Von drinnen aber kam nur Gelächter.

Die Fürstin selbst stand in dieser verhängnisvollen Nacht bei den Pferden und versuchte, sie anzutreiben. Sie knallte mit der Peitsche durch die Luft. Das hintere Rad des Wagens war im Schlamm stecken geblieben. Die Pferde schafften es nicht, den Karren herauszuziehen. Jokl schob, aber auch er war nicht stark genug.

Völlig unerwartet tauchte der Komponist an ihrer Seite auf und bot seine Hilfe an. Er hatte das Wiehern der Pferde gehört und den kleinen Ausgang in der Friedhofsmauer neben der Hütte der Totengräber entdeckt. Die betrunkenen Totengräber hatten vergessen, die Türe zu schließen. Das erwies sich als schwerer Fehler.

Ein weiter Umhang mit Kapuze verdeckte ihr Gesicht. Er würde sie nicht wiedererkennen, selbst wenn er sie später einmal treffen sollte. Widerwillig hatte sie sein Angebot angenommen. Er war nach hinten, zur anderen Seite des Fuhrwerks gegangen und hatte sich mit Jokl gemeinsam dagegengestemmt. Beim Schein seiner Laterne pressten sie mit aller Kraft ihre Körper gegen den Wagen. Schließlich machte er einen Ruck nach vor. Sie war auf den Kutschbock gesprungen und hatte an den Zügeln gerissen. Ohne sich zu bedanken, war sie in der Nacht verschwunden. Jokl kam nachgelaufen und sprang hinten auf den Wagen.

Die Pferde waren kräftig und schnell. Sie blickte mehrere Male zurück, konnte den Mann aber nicht mehr entdecken. Sie hatte ihn abgehängt. Da sie in der Nacht nicht fahren konnte, kehrte sie bei einem Schmied ein. Seine Werkstatt lag knapp hinter der Stadtgrenze. Der Schmied und seine Frau waren beide gleich groß, oder besser gesagt gleich klein und dick. Die Fürstin entlohnte sie großzügig. Sie gab vor, bei den Pferden bleiben zu wollen. Jokl und sie schliefen in der Schmiede, die sich neben dem Stall befand. In der Esse glühten noch die Kohlen und es war angenehm warm.

Am nächsten Morgen musste sie feststellen, dass eines der Rösser lahmte. Es konnte unmöglich den Wagen ziehen, aber für eines allein war er zu schwer. Der Schmied bot an, ein anderes Pferd zu beschaffen. Die Fürstin aber bat ihn, mit Jokl zum Schloss zu reiten. Jokl sollte einen ihrer Gäule auswählen und darauf zurückreiten.

Im Nachhinein brachte sie diese Entscheidung in große Bedrängnis. Denn der Komponist hatte nicht aufgehört, nach ihr zu suchen.

»Als Sie davongefahren sind, ohne ein Wort des Dankes, da habe ich gesehen, was Sie geladen hatten. Es waren viele Decken darüber geworfen, aber im Licht Ihrer Laterne konnte ich die Form erkennen. Sie sind die Diebin des Sarges.«

Natürlich gab sie nichts zu.

Der Mann hatte den Weg bis zum Schmied gefunden. Zwei Tage waren vergangen. Sie war schon längst abgefahren. Der Schmied konnte dem Komponisten den Namen des Schlosses nennen, zu dem er Jokl gebracht hatte. Bevor er bei ihr vorsprach, hatte er im Park herumgeschnüffelt und entdeckt, was er für einen Beweis hielt.

Aber er irrte. Sie konnte ihm diesen Irrtum aber weder erklären noch beweisen. Es hätte einen Skandal ausgelöst.

Seine Bedingung lautete: Entweder übergab sie ihm den Sarg, oder er würde sie wegen Leichenschändung bei der Polizei melden.

»So kann ich ihm immer nahe sein«, sagte er, beinahe vergnügt. Sie fragte sich, ob er vielleicht verrückt war. Doch im Grunde war das egal.

Wie raffiniert sie damals vor 75 Jahren vorgegangen war. Sie hatte dem Komponisten zugesagt, seine Bedingungen zu erfüllen. Dazu verlangte sie aber einen formellen Vertrag, der zwischen ihnen aufgesetzt werden sollte. Der Komponist musste ihr sein Schweigen garantieren.

Sie bot ihm an, den Vertrag selbst zu verfassen und damit zurückzukommen. Im Schloss wollte sie ihn unterschreiben. Danach würde die Übergabe des Sarges stattfinden. Sie versprach sogar einen Wagen, auf dem er ihn nach Wien transportieren konnte.

Die Fürstin, damals erst zwanzig Jahre alt, hatte das schwache Mädchen gemimt, und er war darauf reingefallen.

Nachdem er gegangen war, traf sie alle Vorbereitungen für seine Rückkehr. Sie wartete vom ersten Lichtstrahl an bis zum Einbruch der Dunkelheit an den drei hohen Fenstern, von denen sie den besten Blick weit ins Land hinein hatte.

Es hatte drei Tage gefroren und dunkelgraue Wolken kündigten Schnee an, als er wieder kam.

Sie kleidete sich in Schwarz. Schwarze Hosen, ein weiter Umhang, Stiefel und ein Herrenhut mit Feder, wie er in ihrer Familie Tradition war. Auf ihrer Lieblingsstute Artemis ritt sie den Hügel hinunter. Sie hatte an den Tagen zuvor lange gesucht, bis sie den richtigen Punkt gefunden hatte. Es war eine Kurve, die hinter einer Gruppe von Nadelbäumen lag und vom Schloss aus nicht zu sehen war. Hier konnte sie ihren Plan unbeobachtet ausführen.

Der Komponist hielt seinen Mantel vorne mit beiden Händen fest zu, weil der Wind so eisig pfiff. Er warf entsetzt die Arme in die Luft, als sie auf Artemis gesprengt kam. Sie ritt nicht im Damensattel, sondern wie ein Mann. Sie schwang die Reitgerte zischend durch die Luft. Sie dirigierte das Pferd auf ihn zu. Als er zur Seite ausweichen wollte, folgte sie seiner Bewegung. Der Komponist erkannte, was sie vorhatte, und versuchte zu fliehen. Sie hetzte ihn auf die Gruppe hoher Bäume zu, hinter denen der Fischteich lag. Als sie das Ufer erreichten, ließ sie Artemis aufsteigen und mit den Vorderhufen schlagen. Auf den Hinterbeinen tänzelte sie auf den geschockten Mann zu, der als einzigen Fluchtweg den zugefrorenen See sah. Er rannte auf das Eis. Sie ließ die Stute weiter laut wiehern und immer wieder in die Höhe steigen.

Seit sie ein Kind war, wusste sie um die Gefahr des Teichs. Die Eltern hatten sie oft gewarnt und ihr streng verboten, im Winter das Eis zu betreten. Selbst wenn es am Rande dick gefroren war, blieb die Eisschicht in der Mitte dünn. Es befand sich dort am Grund, hatte man ihr erzählt, eine warme Quelle.

Das Eis knackte. Der Komponist verharrte, unsicher, was er tun sollte. Er wollte seine Flucht fortsetzen, doch es war bereits zu spät. Das Eis gab unter seinen Schuhen nach und er versank.

Sie hatte Artemis beruhigt und ihr auf den Hals geklopft.

Nach einigen Sekunden tauchte er wieder auf. Todesangst stand in seinem Gesicht. Er rief nach ihr und versuchte, aus dem Loch zu klettern. Das Eis brach und er verschwand abermals in der Tiefe. Das Letzte, was sie von ihm sah, war seine Hand, die er vergeblich nach oben streckte.

Stille senkte sich über den Teich. Sie wartete am Rand, bis sie sicher war, dass er nicht mehr auftauchen würde. Damals hatte sie über die Ruhe in ihrem Inneren gestaunt. Im Schritt kehrte Artemis mit ihr zum Schloss zurück. Dort ging sie in die Kapelle, kniete nieder und bat Gott um Verzeihung.

Nach all den Jahren hatte sie das Sakrament der Buße empfangen und war von der Sünde freigesprochen worden. Doch sie hatte dem Pater verschwiegen, dass sie keine Reue spürte. Das Versprechen, das sie gegeben hatte, zählte für sie mehr als alles andere.

Die Fürstin hörte das Klappern von Hufen. Ihr Augenlicht wurde schwächer, ihr Gehörsinn aber war noch immer ausgezeichnet. Sie hatte das Geräusch des Pferdes sehnlichst erwartet. Endlich war ihre Urenkelin Klara aus Wien zurückgekehrt. Viel zu lange war sie fortgewesen. In dieser Zeit hatte sie der Fürstin drei Nachrichten durch einen Boten überbringen lassen. Sie waren knapp gehalten, wie es Klaras Art entsprach.

Die erste Nachricht lautete:

Ich habe die Nachricht an ihn überbracht. Meine Aufgabe ist es nun, zu prüfen, ob er die Warnung ernst genug nimmt.

Die zweite lautete:

Er ist tot und begraben. Du hast von ihm nichts mehr zu befürchten. Ich suche nach den Aufzeichnungen, um sie für alle Zeiten zu vernichten.

Die dritte Nachricht war:

Bisher war meine Suche vergeblich. Weder in seinem Haus, noch in seinem Büro konnte ich fündig werden. Aber ich gebe nicht auf.

Die Kraft der Fürstin reichte nicht mehr aus, um zu schreiben. Daher hatte sie dem Boten mündlich anvertraut, was er ihrer Urenkelin bestellen sollte. Er würde sie im Hotel Nordbahn in Wien finden. Klara sollte umgehend zurückkehren. Ihrer Urgroßmutter blieben nur noch wenige Tage.

Es klopfte an der Tür. Ohne auf eine Antwort zu warten, wurde sie geöffnet, und jemand kam mit schnellen Schritten durch den Raum geeilt.

»Ich bin es, Ura.« Klara nannte die Fürstin so, seit sie ein kleines Mädchen war.

»Klara, mein Kind.«

Ihre Urenkelin trat zur ihr, vom Wind zerzaust und mit geröteten Wangen. Sie trug Hosen, Stiefel und eine leichte Jacke, alles in Schwarz. Klara erinnerte die Fürstin an die junge Frau, die sie selbst einmal gewesen war.

Ihre Urenkelin war eine ausgezeichnete Reiterin, genau wie sie in jungen Jahren. Und genau wie die Fürstin verweigerte sie den Damensattel, auch wenn das als nicht schicklich galt.

Klara kniete sich vor den Rollstuhl und griff nach den Händen ihrer Urgroßmutter.

»Ura, du hast mir einen solchen Schrecken eingejagt. Du wirst noch viele Jahre leben. Das musst du mir versprechen.«

»Du gutes Kind«, sagte die Fürstin leise. »Ich habe so sehr auf dich gewartet.«

»Du siehst gesund aus«, sagte Klara. Es klang mehr nach einem Wunsch als nach einer Feststellung.

»Du willst mich nur trösten, Klara.«

Auch wenn es keinen männlichen Nachfolger gab, sah die Fürstin alle Kräfte und Fähigkeiten, die in ihrem Blut lagen, in Klara verkörpert.

Ihre Kinder würden einen anderen Namen tragen, aber die guten Eigenschaften der Familie von ihrer Mutter erben. Das Schloss würde ihr Lachen und Weinen hören und das Leben würde weitergehen.

Klara lächelte sie an und strich über die dicken Fingerknöchel ihrer Urgroßmutter.

»Du kannst beruhigt sein. Er wird nie wieder hierherkommen und dich in Angst versetzen.«

Die Fürstin schloss die Augen. Sie empfand die gleiche Stille, die sie auch damals am Fischteich umfangen hatte. Wieder war ein Mensch gestorben, um ihr Geheimnis zu bewahren.

Sie brachte es nicht über sich, ihre Urenkelin nach Einzelheiten zu fragen. Je weniger sie wusste, desto besser. Solange sie schwiegen, war es beinahe, als wäre nichts geschehen. Eine Antwort hätte ihr die Gewissheit gebracht, den wertvollsten Menschen in ihrem Leben zu einer Mörderin gemacht zu haben. Eine Mörderin, wie sie eine war.

Wollte sie mit dieser Gewissheit sterben?

Klara hatte sich bereits abgewandt und ging nach draußen, um sich umzuziehen.

»Klara«, flüsterte die Fürstin, so leise, dass ihre Urenkelin es nicht hören konnte. »Was hast du nur getan?«

35

»Ist das alles?«

Normalerweise berührte Latours Rücken keine Lehne. Während der langen Erzählung von Alexander hatte er sich aber in seinem Sessel zurückgelehnt und die Beine übereinandergeschlagen.

»Das ist alles«, beendete Alexander seinen ausführlichen Bericht. Er kauerte auf der Sofakante. Sein Zappeln erinnerte Latour an Kinder, die von ihrem Vater eine Strafpredigt erwarteten.

Doch Latour hielt ihm keine, sondern sah ihn nur lange nachdenklich an.

Schließlich hielt es Alexander nicht länger aus.

»Darf ich fragen…?« Er blickte zerknirscht. »Darf ich fragen, wie es für mich weitergeht? Werde ich aus dem Dienst entlassen?«

»Ich sollte Sie unehrenhaft entlassen.« Latour nickte zustimmend. »Ja, das sollte ich tun.«

Alexander sank in sich zusammen.

»Aber ich werde es nicht tun.«

Er konnte hören, wie Alexander aufatmete.

»Unter mehreren Bedingungen«, fügte Latour hinzu.

»Ich tue alles.«

»Erstens werden Sie Ihren Dienst fortsetzen und gegenüber den kaiserlichen Hoheiten eine Haltung einnehmen, als wäre nichts geschehen. Sie erwähnen niemals den tragischen Tod Ihres Vaters.«

»Natürlich nicht.«

»Zweitens werden Sie mir alle Unterlagen, die Sie im Haus Ihrer Eltern gefunden haben, übergeben. Die Dokumente aus der Hofbibliothek werde ich ebenfalls an mich nehmen und aufbewahren.«

Als Beweis, dass er es ernst meinte, reichte ihm Alexander die drei gefalteten Seiten, die er im Büro seines Vaters gefunden hatte. Latour beugte sich vor und griff danach.

»Drittens verlieren Sie kein Wort über das, was Sie getan, gefunden und entwendet haben. Zu niemandem. Haben Sie ein Mädchen, das Ihrem Herzen nahe ist?«

Alexander schüttelte verlegen den Kopf.

»Dann müssen Sie niemandem etwas verschweigen. Umso besser.« Latour überlegte kurz, bevor er fortfuhr. »Sie werden das Schloss nicht ohne meine Einwilligung verlassen.«

Auch dazu war Alexander bereit.

»Und Sie werden der Majestät aus den Tagebüchern Ihres Vaters vorlesen.«

»Ihrer Majestät der Kaiserin?«, fragte Alexander, der sich verhört zu haben glaubte. »Vorlesen?«

Latour nickte, als wäre es das Selbstverständlichste auf der Welt.

»Aber das sind die privaten Aufzeichnungen meines Vaters. Es ist nicht alles für die Ohren Ihrer Majestät bestimmt.«

»Nachdem ich Ihnen erzählt habe, was die Kaiserin herausgefunden hat, werden Sie das anders sehen.«

Alexander blickte ihn gespannt an.

»Die Kaiserin ist aufgrund von Nachforschungen und Überlegungen zur Erkenntnis gelangt, dass es sich beim Tod von Alfred Oberland, Ihrem Vater, nur um Mord handeln kann.«

Fassungslos sank Alexander auf seinem Sessel zusammen. Er bemerkte seine schlampige Haltung und richtete sich gleich wieder auf. »Darf ich aufstehen?«, fragte er und deutete mit dem Finger im Zimmer hin und her.

»Nur zu.«

Er sprang auf und rannte zwischen den beiden Türen des Landschaftszimmers auf und ab.

»Es war entsetzlich, zu erleben, wie er gestorben ist. Vor unseren Augen. Nun soll er ermordet worden sein? Aber wie?« Alexander blieb stehen und warf die Arme in die Luft. Er sprach alles aus, was ihm in den Sinn kam.

»Sie waren doch anwesend, Oberst Latour. Sie wissen, dass niemand außer Ihnen, den kaiserlichen Hoheiten, meiner Mutter und mir im Garten war. Sie haben selbst berichtet, mein Vater wäre tot zusammengebrochen.«

»Das ist auch so gewesen. Doch die Kaiserin denkt, Ihr Vater wurde vergiftet.«

»Gift? Wieso sollte mein Vater vergiftet worden sein? Und von wem?«

»Auf die erste Frage habe ich eine mögliche Erklärung, die Sie bestimmt auch schon kennen. Es muss mit dem Fund Ihres Vaters zu tun haben, diesem Notizbuch des Komponisten Jakob Fahrig.«

»Das spurlos verschwunden ist.«

Latour stand nun auch auf. »Ihre Majestät ist tief betroffen, weil Ihr Vater kurz vor seinem Tod ihr wahrscheinlich eben dieses Buch übergeben wollte. Doch es hat nie seinen Weg zu ihr gefunden. Nach allem, was Sie erzählt haben, muss es von ungeheurer Wichtigkeit und unschätzbarem Wert sein. Es klingt nicht danach, als wäre der Wert in Geld auszudrücken. Es muss sich um einen ideellen Wert handeln.«

»Ich weiß nicht, ob ich der Kaiserin wirklich aus den Tagebüchern vorlesen kann«, sagte Alexander niedergeschlagen. »Ich könnte zu weinen beginnen, weil es doch um das Leben meines Vaters geht.« Wie als Beweis, rollten ihm Tränen über das Gesicht. Er wischte sie mit dem Handrücken hastig weg.

Latour holte ein frisches Stofftaschentuch aus der Jacke und reichte es Alexander. »Er war ein wichtiger Freund für Sie, nicht wahr?«

Weil er im Moment nicht reden konnte, nickte Alexander nur.

»Schon aus diesem Grund sollten Sie alles tun, um mitzuhelfen, die Rätsel rund um den Tod Ihres Vaters zu lösen. Sie als Sohn spielen eine wichtige Rolle, Sie haben ihn am besten gekannt. Sie können seine Schrift und seine Aufzeichnungen entziffern. Es ist ein letzter und großer Dienst, den Sie für ihn leisten können.«

»Aber er hat verbotenerweise etwas aus der Hofbibliothek entwendet«, warf Alexander ein.

»Die Hofbibliothek untersteht am Ende des Tages dem Kaiserhaus. Und die Kaiserin selbst hat den Auftrag zu dem erteilt, was ich Ihnen gerade erläutert habe.«

Nachdem er sein Gesicht mit dem Taschentuch getrocknet hatte, überlegte Alexander. Latour ließ ihm dazu alle Zeit. Er setzte sich wieder und beobachtete ihn.

Er mochte Alexander. Er hätte gerne einen Sohn wie ihn gehabt. Alexander war keine stattliche Erscheinung und beim Reden stotterte er manchmal. Er hinkte ein wenig, weil ein Fuß kürzer war, und neigte zu impulsiven Handlungen. Aber er war herzlich und ehrlich. Er war ein aufrechter Mann, der sich die Offenheit und Neugier eines Kindes bewahrt hatte. Für Rudolf war er ein idealer Lehrer und, trotz aller Fehler, ein Vorbild.

Latour sah, wie Alexander stumm nickte. Schließlich sagte er mit fester Stimme: »Für meinen Vater, seine Ehre, sein Ansehen und die Gerechtigkeit, die er sich verdient.«

»Genau so, mein Sohn«, erwiderte Latour. Das Wort Sohn war ihm herausgerutscht, aber es schien Alexander nicht zu stören.

15. Juni 1866

36

»Lies vor!«

Der Brief von Professor Dlauhy war von einem Boten gebracht worden. Ida hatte ihn in Empfang genommen und stand nun vor Elisabeth, die ihr morgendliches Haarritual über sich ergehen ließ. Fanny Feifalik wollte gerade mit dem Bürsten beginnen.

Ida öffnete den Umschlag und entnahm einen gefalteten Brief.

»Reiß nicht so an den Haaren«, herrschte Elisabeth die Friseuse an. »Sei vorsichtiger.«

Zu Ida sagte sie: »Die Feifalik reißt mir in letzter Zeit ständig Haare aus.«

Sie warnte Fanny: »Wenn du fertig bist, will ich die Bürste sehen.« Sie wandte sich wieder Ida zu. »Gestern hättest du die Bürste sehen müssen. So viele Haare darin, weil die Feifalik so grob vorgegangen ist.«

»Majestät...«, begann Fanny, aber Elisabeth schnitt ihr mit einer energischen Geste das Wort ab. Die Feifalik schien an diesem Tag in Ungnaden gefallen.

Elisabeth deutete hinter sich auf die Tapetentür. »Ich habe gestern gehört, wie im Dienstbotenzimmer jemand gesagt hat, dass ich im Alter die Haare verliere. Hätte ich die Stimme durch die Tür erkannt, wäre das Mädchen nicht mehr in meinen Diensten.«

Fanny rollte hinter Elisabeths Rücken mit den Augen. Sie hatte wie jeden Tag eine weiße Schürze umgebunden, an der sie immer wieder nestelte.

»Wollen Sie den Bericht von Professor Dlauhy hören, Majestät?« Ida versuchte auf diese Weise, Elisabeth von den Gedanken an Haarausfall und von ihrem Zorn auf die Friseuse abzubringen.

»Lies vor, das habe ich doch schon gesagt.« Die Kaiserin hatte lange auf den Brief des Gerichtsmediziners warten müssen. Zu lange, wie sie meinte. Das hatte sie nur noch mehr gereizt.

Ida räusperte sich. Sie stand noch immer vor Elisabeths Sessel.

»Setz dich doch!«, befahl die Kaiserin. Ida lächelte dankend und nahm auf dem kleinen Sofa des Toilettezimmers Platz.

Da Elisabeth die Augen geschlossen hielt, entging ihr Idas verwunderter Blick. Sie beobachtete, wie Fanny ein Haar aus den Borsten der Bürste zog und unter ihrer Schürze verschwinden ließ. Als die Hand wieder zum Vorschein kam, war sie leer. Mit der anderen hatte Fanny gekonnt die Bürstenstriche fortgesetzt, sodass Elisabeth nichts aufgefallen war.

»Ida, ich warte noch immer«, drängte Elisabeth.

Ida räusperte sich und begann vorzulesen.

An die Kaiserin von Österreich

Majestät,

ich wurde beauftragt, den Leichnam von Alfred Oberland, geboren am 6. September 1814, gerichtsmedizinisch nach Spuren einer Vergiftung zu untersuchen. Der Bericht sollte nach Ihrem Wunsch direkt an Sie ergehen.

Ich erfülle Ihren Auftrag, bevor ich den Befund an das Gericht zur Kenntnis und Bearbeitung weiterleite.

In unserem Gespräch, zu dem ich die ausgesprochene Ehre hatte, von Ihnen persönlich geladen zu werden, durfte ich Ihnen Gifte, ihre Wirkung und Methoden des Nachweises erläutern.

Im Falle von Alfred Oberland muss ich Ihnen mitteilen, dass sich der Verdacht auf einen Tod durch Gift bestätigt hat. Oberland starb an einer Überdosis von Arsenik, auch als Arsen bekannt. Da der Tod am 29. Mai des Jahres erfolgte und die Leiche erst 16 Tage danach zur Untersuchung gebracht wurde, kann ich in einigem nur Vermutungen anstellen.

Das Gift wurde dem Opfer auf fast leeren Magen verabreicht. Dies muss daher ungefähr 30 Minuten vor Eintreten des Todes geschehen sein. Alfred Oberland war, wie von seiner Familie angegeben, gesund und für sein Alter in gutem körperlichen Zustand. Nur seine Leber zeigt Anzeichen von erhöhtem Alkoholkonsum.

Der Bienenstich, der im Totenschein als Todesursache angegeben wurde, hatte keine Auswirkung auf Oberlands Gesundheit.

Er scheint, wie bei Imkern üblich, dem Gift der Bienen gegenüber resistent gewesen zu sein.

Ich erlaube mir, meinen einfacheren Erläuterungen den gerichtsmedizinischen Befund in Abschrift beizulegen.

Untertänigst gedient zu haben

Professor Dr. Johann Nepomuk Dlauhy

Spitalgasse, Allgemeines Krankenhaus

»Wie ich es gedacht hatte.«

Ida konnte heraushören, dass sich Elisabeth von ihr Bewunderung erwartete.

»Majestät, ohne Ihr Zutun wäre dieser Mord nie entdeckt worden.«

Fanny griff abermals unter ihre Schürze. Ida fand das irritierend.

Elisabeth, den Kopf in den Nacken gelegt, richtete sich langsam auf. Fanny trat sofort näher, damit sie nicht zu stark an den Haaren zog.

»Aber wer kann den armen Mann nur ermordet haben?« Die Kaiserin hatte die Hände auf dem Rock liegen und klopfte mit den Fingern auf den Stoff. »Wir sind es ihm schuldig, den Mörder zu entlarven.«

»Sollen wir das nicht der Polizei überlassen?«, bemerkte Ida vorsichtig.

»Die kann sich auch darum kümmern. Unser Wissensstand gibt uns aber einen Vorsprung.«

Ida wollte anmerken, dass sie doch keinen Wettlauf veranstalteten, ließ es dann aber bleiben. Irgendetwas sagte ihr, dass Elisabeth anderer Meinung war.

Elisabeth trug Ida auf, mit Latour zu sprechen. Vielleicht hatte er schon mehr über die Aufzeichnungen von Oberland herausfinden können.

»Er soll aber nicht wieder den Sohn zum Vorlesen schicken«, gab sie Ida noch mit auf den Weg.

Ida erinnerte sich, wie peinlich berührt alle gewesen waren, als Alexander vor zwei Tagen zum Vorlesen gekommen war. Als er das Zimmer der Kaiserin betreten hatte, war er zuerst vor Ehrfurcht erstarrt. Als er endlich die Sprache wiedergefunden hatte, begann er vor Aufregung gleich nach den ersten Sätzen zu stottern. Das Stottern wurde mit jeder Zeile schlimmer, sodass Elisabeth ihn fortschickte. Ida war Alexander gefolgt. Der junge Lehrer war am Boden zerstört gewesen. Sie hatte ihm versichert, dass Majestät keineswegs erzürnt wäre. Sie hätte Verständnis für menschliche Schwächen, wollte aber mehr über die Tagebucheintragungen erfahren. Alexander schlug vor, gemeinsam mit Latour die wichtigsten Erkenntnisse daraus zusammenzufassen.

»Ida! Bring mir den Zettel mit den seltsamen Abkürzungen«, verlangte Elisabeth. Ida holte ihn aus dem Album, in dem Elisabeth es abgelegt hatte. »Lies vor.«

Schon wieder griff Fanny unter die Schürze. Als sie Idas strengen Blick bemerkte, zog sie die Hand schnell heraus.

Ida hob tadelnd die Augenbrauen. Sie musste mit der Feifalik wirklich ein ernstes Wort reden.

»Meine Güte, Ida, was ist denn heute? Wieso zögerst du ständig?«, beschwerte sich Elisabeth.

Beinahe hätte Ida auf Fannys eigenartiges Verhalten hingewiesen. Ein flehender Blick der Friseuse hielt sie zurück. Anschwärzen wollte sie niemanden.

Die Kaiserin winkte ungeduldig. »Lies die Worte vor, die Oberland in seinen Tagebucheintragungen verwendet.«

Ida tat es.

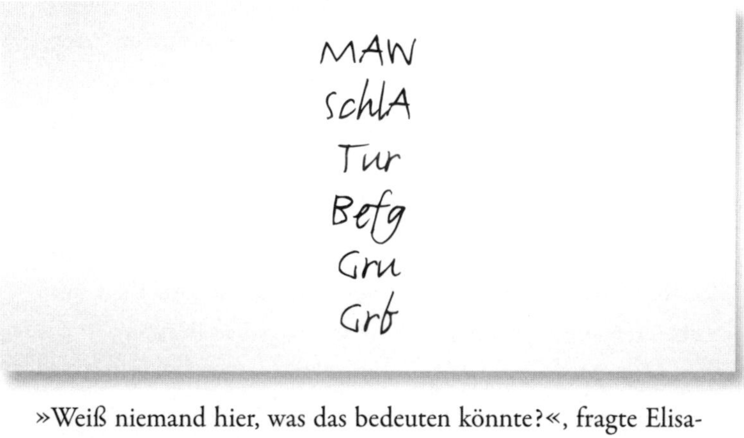

»Weiß niemand hier, was das bedeuten könnte?«, fragte Elisabeth die beiden Frauen.

Fanny meldete sich vorsichtig zu Wort. »Gru....grb....das klingt wie Grube.«

»Es handelt sich aber um zwei verschiedene Worte«, belehrte sie Ida.

»Tur....« Elisabeth wiederholte die Abkürzung immer wieder. »Tur....turnen?«

»Tur...wie Tour? Reise?«, schlug Fanny vor.

»SchlA.... Schl und ein großes A«, las Ida noch einmal vor.

»Dann müssen es zwei Worte sein. Das zweite fängt mit A an«, meinte Elisabeth.

Fanny hatte einen Einfall. »Schloss....A?«

Elisabeth nickte anerkennend. »Eine gute Idee. Aber welches Schloss soll das sein?«

Fanny trat zurück und betrachtete ihr Werk. Ida musste zugeben, dass die Frisur vorzüglich gelungen war.

»Ich wäre fertig, Majestät?« Sie reichte Elisabeth den Handspiegel. Die Kaiserin drehte den Kopf hin und her und betrachtete sich von allen Seiten. Während sich die Kaiserin im Spiegel prüfte, stand Fanny Feifalik genau hinter ihr. Sie hatte an diesem Tag fast die gleiche Frisur wie Elisabeth. Da sie auch die gleiche schmale Taille besaß, stach die Ähnlichkeit der beiden heute besonders heraus.

Elisabeth gab den Handspiegel zurück. »Zeig mir die Bürste.«

Fanny reichte ihr das Silbertablett mit der Bürste. Kein einziges ihrer langen Haare hing zwischen den edlen Borsten.

»Gut. Du hast die nötige Sanftheit angewandt.« Die Kaiserin entließ Fanny für den Moment, weil die Kleiderzofen eintrafen, um sie anzuziehen.

Ida folgte der Feifalik in den Dienstbotengang hinter dem Zimmer.

»Einen Moment«, sagte Ida. Die Friseuse drehte sich zu ihr um und hob die weiße Schürze. Darunter befand sich ein breiter, brauner Streifen, an dem lange Haare klebten. Ida verstand und lächelte. »Klebeband, nicht wahr?«

Die Friseuse nickte. »Ich musste einen Weg finden, die Haare verschwinden zu lassen. Ihre Majestät hat die Bürste schon ein paar Mal nach mir geworfen.«

16. Juni 1866

37

Alexander klopfte an die Tür zu Latours Arbeitszimmer. Er hörte Stimmen dahinter, konnte aber nicht verstehen, was gesprochen wurde.

Seit zwei Tagen mühten sich Latour und er nun schon, die letzten Tagebucheinträge seines Vaters zu übersetzen. Gemeinsam versuchten sie, die Handschrift zu entziffern, was nicht einfach war. Die vielen Abkürzungen erschwerten das Lesen. Hatten sie einen Satz oder sogar ein paar Zeilen verstanden, schrieb Alexander alles auf. So waren sie bis zu den Eintragungen im Februar gelangt, hatten aber bisher keine neuen Erkenntnisse gewinnen können. Latour hatte ihn gebeten, heute früh zu kommen, um gemeinsam weiterarbeiten zu können.

Um sich den Vorwurf zu ersparen, nicht pünktlich zu ihrem Treffen erschienen zu sein, klopfte Alexander erneut und kräftiger.

»Herein!« Latour klang ungehalten.

Alexander öffnete und streckte den Kopf in das farbenprächtige Zimmer. »Ich wollte nur sagen, ich wäre hier.«

Vor sich sah er die Rücken zweier Leute. Er erkannte die gestärkte und saubere Uniform einer Dienerin und neben ihr einen Mann in speckigen Hosen und einer alten Jacke. Als sich der Mann zu ihm umdrehte, erschrak Alexander. Er sah ein grobes, zerschundenes Gesicht. Ein Auge war blau geschlagen, die Wange aufgeschürft, die Nase geschwollen.

Latour stand hinter seinem Schreibtisch, die Hände auf die Platte gestützt. »Kommen Sie nur herein, Alexander. Wir sollten zusammen über die Sache reden.« Er deutete auf die Frau. »Marie haben Sie sicherlich schon einige Male in den Gemächern der Majestäten gesehen.«

Alexander nickte.

»Das hier«, Latour zeigte auf den Mann, »ist Leopold Schmieder, früheres Mitglied der Garde Ihrer Majestät. Er hat dankenswerterweise die Aufgabe übernommen, über Ihre Sicherheit zu wachen.«

»Meine Sicherheit? Ich verstehe nicht ...«

»Setzen wir uns doch.« Latour wählte das Sofa, Leopold Schmieder aber zögerten. »Sie können ruhig Platz nehmen«, versicherte Latour.

Schmieder ließ sich langsam auf den Sessel sinken, als hätte er Angst, das Möbelstück könnte unter seinem Körpergewicht zusammenbrechen.

Nachdem Alexander auch saß, erklärte ihm Latour den Grund seiner Bewachung. Alexander staunte, wie viel Bedeutung Latour ihm beimaß.

»Marie hat Schmieder heute zu mir gebracht. Sie hat das alles eingerichtet.«

»Danke.« Alexander neigte seinen Kopf vor ihr.

Marie wurde verlegen. »Mir müssen Sie nicht danken. Der Herr Oberst hatte den Einfall.«

»Durch Maries Vermittlung.« Latour lächelte ihr auf eine Art zu, die Alexander nicht ganz verstand. Es sah aus, als teilten sie ein Geheimnis.

»Mein lieber Florian hat seinen alten Spezi Leopold vorgeschlagen«, plapperte Marie los.

Latour unterbrach sie freundlich. »Die Details spielen keine Rolle. Wichtig ist, dass Schmieder das Fuhrwerkerhaus im Auge hatte. Es steht derzeit leer.«

»Meine Mutter verbringt ein paar Tage bei meinem Onkel und meiner Tante, während ich hier bin«, erklärte Alexander.

Latour nickte. »Der gute Schmieder hat trotzdem seinen Dienst versehen. Sehr pflichtbewusst.«

Stolz warf der Mann die Brust heraus. Er genoss sichtlich das Lob.

»Wir werden Sie dafür natürlich gut entlohnen«, versprach Latour.

Wie denn entlohnen, dachte Alexander. Er hatte kein Geld, weil er alle Ersparnisse verborgt und nicht zurückbekommen hatte. Zu seiner Erleichterung wurde das Thema gewechselt. Schmieder schilderte, was sich beim Fuhrwerkerhaus ereignet hatte.

»Beim zweiten Mal ist er mir nicht entkommen«, sagte er triumphierend.

»Von wem sprechen Sie?«, wollte Alexander wissen.

»Der Bursche, der in Ihr Haus eingestiegen ist.«

»Ein Einbrecher?«

»Kleiner Kerl. Ganz in Schwarz. Hut mit Feder.«

Sofort fiel Alexander der Unbekannte auf dem Friedhof ein. »So einen habe ich auch gesehen. Er hat das Begräbnis meines Vaters beobachtet.«

»Darüber müssen Sie mir später mehr erzählen«, sagte Latour und bat Schmieder, mit seinem Bericht fortzufahren.

»Beim ersten Mal ist der Kerl unbemerkt an mir vorbei.« Schmieder zog unfein durch die Nase auf und hustete. Er klang nicht sehr gesund. »Ihre Nachbarin hat ihn aber gesehen. Sie dachte, Sie wären das. So klein und dünn.«

Alexander schätzte diese Beschreibung nicht.

»Die Nachbarin ist eine fesche Frau.« Schmieder schnalzte mit der Zunge. »Und verwitwet. Sie hat mich zu sich eingeladen, weil ich so oft auf der Straße vor dem Haus gestanden bin. Im Regen holt man sich den Tod, hat sie zu mir gesagt. Sie hat guten Wein.«

Marie war anzusehen, wie peinlich ihr Schmieders Erzählung war.

»Kommen Sie auf den Punkt!«, forderte ihn Latour auf.

»Sie hat etwas gehört und über die Mauer in Ihren Garten gesehen. Da war dieser kleine Mann. Sie hat ihn gerufen, mit Ihrem Namen. Da ist er fort. Hinten weg. Sie sagt, sie hat ein Pferd gehört. Der Kerl ist geritten.«

Schmieder zog erneut auf. Latour brachte ihm ein Taschentuch aus dem Nebenzimmer. Das Schnäuzen von Schmieder klang wie ein Trompetenstoß. Marie schüttelte stumm den Kopf. Schmieder wollte Latour das schmutzige Tuch zurückreichen, aber der lehnte ab.

»Ich bin dann bei der Nachbarin geblieben.« Schmieder grinste schmierig.

»Ist der Mann wiedergekommen?«, fragte Alexander ungeduldig.

»Gestern. Am Freitag. Ich habe mich ein wenig ausgeruht im Bett.«

Wieder ein lüsternes Grinsen, das alle anderen übergingen. »Ich hörte das Klappern einer Tür. Ich bin sofort zur Mauer. Ihre Küchentür stand offen und der Wind hat sie bewegt. Zuerst habe ich gedacht, vielleicht ist Ihre Mutter zurückgekommen oder Sie. Aber dann hat da wieder ein Pferd gewiehert. Hinter Ihrem Grundstück. Ich bin hin. Das Pferd war an einem Baum angebunden.«

Weil er stockte, deutete ihm Latour mit einer ungeduldigen Geste, weiterzureden. Schmieder deutete auf seinen Mund. »Trocken. Ich muss meine Gurgel schmieren.«

Alexander sah, wie Marie den Kopf einzog. Latour schien zu verstehen und versprach Schmieder, gleich nach dem Gespräch mit ihm ins Wirtshaus zu gehen. Das Versprechen regte seine Redefreudigkeit an.

»Das Pferd war kein gewöhnliches Ross. Kein Gaul. Es war was Edles. So ein Pferd kostet. Da musst du schon zu den Reichen gehören.«

»Sie meinen, der Einbrecher ist kein gewöhnlicher Dieb, sondern aus wohlhabenden Kreisen?«, fragte Alexander.

»Wenn er das Pferd nicht auch gestohlen hat, ganz sicher. Der Sattel, das Zaumzeug, alles feines Leder und frisch gewichst.«

»Und Sie haben den Mann gestellt«, half ihm Latour weiter.

Schmieder wurde sehr verlegen und wischte die flachen Hände an den Hosenbeinen ab. »Ich wollt' das Pferd wegbringen, damit der Gauner nicht flüchten kann. Also habe ich es losgebunden.«

Das erklärte seinen erbärmlichen Zustand. Alexander vermutete, dass Schmieder bei diesem Versuch nicht ganz nüchtern gewesen war.

»Das Pferd scheute, wieherte laut und stieg«, erklärte Schmieder. »Es schlug mit den Vorderhufen und traf mich dabei am Kopf.«

Schmieder wurde von dem Schlag nicht bewusstlos, aber fiel aufs Gesicht. Das Pferd trat auf seinen Arm. Der Lärm alarmierte den Besitzer, der gelaufen kam und aufsteigen wollte. Schmieder versuchte ihn zu hindern und bekam von dem Mann einen Fausthieb auf das Auge.

»Der Kerl schlägt wie ein Weib, so schwach, aber er trifft gut«, klagte er. »Getreten hat er dann nach mir, dieser Giftzwerg. Kein Wort hat er gesprochen und den Hut hatte er unter dem Kinn mit einem schmalen Tuch festgebunden.«

»Wer tut so etwas?«, wunderte sich Latour.

»So ein Grischpindel«, schimpfte Schmieder weiter. »Ich war natürlich gleich wieder in der Höh' und wollt' ihn vom Pferd ziehen. Da hat er das Pferd noch einmal aufsteigen lassen. Das war Absicht. Er hat das Pferd auf mich gehetzt.« Schmieder musste sich hinter dem Baum in Sicherheit bringen und war dabei erneut gestürzt.

Der Unbekannte konnte entkommen.

»Quer über die Wiese ist er geritten. Als wär' der Teufel hinter ihm her.«

»Können Sie den Mann genauer beschreiben?«, fragte Latour.

»Er trug einen Hut. Festgebunden. Und die Krempe vorne im Gesicht. Und die Jacke und die Hose und die Reitstiefel.« Ein Strahlen ging über sein Gesicht. »Da fällt mir was ein. Die Stiefel waren auch vom Feinsten.«

»Wie alt war der Mann?« Alexander konnte kaum noch sitzen vor Aufregung. »Erinnern Sie sich sonst noch an irgendetwas?«

»Ein weibisches Kinn. Die Backen auch viel zu weich.« Schmieder ließ keinen Zweifel, dass er für weiche Männer nichts übrighatte.

Marie meldete sich schüchtern zu Wort. »Verzeihung, dass ich auch etwas sage.«

»Nur zu, Marie«, ermutigte sie Latour.

»Vielleicht war es wirklich eine Frau. Ein Mädchen.«

»Eine Frau? In Hosen? Die reitet wie ein Mann? Aus einer feinen Familie?« Für Schmieder schien das unmöglich.

Latour sah das anders. »Unsere Kaiserin reitet auch. Sehr gut und sehr stürmisch, habe ich mir sagen lassen.« Er hatte sie bisher nur auf einer Zeichnung hoch zu Ross gesehen. Das Bild zeigte Elisabeth mit einem langen Rock im Damensattel, bei dem ein Bein im Steigbügel stand, während das zweite abgewinkelt über einer speziellen Vorrichtung ruhte, die am Sattel hing.

Schmieder bekam einen weiteren Hustenanfall und machte Anstalten, auszuspucken.

Latour stand auf. »Kommen Sie, Schmieder, wir gehen jetzt was trinken. Alexander, Sie begleiten uns. Und Ihnen, Marie, werde ich mich für die Unterstützung erkenntlich zeigen.«

»Das ist nicht nötig«, sagte Marie bescheiden, doch der Kammerfrau war anzusehen, dass sie Latours Angebot nicht ablehnen würde.

38

Obwohl sie keine Lust darauf hatte, schritt Elisabeth um kurz vor halb neun Uhr abends zum Esszimmer der kaiserlichen Familie. Es lag im Anschluss an ihr Appartement und der Tisch bot genug Platz für die wechselnde Anzahl an Erzherzoginnen und Erzherzögen, die daran teilnahmen.

Der Kaiser saß an einem Ende der Tafel, Elisabeth am anderen.

Auf jedem Teller lag eine Karte aus festem Büttenpapier. Mit gestochener Handschrift stand das Menü des Tages darauf geschrieben.

Potage à St. Germain

Canapés au caviar

Pâté de saumon à l'anglais

Crème de parmesan aux toasts

Écrevisses en mayonnaise

Bayerisches Kirschenbrot

Paneguettes à la suedoise

Torte à la Sacher

Mousse aux fraises

Dessert

Elisabeth überflog die Speisenfolge und legte die Karte weg. An diesem Abend waren bloß Erzherzogin Sophie, ihre verhasste Schwiegermutter, und Ludwig Viktor, der jüngere Bruder des Kaisers, anwesend. Karl Ludwig, der zweitjüngste Bruder des Kaisers, hatte sich mitsamt seiner Gemahlin entschuldigt. Kein Wunder, waren doch die kaiserlichen Diners eine trockene und formelle Angelegenheit. Auch Elisabeth fand immer neue Gründe, warum sie nicht teilnehmen konnte. Doch heute konnte sie kaum erwarten, mit der Familie des Kaisers zu speisen. Sie hatte einen Plan.

Franz Joseph traf als Letzter ein. Nachdem er Platz genommen hatte, eilten sofort die Lakaien herbei und schenkten ihm die Suppe aus einer großen Terrine in den Teller. Ein wenig angewidert beobachtete Elisabeth den Kaiser, wie er eilig zu löffeln begann. Schmeckte er überhaupt, was er da aß? Bei diesem Tempo konnte sich Elisabeth das kaum vorstellen.

Den anderen Familienmitgliedern wurde nach dem Kaiser serviert. Sie mussten beim Essen eine größere Geschwindigkeit als er an den Tag legen. Im Raum war nur das Klappern der Löffel auf Porzellan zu hören und ein leises Schlürfen von Erzherzogin Sophie.

Elisabeth kostete nur ein wenig von der Suppe.

Franz Joseph hatte seinen Teller geleert und legte den Löffel weg. Gleichzeitig mussten das auch alle anderen tun.

Sophie klagte über einen Brief, den sie von ihrem Sohn Maximilian aus Mexiko bekommen hatte. »Wie konnte er sich nur als Kaiser von Mexiko inthronisieren lassen? In dieser unruhigen Zeit. Wenn die Franzosen dort Krieg führen wollen, um ihre Kolonie zu behalten, dann hätten sie einen von ihren Leuten einsetzen sollen. Er schreibt von den Aufständen der Liberalen und von den Kämpfen, die immer schlimmer werden.«

Von den Kaviar-Canapés kratzte Elisabeth nur die dunklen Fischeier herunter. Aus der Lachspastete holte sie die rosafarbenen Fischstücke. Sie spürte die missbilligenden Blicke ihrer Schwiegermutter und hatte ihre verstohlene Freude daran.

»Zeigt die Waage wieder um ein paar Gramm zu viel?«, spottete Ludwig Viktor. Sie überging die Frage. Seinetwegen nahm sie am Essen teil. Mit gefährlicher Ruhe in der Stimme wandte sie sich an ihn.

»Es verwundert mich, dass du bei uns in Schönbrunn bist. Findet heute keine deiner Soireen am Schwarzenbergplatz statt? Ganz Wien redet davon, bei dir zu feiern.«

Ludwig Viktors Lider hingen an diesem Abend etwas mehr als sonst, was Elisabeth auf eine Feier in der vergangenen Nacht schließen ließ.

»Woher weißt du, was in Wien gesprochen wird? Du fürchtest doch die Menschen der Stadt mehr als der Teufel das Weihwasser«, sagte er zynisch.

Seine Mutter klopfte mit dem Stiel der Gabel energisch auf den Tisch. »Ich dulde kein gottloses Reden.«

»Verzeihung.« Ludwig Viktor spielte den Zerknirschten. Er wandte sich an die anderen. »Wer möchte eine Wette mit mir abschließen?«

Die Verwandten schwiegen.

»Ich wette, dass Ihre Majestät auch in diesem Jahr nicht am Blumenkorso teilnehmen wird. Ich wette, dass sie am 23. Juno von einer entsetzlichen Migräne befallen wird.« Er legte theatralisch den Handrücken an die Stirn und verdrehte die Augen.

Diesmal tadelte ihn die Erzherzogin nicht. Sie blickte nur stumm auf den goldenen Tischaufsatz mit den frischen Blumen, der in der Mitte der Tafel stand.

»Geh, Luzi-Wuzi«, meldete sich Franz Joseph. »Du findest für Elisabeth nie ein liebes Wort. Sie ist die Kaiserin.«

Ludwig Viktor lächelte seinen Bruder mitleidig an. Er brauchte keine Worte, um auszudrücken, dass er Elisabeth in dieser Position für völlig ungeeignet hielt.

»Von dieser dummen Wette will ich nichts mehr hören.« Franz Joseph machte sich über den nächsten Gang her.

»Meine Freunde sind davon begeistert und setzten hohe Summen«, fuhr Ludwig Viktor fort, als hätte er den Kaiser nicht gehört. »Es steht 8:1, dass die Wiener auch dieses Jahr auf den Anblick ihrer Kaiserin verzichten müssen.«

Franz Joseph erhob selten seine Stimme bei Tisch, an diesem Tag aber tat er es. »Schluss jetzt!«

Sein Bruder senkte gehorsam den Blick. Elisabeth entging nicht, wie seine Mundwinkel zuckten.

Eine Weile konzentrierten sich alle nur auf das Essen. Krebsschwänze mit Mayonnaise waren der nächste Gang. Elisabeth wischte von jedem der Krebse die Mayonnaise ab.

Viel zu schnell war der Kaiser fertig und es wurde abserviert.

»Ludwig Viktor«, begann Elisabeth und schenkte ihrem Schwager ein zauberhaftes Lächeln. Dieser zeigte sich von der ungewohnten Freundlichkeit überrascht.

»Da Tout Vienne bei dir ein- und ausgeht, weißt du vielleicht über eine gewisse Familie Bescheid. Sie haben eine Tochter, die ein skandalöses Verhalten an den Tag legen soll.«

Der Erzherzog war sofort interessiert. Alles, was ein Skandal werden konnte, fand bei ihm Gehör. »Von welchem Verhalten sprichst du?«

Franz Joseph öffnete den Mund, aber Elisabeth redete weiter, bevor er etwas sagen konnte. »Die Tochter, nicht sehr groß gewachsen, trägt Hosen und reitet im Männersattel. Sie soll eine wilde Reiterin sein, ist mir zu Ohren gekommen.«

»Das kann keine Familie von Adel sein«, sagte Sophie scharf. »Auf keinen Fall ist es eine Familie, die hier am Kaiserhof verkehrt.«

Elisabeth ging nicht auf ihre Schwiegermutter ein, sondern sah ihren Schwager herausfordernd an. »Ist dir jemand bekannt, der so etwas in der Öffentlichkeit tut? Es kann natürlich auch eine dieser neureichen Familien sein. Diese Ringstraßen-Barone, wie sie genannt werden.«

»Mir wird viel erzählt, von dieser Frau aber habe ich noch nichts gehört.« Es klang, als wäre Ludwig Viktor neidisch, dass Elisabeth einen Skandal kannte, der ihm entgangen war.

»Vielleicht hörst du ja davon. Ich wäre dir dankbar, wenn du mich in diesem Falle an den Namen der Familie erinnern könntest.« Elisabeth widmete sich dem nächsten Gang und kam für den Rest der Mahlzeit nicht mehr auf das Thema zurück.

Nach dem Essen schritten Elisabeth und Franz Joseph durch die Audienzräume zum gemeinsamen Schlafzimmer.

Houseguard lag ausgestreckt auf dem Sofa am Fenster. Franz Joseph verlor die Haltung und stampfte mit dem Fuß auf. »Elisabeth, ich habe dir doch gesagt, dass ich den Hund hier nicht dulde. Gilt denn nichts, um das ich dich bitte?«

Elisabeth wollte ihn nicht verärgern und ließ deshalb nach den Hundsbuben rufen. Sie sollten den Hund mitnehmen. Er musste ohnehin noch seinen Abendspaziergang machen.

»Du hast in letzter Zeit längere Konversationen mit Oberst Latour«, sagte Franz Joseph. Er wollte ganz beiläufig klingen, aber Elisabeth entging nicht, dass er etwas zu überspielen versuchte. »Ist etwas mit Rudolf? Macht er Probleme? Er soll sich immer wieder verstecken.«

Elisabeth wusste über Rudolfs neue Leidenschaft Bescheid, maß ihr aber keine große Wichtigkeit zu. Ihre Unterredungen mit Latour hatten allesamt mit dem Tod von Alfred Oberland zu tun. Von ihm hatte sie auch über die Einbrüche im Haus von Oberland erfahren und von der mysteriösen Reiterin. Zum ersten Mal konnte ihr Ludwig Viktor hilfreich sein. Elisabeth sah Luzi-Wuzi und seine Sucht nach Tratsch als Chance, herauszufinden, um wen es sich bei der Unbekannten handeln könnte.

»Sisi, wie soll ich dein Schweigen deuten?«

»Verzeih mir, Franz, ich war nur kurz in Gedanken.« Elisabeth ging langsam weiter. »Die Kinder machen gute Fortschritte im Unterricht. Du kannst unbesorgt sein. Ihre Erziehung ist jetzt in den besten Händen.«

»Dann bin ich beruhigt«, sagte Franz Joseph, doch es klang nicht danach. Er murmelte etwas von »dringenden Amtsgeschäften«, die noch zu erledigen wären, und verließ sie Richtung Arbeitszimmer. Sekunden später kam er aber zurück.

»Sisi«, sagte er und Elisabeth konnte hören, wie unsicher er klang. Der Kaiser von Österreich war es gewohnt, Befehle zu erteilen. Franz Josephs Anordnungen wurden nicht infrage gestellt, sie wurden befolgt. Doch seine Frau war die einzige Person im ganzen Reich, die er nicht herumkommandieren konnte. Elisabeth hatte ihren eigenen Kopf. Vielleicht war das auch der Grund, warum der Kaiser sich damals in sie verliebt hatte. Gleichzeitig war er oft ratlos, wie er ihr und ihren Launen begegnen sollte.

»Gib dem Volk und den Zeitungen keinen Grund für Spekulationen. Denke daran, dass dir dein Kaiser alle Wünsche erfüllt und du ihm den einen auch erfüllen kannst. Du weißt, was ich meine.«

Als Elisabeth die fragende Miene ihres Mannes sah, lächelte sie. »Die Kleiderzofen machen mir schon Vorschläge für das Kleid, das ich tragen werde.«

Die Züge des Kaisers hellten sich auf. »Ich liebe dich, Sisi«, sagte er behutsam. »Wie damals, als ich dich zum ersten Mal gesehen habe.«

Für diese Liebeserklärung schenkte ihm Elisabeth ein weiteres Lächeln.

»Der Winterhalter hat dein liebes Gesicht gut auf Leinwand gebracht«, sagte Franz Joseph. »Es wird mir jeden Tag entgegenblicken, wenn ich an meinem Schreibtisch sitze.«

»Hast du die fertigen Gemälde schon gesehen?«

Elisabeth war dem berühmten Portraitmaler Franz Xaver Winterhalter Modell gestanden, in einem weißen Kleid mit den Diamantsternen in Haar, die Franz Joseph ihr zu jedem Geburtstag schenkte. Der Kaiser hatte außerdem noch zwei weitere Porträts von ihr in Auftrag gegeben, auf denen sie mit offenem Haar in einem einfachen weißen Gewand zu sehen war. Diese Bilder wollte er in sein Arbeitszimmer hängen.

»Wann werden die Bilder gebracht und aufgehängt? Auch das von dir in Uniform«, wollte Elisabeth wissen.

»Sie sind doch für die Hofburg bestimmt, Sisi.«

»Ach ja. Wir sprachen darüber.« Elisabeth kam eine Idee. »Präsentiere doch die Gemälde von uns den Menschen hier in Schönbrunn. Beim Sommerball sollen sie für alle zu sehen sein. Der Kaiser und die Kaiserin, Seite an Seite, portraitiert vom großen Winterhalter.«

»Du wirst dich aber auch persönlich am Ball zeigen, nicht wahr?«, fragte der Kaiser ein wenig argwöhnisch.

»Ich verspreche es dir.«

»Wir zwei, Seite an Seite. Noch größer als im echten Leben«, hörte Elisabeth Franz Joseph murmeln. Er nickte ihr zu. »Ich werde Auftrag geben, die Gemälde beim Sommerball auszustellen.«

19. Juni 1866

39

Teure Schwägerin,

einer meiner Freunde hat mir in Ihrer Angelegenheit einen Hinweis geben können. Er kennt einen Grafen, der mit einer jungen Dame verlobt ist. Sie soll nicht so wohlerzogen sein, wie sie sich bei öffentlichen Anlässen präsentiert. Unter anderem wird ihr auch das Reiten im Herrensattel zugeschrieben.

Es handelt sich um Comtesse Klara von Alden.

Ein anderer teurer Freund meint, man könne Ruprecht Lander von der Tageszeitung »Fremden-Blatt« nach ihr befragen. Der Schreiberling kennt allen Tratsch aus hohen Kreisen.

Ihr ergebener Schwager
Ludwig Viktor

Ida, die Elisabeth die knappen Zeilen vorgelesen hatte, ließ den Brief sinken und sah zur Kaiserin.

»Ist er doch zu etwas nutze, der Luzi-Wuzi«, stellte die Kaiserin mit bösartiger Zufriedenheit fest. Sie lachte amüsiert über die eigene Bemerkung. »Triff den Journalisten«, trug sie Ida auf. »Du musst alles von ihm erfahren, was er über diese Comtesse weiß.«

»So ein Treffen ist zu auffällig«, entgegnete Ida.

»Ich will aber alles erfahren, was es über diese Klara von Alden zu wissen gibt. Ich kann keinen Zusammenhang zwischen Oberland und ihr erkennen. Du etwa?«

Ida verneinte. Sie überlegte, ob es jemanden am Hof gab, der über die Familie von Alden und besonders Comtesse Klara Bescheid wissen könnte. Vielleicht könnte man eine Audienz arrangieren?

Doch Elisabeth winkte sofort ab. »Was wirst du von den Leuten hier am Hof schon hören? Den Stammbaum höchstens und in welchem Dienst das Geschlecht beim Kaiserhaus steht. Das aber wird uns nicht weiterbringen.«

»Ich möchte trotzdem …«

Elisabeth unterbrach sie. »Lass diesen Umweg. Du hast gelesen, was der Bruder des Kaisers schreibt.«

Ida hatte Bedenken. »Es könnte eine Falle sein, dir er dir stellen will.«

»Wenn mein Name mit dem Gespräch nie in Verbindung gebracht wird, schnappt die Falle nicht zu. Wen können wir schicken, der nichts mit uns zu tun hat?«

»Mir kommt da ein Einfall«, sagte Ida. »Statt zu Lander zu gehen, lassen wir Lander zu uns kommen.«

»Wohin? Ins Schloss? Nach Laxenburg? In die Hofburg?« Elisabeth klang zweifelnd.

Ida lächelte nur. Es musste jemand sein, der nicht auf den Mund gefallen war und mit Journalisten wie Lander umgehen konnte. Zum Glück kannte sie dafür genau die richtige Person.

40

Nur wenige Stunden später erhielt Ruprecht Lander einen Brief mit einer Einladung.

Der Brief kam von Amalie Buback, die vorgab, wichtige Personen des gesellschaftlichen Lebens fotografieren zu wollen. »Dazu zähle ich selbstverständlich auch Sie, der in den adeligen Kreisen immer willkommen ist«, schrieb sie heuchlerisch. Ob es ihm denn möglich wäre, noch am selben Tag in ihr Atelier zu kommen?

Lander erwies sich als genau der Mann, für den man ihn hielt: eitel und von sich eingenommen.

Ida erklärte Amalie den Zweck des Gesprächs. Sie selbst wartete im Raum, der an das Atelier angrenzte und in dem Amalie ihre Ausrüstung aufbewahrte. Die Tür blieb angelehnt. Ida konnte die Unterhaltung mithören.

Als Lander eintraf, gelang es Ida, einen kurzen Blick durch den Türspalt auf ihn zu werfen. Die Haare waren zu schwarz und gelackt, der Schnauzbart gestutzt wie ein Buchsbaum im Schlosspark. Landers Leibesmitte erschien Ida ebenfalls eigenartig. Sie vermutete, dass er ein Mieder trug, um schlanker zu wirken.

Amalie machte ihm Komplimente zu seiner Arbeit und seinem Aussehen, die Lander mit gespielter Bescheidenheit entgegennahm. Es fiel ihm schwer, sich auf den Stuhl vor der dunkelgrauen Wand niederzusetzen. Er wirkte steif, was Idas Verdacht über das Mieder erhärtete.

Peter brachte die Kamera. Sein Auftrag lautete, sie umständlich aufzubauen, damit Amalie genug Zeit hatte, Lander Informationen zu entlocken. Während sie Landers Position immer wieder mit den Fingern leicht veränderte, verwickelte sie den Journalisten in eine Unterhaltung.

»Neulich hatte ich eine Kundin hier, die hat sich über eine Comtesse mokiert. Wenn ich mir das richtig gemerkt habe, ist ihr Name Klara von Alden. Kennen Sie die? Was für ein entsetzliches Mädchen das sein muss.«

»Interessant, dass Sie die Comtesse erwähnen. Erst vor Kurzem hat mich jemand nach ihr gefragt. Angeblich interessiert sich sogar die kaiserliche Hoheit Ludwig Viktor für sie.«

»Seine kaiserliche Hoheit redet über ein Mädchen, das sich so unschicklich benimmt?«

Im Stillen applaudierte Ida der Photographin für diesen perfekten Auftritt. Sie war besser als manche Schauspielerinnen am Hoftheater.

Mit den Fingerspitzen hob und senkte Amalie Landers Kinn, drehte seinen Kopf leicht zur Seite, dann wieder nach vorne. Dabei setzte sie die Befragung fort und Lander klang stolz, all sein Wissen loszuwerden.

»Wir bewahren in der Redaktion verschiedene Notizen auf und ich habe meine Informanten. Natürlich alle geheim.«

»Tatsächlich. Wie interessant. Wer hätte das gedacht?« Die Photographin überschlug sich fast in ihrer Bewunderung.

»Die Hochzeit der Comtesse steht bevor. Geld trifft Titel, würde ich das nennen. Sie ist die Letzte des Fürstengeschlechtes derer von Alden und er ist der Sohn von Baron zu Merau.«

»Es wird doch keine böse Überraschung nach der Hochzeit geben?«, fragte Amalie mit gespieltem Entsetzen. »Ich meine, diese Comtesse soll reiten wie ein Mann und wird auch in Männerkleidung gesehen.«

Seine professionelle Neugier erwachte. Lander wollte wissen, woher Amalie diese Informationen hatte, aber sie weigerte sich, den Namen ihrer Kundin preiszugeben. Stattdessen fragte sie Lander, ob es sich bei diesem Fürstengeschlecht um eine Familie mit tadellosem Namen handelte.

»Ach, die zahlreichen Unglücksfälle der Familie sind bekannt«, begann Lander. »Die Spielsucht des Vaters der Comtesse ist kein Geheimnis. Wäre da nicht die alte Fürstin von Alden, wäre es um dieses Geschlecht bereits geschehen. Sie feiert in Kürze ihren 95. Geburtstag und ist bis zum heutigen Tag das Oberhaupt der Familie.«

»Eine Frau? Mit 95 Jahren?« Amalie zeigte sich erstaunt. »Eine Frau in diesem Alter und in dieser Position würde ich nur zu gerne fotografieren.«

»Die Fürstin heiratete einen ihrer Cousins, ebenfalls ein von Alden. Sie zogen nach der Heirat in das Schloss, in dem die Fürstin aufwuchs. Ihr Gatte starb bereits vor vielen Jahren. Soviel ich weiß, lebt die Fürstin zurückgezogen und zeigt sich nicht mehr in der Öffentlichkeit«, meinte Lander.

Amalie zog die Vorhänge zu und wieder auf. Nie schien sie zufrieden mit dem Licht, das auf den Journalisten fiel. »Sie haben Unglücksfälle erwähnt?«, hakte sie nach.

»Es ist kaum vorstellbar, was Fürstin von Alden alles ertragen musste. Ihr Bruder war in jungen Jahren in ein Duell verwickelt. Er starb.«

»Ein Duell? Wie können Männer sich auf so etwas einlassen?«

»Wenn es um die Ehre geht, vor allem um die Ehre eines Prinzen, dann scheint es manchen der einzige Weg.«

Darüber konnte Amalie nur den Kopf schütteln.

»Die Fürstin hatte einen Sohn und eine Tochter«, fuhr der Journalist fort. »Beide waren gut verheiratet und die Frau ihres Sohnes schenkte der Familie einen Erben. Die beiden Ehepaare unternahmen eine Reise nach Ungarn, wo sie den Typhus bekamen und alle vier innerhalb weniger Tage starben.«

Ida schlug im Nebenraum die Hand vor den Mund. Was für ein Schicksal!

»Der einzige Enkel wuchs bei seiner Großmutter auf. Auch er gründete eine Familie auf Schloss Alden, der die Urenkelin Klara entstammt.« Ruprecht Lander senkte die Stimme. »Klaras Mutter erlag der Grippe. Ihr Vater ist dem Kartenspiel verfallen und seine Spielschulden belasten die Besitztümer der Familie. Klara lebt im Schloss, genau wie ihr Vater, der aber angeblich von seiner Großmutter eingesperrt wird, um nicht noch mehr Schulden anzuhäufen.«

»Aber wie schaffen Sie es nur, all das in Erfahrung zu bringen?«, fragte ihn Amalie voller gespielter Bewunderung.

»Ich bringe nicht in Erfahrung«, erklärte Lander mit arrogantem Tonfall, »diese Informationen werden mir zugetragen.«

»Von wem, wenn ich fragen darf?«

»Ach, wissen Sie, es gibt immer Menschen, die sich am Unglück und an der Ungeschicklichkeit anderer weiden. Das ist Teil meiner Profession. Die Menschen wollen lesen, dass es auch hohen Herrschaften schlecht ergehen kann. Es freut sie, wenn die Reichen und Mächtigen in unseren Zeitungen eine Schelte bekommen. Wir machen die Lieblinge des Volkes und können sie auch wieder stürzen.«

Ida biss die Zähne zusammen. Sie hasste die Presse für ihren Umgang mit Elisabeth, die Lust der Journalisten, jeden Schritt der Kaiserin aufzubauschen und zu verzerren, zu verherrlichen oder zu verteufeln.

»Das heißt, Sie waren selbst nie im Schloss derer von Alden?«

»Ich habe selbst noch nie den Fuß hineingesetzt, doch sagt man, das Schloss wäre nach außen hin prächtig, aber innen von Schwermut und Düsternis erfüllt.«

»Das ist nicht zu verdenken.« Amalie schien endlich zufrieden mit Licht und Position. »Keine Bewegung jetzt bitte. Atem anhalten.«

Ruprecht Lander holte Luft und Amalie nahm den Deckel vom Objektiv. Ida kam vor, sie ließ die Kamera absichtlich so lange offen, bis Lander zu husten begann.

»Jetzt haben Sie sich bewegt und wir müssen die Aufnahme wiederholen«, sagte Amalie.

So sehr Ida dem Journalisten jede Qual gönnte, die man ihm auf diese Weise antun konnte, so sehr verspürte sie den Wunsch, auf der Stelle zur Kaiserin zurückzukehren, um ihr zu berichten.

Doch Amalies Sympathie für den eingebildeten Mann war nicht besonders groß. Sie ließ sich Zeit. Sehr viel Zeit.

41

»Der Garten ist mein Refugium«, erklärte Lobmüller. »Er bietet mir Ausgleich zu den staubigen Räumen der Hofbibliothek.«

Latour ging neben dem Professor zwischen Beeten mit Blumen und blühenden Sträuchern. Der Weg war mit Steinplatten gelegt und verlief in sanften Biegungen zwischen hohen Linden und Kastanien. »An einen wohlverdienten Ruhestand denken Sie wohl nicht«, bemerkte er halb scherzend.

»Doch, doch. Spätestens mit Ende dieses Jahres werde ich mich zurückziehen, in diesen Garten der Ruhe.«

»Wird Ihnen die Arbeit nach so vielen Jahren nicht fehlen?«

Lobmüller verschränkte die Arme auf dem Rücken. »Ich hinterlasse die Hofbibliothek in geordnetem Zustand und konnte bei der Anschaffung und beim Auffinden kostbarer Schriften Erfolge erzielen. Mein Name wird mit System und Ordnung verbunden bleiben.«

Der Weg führte hinter eine niedere Hecke. An der Ecke deutete der Professor Latour, stehenzubleiben. In einigen Schritten Entfernung standen große Holzkisten, die von Bienen umschwirrt wurden. »Sind Sie in Ihrer Freizeit Imker?«, fragte Latour überrascht.

»Seit mehr als vierzig Jahren. Ich habe die Ehre, Vorsitzender des Imker-Vereins von Österreich zu sein.«

»War Alfred Oberland nicht auch Mitglied?«

»In der Tat. Es war wohl mein Vorbild, das ihn zur Imkerei angeregt hat. Über die Zeit hat er sich verdient gemacht und einige interessante Artikel für unsere jährliche Vereinszeitschrift verfasst.«

»Tragisch, dass Oberland bei einer seiner liebsten Tätigkeiten gestorben ist.«

Professor Lobmüller nickte und seufzte.

»Ich war dabei, als es geschah«, sagte Latour. »Die kaiserlichen Hoheiten auch.«

»Ich weiß.« Lobmüller ging zu einem grünen Holzschuppen und öffnete die Tür. Latour sah Imkerkleidung und den Hut mit Schleier an einem Nagel hängen. In den Fächern lagen die Holzrahmen für Waben, die er von Oberland kannte. Daneben stand ein blauer Henkelkrug, auf den eine weiße Biene gemalt worden war. Latour erkannte ihn sofort.

»Oberland hatte den gleichen Krug wie Sie.«

Der Professor nahm den Krug heraus und wischte mit der Hand darüber. »Vor wenigen Wochen feierte der Imker-Verein sein 25-jähriges Jubiläum. Ich habe diese Krüge als Geschenk für die Mitglieder des Vereins anfertigen lassen. Die weiße Biene auf blauem Grund ist das Symbol unseres Vereins. Die Krüge sind gut angekommen. Jeder von uns Imkern verwendet einen solchen Krug im Sommer, wenn er bei den Stöcken arbeitet.« Lobmüller stellte ihn zurück und setzte sich den Imkerhut auf. Nachdem er den Schleier bis zur Brust gezogen hatte, streifte er noch Lederhandschuhe über.

Latour beobachtete staunend, wie Professor Lobmüller zu den Kästen ging. Bienen flogen um ihn herum. Den Professor brachte das nicht aus der Ruhe. Er öffnete am ersten Kasten eine Klappe, warf einen Blick hinein, schloss ihn wieder und kam zurück.

»Noch ein paar Tage, dann kann ich den Honig ernten.«

»Sie haben keine Angst, gestochen zu werden?«, fragte Latour.

Lobmüller zog den Hut vom Kopf und schüttelte ihn aus. »Nein. Bienen spüren Angst. Sie stechen den Ängstlichen, aber nie den Furchtlosen. Man muss sich beherzt und selbstverständlich bewegen. Natürlich bekomme ich ab und zu einen Stich, aber ich spüre ihn kaum.«

»Sind Sie darüber unterrichtet worden, dass Oberland vergiftet wurde?«, wollte Latour wissen.

Lobmüller, der gerade den Hut zurücklegte, drehte sich mit einem Ruck um. »Vergiftet?«

Latour nickte.

»Nein. Das hat mir niemand gesagt.«

»Er wurde gerichtsmedizinisch untersucht.«

»Aber aus welchem Grund? Bestand ein Verdacht?«

Wer den Verdacht aufgebracht hatte und wie es dazu gekommen war, würde Latour selbstverständlich nicht preisgeben. Ausweichend redete er von Sorgen der Familie, die den plötzlichen Tod nicht begreifen konnte.

»Das ist doch kein Grund, einen Toten auszugraben.«

Professor Lobmüller führte Latour durch eine Terrassentür in einen Salon, wo seine Frau wartete. Sie war viel kleiner als ihr Mann und mütterlich um den Gast bemüht.

»Womit darf ich Sie verwöhnen?« Sie zählte verschiedene Getränke auf, bot an, seine Jacke abzunehmen, und schüttelte das Kissen des Lehnsessels noch einmal auf, bevor er sich setzte.

Lobmüller strich sich mit der flachen Hand immer wieder über den weißen Bart. »Vergiftet? Ich kann es noch immer nicht fassen.«

»Ich wollte Sie warnen. Der Mörder scheint sehr kaltblütig vorzugehen. Ihr Leben könnte auch in Gefahr sein. Schließlich waren Sie Alfred Oberlands Vorgesetzter.«

»Ermorden? Mich? Aber warum?« Lobmüller schüttelte langsam den Kopf.

»Ich vermute, es hat etwas mit den Notizen zu tun, die Alfred Oberland gefunden hat. Denken Sie daran, was Alexander passiert ist.«

Latour spürte, dass Lobmüller ihm etwas sagen wollte, aber offenbar Hemmungen hatte. Seine weißen Augenbrauen zuckten. Schließlich gab er sich einen Ruck.

»Ich kenne Xandi seit Kindertagen. Daher fällt es mir schwer auszusprechen, was ich Ihnen zu sagen habe.«

»Ist es der Grund für die Einladung in Ihr kleines Paradies in Rodaun?«

»Nicht nur. Wir kennen einander nur flüchtig. Ich dachte, ein Abendessen wäre eine gute Gelegenheit, Erfahrungen auszutauschen. Sie suchen immer wieder nach Lehrern für die kaiserlichen Hoheiten und ich könnte Ihnen da vielleicht behilflich sein.«

»Danke.« Doch Latour war weniger an neuen Lehrern interessiert als an dem, was Lobmüller über Alexander zu sagen hatte. »Sie wollten mir etwas über Alexander Oberland erzählen?«

Wieder zögerte Lobmüller.

»Ich bin sein Vorgesetzter und wenn es etwas gibt, das ich erfahren sollte, dann bitte ich Sie, es mir zu sagen.«

Lobmüller nahm die Brille mit den kleinen runden Gläsern ab und massierte seine Nasenwurzel. »Wie schon erwähnt, kannte ich Alexander schon, als er noch Xandi war. Ich muss sagen, ich finde es befremdlich, wie er sich seit dem Tod seines Vaters verändert hat. Zuerst kommt er ohne Erlaubnis nach dem Begräbnis in die Hofbibliothek. Später wird er in einem erbärmlichen Zustand aufgefunden. Er durchsucht Ihr Zimmer, flüchtet, bittet mich um Hilfe...« Der Professor musste Luft holen.

»Aber er scheint keinen Versuch zu unternehmen, das gestohlene Buch zu finden und der Hofbibliothek zurückzugeben.«

Frau Lobmüller wieselte herein und stellte ein Glas Weißwein vor Latour auf den Tisch. Ihrem Mann brachte sie Sherry. Danach entschuldigte sie sich, da in der Küche noch einige Vorbereitungen zu treffen wären.

Latour nahm einen Schluck des kühlen Weins.

Auch Lobmüller trank von seinem Sherry. Als er das Glas abstellte, wartete er einige Momente, seufzte dann tief und fragte mit belegter Stimme: »Haben Sie schon die Möglichkeit in Erwägung gezogen, dass Alexander das Buch selbst haben wollte? Wenn es von Wert ist, käme es ihm recht. Er hatte das wenige Geld verloren, das er besaß, und eine Familiengründung ist für ihn auf lange Zeit nicht möglich.«

Latour stellte das Glas etwas heftiger ab, als beabsichtigt. »Wollen Sie behaupten, er hätte seinen eigenen Vater vergiftet?«

Lobmüller blickte Latour an, doch sagte nichts.

Eine solche Anschuldigung konnte Latour nicht auf seinem Schützling sitzen lassen. »Ich kenne Alexander nicht so lange wie Sie, aber ich denke, ich kenne ihn gut genug. Ich weiß, dass er niemals einen Mord begehen würde. Schon gar nicht an seinem Vater und sicherlich nicht aus Gier nach Reichtum oder Ruhm.«

Der Professor holte eine kleine Dose aus der Jacke, spreizte den Daumen seiner linken Hand und klopfte Schnupftabak in die Grube auf dem Handrücken. Er zog den Tabak in beide Nasenlöcher auf, nahm schnell sein Taschentuch zur Hand, nieste hinein und schnäuzte sich.

»Alfred Oberland wollte das Buch übrigens nicht stehlen«, sagte Latour. »Er wollte es der Kaiserin übergeben.«

»Ihrer Majestät?« Lobmüller musste ein zweites Mal niesen und wischte sich danach energisch mit dem Taschentuch über die Nasenlöcher. »Wieso sollte er das tun?«

»Weil das Buch einen Wert der besonderen Art besitzt. Das ist zumindest meine Vermutung. Weil er dachte, es sei nur bei der Kaiserin selbst in Sicherheit. Weil er nicht sterben wollte, so wie der Verfasser des Buches.«

»Sein Verfasser? Was wissen Sie über den Verfasser?« Lobmüller beugte sich vor, stützte einen Ellbogen auf sein Knie und starrte Latour mit seinen stechenden Augen an.

Latour hätte sich ohrfeigen können. Wie hatte ihm so ein Fehler unterlaufen können?

»Sie enthalten mir wichtige Fakten vor! Ich verlange auf der Stelle von Ihnen zu erfahren, was Sie wissen!«, sagte der Professor scharf.

Diesmal war es Latour, der schwieg.

Lobmüller fragte nun nicht länger, er begann, Latour regelrecht zu verhören.

»Verfügt Alexander über Dokumente, von denen ich nichts weiß? Hat er im Büro seines Vaters doch etwas gefunden?«

Der Professor erhob sich und blickte auf Latour herab. »Hören Sie mir gut zu, Latour.«

Schnell stand Latour ebenfalls auf, um mit dem Professor auf Augenhöhe zu sein.

»Sollte sich herausstellen, dass Alexander Oberland und Sie Eigentum der Hofbibliothek unterschlagen, werde ich dafür sorgen, dass Sie beide im Gefängnis landen.«

»Achten Sie auf Ihren Ton, Professor.«

Die beiden Männer standen nur wenige Zentimeter voneinander entfernt. Ihre Augen trugen einen stummen Kampf aus. Der Raum um sie herum schien plötzlich von einer bedrohlichen Spannung erfüllt.

Diese Spannung verschwand auf einen Schlag, als die fröhliche Frau Obermüller herein eilte, die Kochschürze noch umgebunden. »Darf ich zu Tisch bitten?«

»Ich muss mich entschuldigen.« Latour ging zur Terrassentür, die immer noch offenstand. »Eine schönen Abend noch.«

Frau Obermüller blickte verdutzt ihrem Gast nach, der in die Nacht hinaustrat und kurz darauf verschwunden war.

20. Juni 1866

42

Elisabeth hatte die Einladung des Kaisers zum Frühstück höflich abgelehnt, weil ihr das Treffen mit Latour und Ida wichtiger war. Ein Glas frische, warme Ziegenmilch reichte ihr an diesem Morgen.

Während der Unterhaltung mit den beiden naschte sie zumindest die geliebten kandierten Veilchen, die in der Hofkonditorei Demel für sie zubereitet wurden.

Latour wirkte unruhiger als sonst auf sie. Tatsächlich musste er sofort etwas loswerden, als die drei allein waren. »Majestät, es könnte geschehen, dass Professor Lobmüller, der Leiter der Hofbibliothek, eine Beschwerde gegen mich einlegt.«

»Kann er die Beschwerde glaubhaft begründen?«, wollte Elisabeth wissen. Sie langte wieder in die Schale und nahm eine weitere süße Veilchenblüte heraus.

»Noch hat er nur Vermutungen«, sagte Latour. »Ich habe ihm heute früh den Brief von Fahrigs Witwe mit einem Boten geschickt. Anonym. Hoffentlich beruhigt ihn das fürs Erste. Aber er ist nicht dumm. Er weiß bestimmt, dass die Papiere von mir kommen. Und dass ich sie zuvor in meinem Besitz hatte, obwohl sie der Hofbibliothek gehören.«

Ida sah ihn entsetzt an. »Es muss für ihn wirken, als wäre Alexander ein Dieb und Sie sein Mitwisser.«

»So ähnlich hat er das auch ausgedrückt«, gab Latour zu.

»Es würde mich interessieren, ob Lobmüller einen Verdacht hat, wer der Mörder sein könnte«, sagte Elisabeth.

»Ja. Alexander Oberland.« Latour schüttelte bedauernd den Kopf.

»Halten Sie das für möglich?«

»Nein.« Latour war allein über den Gedanken so empört, dass er seine Antwort beinahe herausschrie. Der Oberst entschuldigte sich hastig.

Elisabeths Hand wanderte wieder zu den Zuckerveilchen. »Professor Lobmüller wird vom Kaiser für seine Verlässlichkeit und Ordnung geschätzt, das ist mir bekannt. Er ist ein Direktor, dem es vor allem darum geht, dass alles seinen Platz und seine Richtigkeit hat. Sehen Sie das auch so, Latour?«

Er stimmte ihr zu. Elisabeth wandte sich an Ida: »Fasse zusammen, was du von diesem Schmierfink erfahren hast.«

Die Hofdame schilderte in knappen Worten, was geschehen war. Elisabeth blickte währenddessen durch das Fenster in den Regen hinaus. Ihre Gedanken wanderten.

Als Ida fertig war, griff Latour in die Tasche seiner Jacke. Er nahm einen Umschlag heraus.

»Was ich hier habe, ist eine Zeichnung, die bei dem Brief der Witwe Fahrig lag. Sie wurde von Oberland persönlich angefertigt, daher habe ich sie zurückbehalten.« Zu Elisabeth sagte er: »Lobmüller kann keine Besitzansprüche darauf stellen.«

»Das sehe ich auch so«, stimmte sie ihm zu. Latour strich das dünne Papier auf dem Tisch glatt. »Was ist das?«, wollte Elisabeth wissen. »Was bedeuten diese Striche und Punkte?« Sie erkannte die Abkürzungen, über die sie erst neulich gesprochen hatten.

»Laut Alexander Oberland hat sein Vater eine Landkarte abgepaust.«

Ida tippte mit dem Finger auf den Kreis mit der Beschriftung SchlA. »Wenn Schl für Schloss steht, dann kann das A für Alden stehen.«

»Und was heißt das Gru?«, fragte Elisabeth.

»Das können wir in Erfahrung bringen, wenn wir uns den Ort ansehen. Der Punkt liegt unweit des Schlosses«, meinte Latour.

Elisabeth zerbrach ein kandiertes Veilchen und betrachtete das Innere. »Was für eine Idee, eine Blüte in Zucker einzuschließen.«

»Majestät, soll ich mehr bringen lassen?«, bot Ida an.

»Wo denkst du hin.« Sie deutete auf Ida und Latour. »Ich möchte, dass Sie beide zu diesem Schloss fahren und sich umsehen.« Sie naschte weiter. Nachdem sie das Veilchen eine Weile gelutscht hatte, fuhr sie fort. »Man muss mit der alten Fürstin sprechen. Und mit ihrer Urenkelin.«

Latour sah Schwierigkeiten voraus. »Wenn sie mit dem Tod von Oberland zu tun haben, werden sie uns kaum Auskünfte erteilen.«

Ida pflichtete ihm bei. »Die Polizei würde auch wenig ausrichten. Wir hätten nicht einmal einen triftigen Grund, wieso sie die beiden Frauen einvernehmen sollte.«

»Einbruch!«, schlug die Kaiserin vor. »Die Comtesse ist bei einem Einbruch beobachtet worden.«

»Von einem Mann, der wegen Trunksucht aus der Kaiserlichen Garde geworfen worden ist«, gab Latour zu bedenken.

»Sie müssen in das Schloss und mit der Fürstin sprechen.« Ihr Tonfall machte deutlich, dass sich Latour und Ida eine Lösung für dieses Problem überlegen mussten.

»Ich werde die Reise vorbereiten lassen.« Latour erhob sich. »Darf ich mich entschuldigen?«

Elisabeth nickte. »Bringen Sie Neuigkeiten zurück.«

43

»Kaiserliche Hoheit!«

»Kaiserliche Hoheit?«

»Kaiserliche Hoheit!«

Latour war noch nicht ins Zimmer des Kronprinzen eingetreten, da hatte er die Rufe schon durch die geschlossenen Türen gehört. Sein Herz schlug heftig, sein Schritt wurde schneller.

Im Schlafzimmer und in den Weißgoldzimmern wimmelte es von Bediensteten, die nach dem Kronprinzen riefen. Sie suchten hinter und unter jedem Möbelstück. Die Türen in den Park standen offen. Auch dort eilten Männer in Livree und Frauen in ihren gestärkten Kleidern und weißen Schürzen herum.

Marie lief auf Latour zu. Die roten Flecken an ihrem Hals gaben Ausdruck, wie aufgebracht sie war. »Schon wieder«, jammerte sie. »Seine kaiserliche Hoheit ist schon wieder nicht auffindbar!«

»Das ist doch nicht möglich.« Latour suchte persönlich die Räumlichkeiten ab, hatte aber ebenso wenig Erfolg wie die anderen. Als nächstes lief er in seine Wohnräume. Er öffnete sogar seinen Kleiderschrank und rückte das Sofa von der Wand, er warf die Bettdecke zurück und blickte hinter jeden Vorhang.

Nichts.

Als er wieder in die Weißgoldzimmer trat, erkannte er zwei Gardisten unter den Suchenden. Eine böse Vorahnung beschlich ihn. Er flehte, sie möge sich nicht bewahrheiten.

Schlagartig ging eine Veränderung durch alle, die draußen nach dem verschwundenen Kronprinzen suchten. Sie nahmen

Haltung an. Begleitet von einem Sekretär, war der Kaiser erschienen. In seinem Gesicht stand Ärger. Er betrat das Audienzzimmer des Kronprinzen.

Latour salutierte. »Majestät.«

»Man hat mir berichtet, der Kronprinz sei nicht auffindbar. Zum wiederholten Male.«

Nie zuvor hatte Latour den Kaiser so wütend erlebt. »Majestät, es ist ein Spiel.«

»Sie sind nicht eingestellt worden, um mit dem Kronprinzen zu spielen, sondern um ihn zu erziehen und auszubilden.«

Latour senkte den Kopf.

»Die Kaiserin hat darauf bestanden, dass Sie diese Position einnehmen. Mein Wunsch war es nie.«

Keiner der Bediensteten wagte es, den Blick auf den Kaiser und den Oberst zu richten. Doch ihnen entging kein Wort.

»Gondrecourt hat mir seine Zweifel an Ihrer Eignung mehrfach unterbreitet. Und mittlerweile kann ich ihm nur zustimmen.«

Latour machte sich auf das Schlimmste gefasst.

Der Sekretär flüsterte dem Kaiser etwas zu.

»Wir haben außerdem aus der Hofbibliothek eine Beschwerde über Sie erhalten. Besitz der Hofbibliothek sei entwendet worden. Von Ihnen und einem Lehrer des Kronprinzen.«

Lobmüller hatte wirklich keine Zeit vergeudet. Latour überlegte fieberhaft, was er dem Kaiser entgegnen sollte. Als er den Mund zu einer Erklärung öffnete, gab ihm Franz Joseph mit einem strengen Blick zu verstehen, dass er nichts hören wollte. »Ich werde die Vorfälle mit der Kaiserin besprechen.«

Was für eine Erniedrigung vor den Bediensteten, dachte Latour.

»Darf ich erfahren, was die Aufregung bedeutet?«

Latour fuhr herum.

In der offenen Doppelflügeltür des Audienzzimmers war die Kaiserin erschienen. Der Türstock bildete einen Rahmen, der den Eindruck erweckte, Elisabeth stünde in einem Gemälde. Auf einer Seite stand Ida, auf der anderen der riesige Hund, den sie so liebte.

Der Kaiser blickte ernst zu seiner Frau. »Es wäre gut, wenn dir Latour die Erklärung persönlich gibt, Elisabeth.«

Latour räusperte sich. »Majestät, der Kronprinz spielt wieder das Spiel, von dem ich Majestät unlängst berichtet habe.«

»Verstecken. Er spielt also Verstecken«, sagte die Kaiserin gleichmütig. »Es war mein Lieblingsspiel in Possenhofen. Mein Vater musste mich und meine Geschwister suchen. Meistens habe ich gewonnen, weil ich die besten Verstecke kannte.«

Es war gut zu erkennen, wie viel Mühe es den Kaiser kostete, seinen Zorn zu beherrschen. »Der Kronprinz von Österreich soll nicht...«

Die Kaiserin unterbrach ihn. »...soll nicht von Trübsinn geplagt werden und deshalb neben Ausbildung und Erziehung genügend Zeit zum Spiel haben.«

Ida tupfte sich mit ihrem Spitzentaschentuch den Mund ab. Latour hatte den Eindruck, dass sie damit ein amüsiertes Grinsen zu verstecken versuchte.

»Der Kronprinz scheint sein Talent im Verstecken von mir in die Wiege gelegt bekommen zu haben«, sagte die Kaiserin.

Latour bemerkte, wie dem Kaiser die Situation entglitt. Das konnte er in Anwesenheit von so vielen beobachtenden Augen nicht zulassen.

»Rudolf!«, rief die Kaiserin. »Zeige dich.«

Marie hatte die Hände gefaltet und verneigte sich untertänig. »Majestät, wir haben hier wirklich alles…«

Ein leises Knarren drang aus dem Nebenraum. Marie fuhr herum. Sie schlug die Hand vor den Mund. »Mein Bubele!«

44

Latour eilte zum offenen Durchgang. Er führte in den schmalen Raum, der als Esszimmer diente. Latour saß dort an mehreren Abenden der Woche und speiste mit dem Kronprinzen und seiner Schwester Gisela.

Die Fenster des Raumes hatten tiefe Nischen, die stark abgeschrägt und von Kanten befreit waren. Genau wie die Wände waren sie vertäfelt und mit weißem Blattgold belegt.

Was alle bisher für eine Wand gehalten hatten, war in Wirklichkeit die Tür zu einem Schrank, der in der Schräge versteckt war.

Die Konstruktion war raffiniert und von außen nicht zu erkennen.

Latour ließ der Kaiserin den Vortritt, als sie vor den offenen Schrank trat, aus dem die unteren drei Bretter entfernt worden waren. Dort kauerte der Kronprinz.

»Rudolf, was für ein Versteck«, sagte die Kaiserin.

Der Kaiser war nachgekommen, sah seinen Sohn, schüttelte missbilligend den Kopf und stapfte dann mit seinem Sekretär davon.

»Ich kann mich unsichtbar machen«, verkündete Rudolf mit hörbarem Stolz.

Gisela kam ins Zimmer gestürmt, gefolgt von Alexander Oberland. Als sie ihren Bruder im Schrank sitzen sah, begann sie zu lachen.

Die Kaiserin raunte Ida etwas zu. Die Hofdame wandte sich an die Herumstehenden. »Es können alle wieder an ihre Arbeit gehen. Schnellstens.«

Widerwillig entfernten sich die Bediensteten. Latour sah in ihren Gesichtern, dass der Tadel des Kaisers bereits verdrängt worden war vom ungewohnt mütterlichen Auftreten der Kaiserin.

Ida gab Befehl, die Verbindungstür zum Schlafzimmer des Kronprinzen zu schließen. Latour schloss die Tür zu den Audienzräumen.

»Wie hast du dieses Versteck entdeckt?«, wollte die Kaiserin von Rudolf wissen.

Latour half dem Kronprinzen aus dem Schrank. Er sah kleiner aus, als er war, wie er so vor seiner schlanken Mutter stand. In seinen Augen konnte Latour die große Bewunderung sehen, die er für sie empfand.

»Der liebe Alfred hat hier seine Tasche und seinen Mantel abgelegt.«

Gisela stimmte ihrem Bruder zu. »Wir sind mit ihm manchmal hier gesessen und haben seinem Geigenspiel gelauscht.«

»Der Lehrer hat auch das Geschenk für dich hier versteckt«, fuhr der Kronprinz fort.

Latour horchte auf.

»Ein Geschenk? Für mich?«, fragte die Kaiserin sanft.

»Ein Päckchen. Verschnürt«, erzählte Rudolf.

Ida wischte sich mit dem Spitzentuch Schweißtropfen von der Stirn. »Hatte es ein grünes Siegel auf der Verschnürung?«

»Ich weiß nicht mehr so genau.« Es war Gisela, die antwortete. »Alfred hat ganz auf das Musizieren vergessen, als er damit gekommen ist. Er hat das Paket im Schrank versteckt. Dann hat er sich hingesetzt und eine Karte an Mama geschrieben. Danach hat er das Paket wieder herausgeholt und ist damit fortgegangen. Mir hat er aufgetragen, Rudolf aus dem Buch über die Komponisten vorzulesen.«

»Wohin hat er das Geschenk wohl gebracht? Wisst ihr das?«, fragte Elisabeth.

Gisela sah verstohlen zu Rudolf, der zu kichern begann. Die beiden hatten wohl ein Geheimnis.

»Sagt es uns«, bat Latour mit ruhiger Stimme. »Ihr braucht nichts zu fürchten.«

Der Kronprinz stellte sich auf die Zehenspitzen. »Wir sind dem lieben Alfred nachgeschlichen.«

»Er hat uns nicht bemerkt«, setzte Gisela fort.

Die Kinder erzählten abwechselnd weiter.

»Er ist zu deinen Zimmern im Garten, Mama.«

»Er hat das Geschenk hineingebracht.«

»Dann hat er vor der Tür gewartet.«

»Und durch das Fenster hineingeschaut.«

»Wir waren hinter dem Busch.« Rudolf duckte sich und spielte das Verstecken nach.

»Das muss gewesen sein, nachdem ich ihn in der Früh weggeschickt hatte«, sagte Ida. Bei dem Gedanken blickte sie niedergeschlagen zu Boden.

»Dort hat es Fanny gesehen«, kombinierte Elisabeth. »Doch was ist dann damit geschehen?«

»Der Lehrer hat das Geschenk wieder herausgeholt«, erklärte Rudolf.

»Und hat es in seine Ledertasche gesteckt. Danach ist er in den Schlosspark gegangen.« Gisela deutete auf den versteckten Schrank. »Vielleicht hat er sie dort noch einmal hineingestellt.«

Mit einem Schlag war Rudolf sehr betrübt. »Wird der liebe Alfred wirklich nie wiederkommen?«

»Er ist tot«, sagte Gisela streng.

Rudolf begann zu weinen. »Er soll wiederkommen.«

Die große Schwester umarmte ihn. »Du musst tapfer sein. Die Aja hat gesagt, wir müssen beide tapfer sein.«

Betretene Stille trat ein. Die Kaiserin sah Latour hilfesuchend an. Er nickte ihr kurz zu. »Kaiserliche Hoheiten, wie wäre es mit einem Besuch in der Menagerie? Ein neues Tier soll angekommen sein.«

Die Ablenkung funktionierte. Der Kronprinz und Gisela waren von dem Vorschlag begeistert.

»Wir bitten Marie, dass sie mit ihnen geht«, sagte Latour und holte sie herein. Marie nahm Rudolf und Gisela an der Hand und führte sie aus dem Zimmer.

Latour lief zu dem versteckten Schrank, in dem sie Rudolf gefunden hatten. Die wichtigste Antwort war er ihnen schuldig geblieben.

45

Nie zuvor war Alexander der Zutritt in das Gartenappartement der Kaiserin gestattet worden. Seine Aufregung war groß. Er verfluchte sich, kein frisches Hemd an diesem Morgen angezogen zu haben. Seine Jacke und seine Hose erschienen ihm heute noch zerdrückter als sonst.

Latour ließ ihm den Vortritt, als der junge Lehrer vom Park in das Vorzimmer trat.

Ida deutete auf den halbrunden Tisch mit den geschnitzten Beinen, der rechts an der Wand stand. »Hier hat Ihr Vater das Päckchen abgelegt. Hier hat es auch die Feifalik gesehen. Und von hier hat er es wieder weggenommen.«

Die Kaiserin war in den Salon vorgegangen. Sich ständig umsehend, folgte Alexander langsam. Latour ermahnte ihn, geradeaus zu schauen. Alexander krampfte die Muskeln im Nacken zusammen, um den Kopf stillzuhalten.

Der Salon war nicht sehr hoch, aber mit edlen Möbeln eingerichtet. In der Mitte des Raumes stand ein rundes Sofa mit einer Säule in der Mitte, auf der ein farbenprächtiges Blumengesteck prangte.

Die Kaiserin nahm an ihrem kleinen Schreibtisch Platz und deutete den anderen, sich ebenfalls zu setzen. Latour und Alexander wählten das runde Sofa, Ida setzte sich auf einen Stuhl, der neben dem Schreibtisch stand.

»Leider«, begann die Kaiserin, »waren weder die Tasche noch das Buch im Schrank zu finden.«

Alexander machte sich keine Mühe, seine enttäuschte Miene zu verbergen.

»Es ist uns allen klar, wie die Frage nun lautet«, fuhr die Kaiserin fort.

Alexander wusste nicht, ob er sie ansehen durfte. Sie mochte das angeblich nicht. Er hatte auch keine Ahnung, ob er etwas sagen durfte. Unbehaglich wetzte er auf dem roten Samtbezug. Latour tippte ihm auf das Bein, damit er ruhig blieb.

Ida ergriff das Wort. »Was hat Alfred Oberland, Gott habe ihn selig, mit dem Päckchen weiter getan? Hat er es in der Tasche aus dem Schloss fortgetragen? Wohin könnte er es gebracht haben?«

Die Kaiserin nahm einen Fächer vom Schreibtisch und deutete damit auf Alexander. Danach klappte sie ihn auf und fächelte sich Luft zu. Er konnte ihren Kopf nur noch von der Stirn aufwärts sehen. »Sprechen Sie. Sie haben Ihren Vater am besten gekannt.«

Alexander überlegte. Als er antworten wollte, kam er ins Stottern, zwang sich dann, ruhig zu atmen und redete langsam. »Vater ist an diesem Tag recht früh nach Hause gekommen, weil er noch einiges für den Besuch der kaiserlichen Hoheiten vorbereiten wollte. Das weiß ich von meiner Mutter. Sie hat von seiner Nervosität gesprochen. Ich selbst war im Schloss, weil ich am folgenden Tag mit Oberst Latour und den kaiserlichen Hoheiten gemeinsam in der Kutsche zu meinen Eltern fahren sollte.«

Die Bewegungen des Fächers wurden schneller. »Der Verdacht liegt nahe, dass der selige Oberland das Päckchen, das er mir übergeben wollte, wieder in sein Haus gebracht hat.«

»Wo könnte er es versteckt haben?«, wollte Ida von Alexander wissen.

Er berichtete von seiner Suche, vom Tresor im Schrank und den herausgerissenen Tagebuchseiten. »Aber mir ist nichts untergekommen, was Ähnlichkeit mit dem Notizbuch von Jakob Fahrig gehabt hätte.«

»Wenn er einen Sicherheitsschrank hat, wieso hat er es dort nicht eingeschlossen?«, wunderte sich die Kaiserin.

»Weil der Schrank ihm nicht sicher genug erschien«, warf Latour ein.

Ida hob die Hand. »Er könnte es auf dem Weg nach Hause irgendwo hinterlegt haben.«

»Hatte Ihr Vater viele Freunde in der Gegend?«, wollte Latour wissen.

Nein, Alexander fielen nur wenige ein. Die meisten wohnten nicht in Wien.

Latour wandte sich an Alexander. »Ich schlage vor, Sie fahren in Ihr Elternhaus und sehen sich dort erneut um.«

Alexander wollte Latour versichern, dass er wirklich alles abgesucht hatte, aber er schluckte den Einwand runter und nickte.

Latour persönlich begleitete ihn zu den Fiakern, die vor dem Schloss auf Fahrgäste warteten. Er drückte Alexander Geld in die Hand, das mehr war, als er für die Hin- und Rückfahrt benötigte.

»Auch wenn Sie nichts finden können, seien Sie bis spätestens heute Abend zurück«, trug er ihm auf.

»Ich geben mein Bestes, das wissen Sie.« Er bemerkte, wie Latour ihm sehr ernst in die Augen blickte.

»Ich habe Sie immer für einen Mann von Ehre gehalten, dem ich vertrauen kann.«

»Das können Sie auch, Oberst Latour«, versicherte Alexander.

»Ich weiß, mein Sohn.«

Als Alexander bereits im Fiaker saß und dem Kutscher sein Ziel nannte, gab ihm Latour noch eine Warnung mit auf den Weg.

»Von der Hofbibliothek halten Sie sich besser fern. Professor Lobmüller ist nicht gut auf uns zu sprechen.«

46

Die Sonne ließ Wien in einem anderen Licht erscheinen, dachte Alexander auf der Fahrt. Der warme Sommertag gab den Menschen gute Laune. Kinder spielten am Rand der Straßen. Es waren viel mehr Fiaker unterwegs als gewöhnlich. An einigen Kreuzungen gab es laute Diskussionen, weil keiner der Kutscher dem anderen die Vorfahrt lassen wollte.

Was an trüben Tagen grau, schmutzig und arm wirkte, sah heute frischer und sauberer aus.

Alexander lehnte sich zurück und überlegte.

Aus den Tagebüchern und dem Brief der Witwe von Jakob Fahrig hatten Latour und er einige Schlüsse ziehen können. Der Komponist hatte eine Beobachtung gemacht und etwas entdeckt, das sich außerhalb Wiens befand. Sein Vater war mehrfach dorthin gereist und hatte einen Beweis für die Richtigkeit der Angaben von Fahrig gefunden. Nie erwähnte er aber, worum es genau ging. Immer nur diese Abkürzungen von Grb oder Gru und von

MAW, der im Mittelpunkt stand. Sein Vater war auf eine Mauer aus Schweigen gestoßen. Bedeutete Befg womöglich Befragung?

Schließlich hatte sein Vater eine anonyme Todesdrohung erhalten. Im Tagebuch hatte er angedeutet, dass er wusste, von wem das Schreiben kam. Doch wer war es?

Immer wieder fragte sich Alexander, ob der Vater das Notizbuch nicht doch in der Hofbibliothek versteckt haben könnte. Vielleicht irgendwo zwischen den tausenden Büchern. Womöglich sogar im Prunksaal, wo die Regale bis unter die hohe Decke reichten.

Vielleicht hatte sein Vater das Buch dort nur über Nacht verstecken wollen und geplant, am nächsten Arbeitstag im Schloss einen weiteren Versuch zu unternehmen, zur Kaiserin vorgelassen zu werden. Leider war es dazu nicht mehr gekommen. Doch in diesem Falle wäre das Buch für immer verloren. Es könnte höchstens durch Zufall entdeckt werden.

Alexander überlegte. Wo hätte er das Buch sonst aufbewahren können, wenn er nicht einmal der Eisenkassette im Schrank vertraute? Was war sicherer als dieser absperrbare, praktisch unzerstörbare kleine Schrank, der vermutlich viel zu schwer war, um fortgetragen zu werden?

Die Fahrt durch die Stadt dauerte lange. Alexander fühlte sich staubig und durstig, als der Fiaker vor dem Fuhrwerkerhaus hielt.

Der Kutscher drehte sich zu ihm um. »Soll ich auf den Herren warten?«

»Wenn das möglich wäre…«

»Sie wollen dann nach Schönbrunn zurück, nicht wahr?«

»Ja, so ist es.«

»Für eine solche Fahrt warte ich gerne.«

Alexander bedankte sich und stieg aus. Er blickte an der weißen Mauer des Hauses entlang. Zur Straße hin hatte es nur drei Fenster und das Eingangstor. Der Abstellplatz für die Fuhrwerke lag daneben, wurde aber schon lange nicht mehr benutzt.

Ob seine Mutter schon von den Verwandten zurückgekehrt war? Als Alexander die Haustür versperrt vorfand, kannte er die Antwort. Er hatte seinen Schlüssel dabei und betrat das Haus.

Obwohl helllichter Tag, war es drinnen düster. Die Fensterläden und Vorhänge waren geschlossen. Er ging von Zimmer zu Zimmer und ließ das Licht herein. In der Luft lag ein unangenehmer Geruch, den er nicht zuordnen konnte.

Im Schlafzimmer seiner Eltern stutzte er. Er sah den Abdruck eines Körpers auf der Decke. Da er die Ordentlichkeit seiner Mutter kannte, musste jemand im Bett geschlafen haben. Die Decke war sonst immer glattgestrichen.

Hatte die Frau, die Schmieder gesehen hatte, hier gelegen?

In der Küche fand er weitere Hinweise auf ihre Anwesenheit. Ein Becher und ein Krug standen am Tisch. Rundherum lagen Krümel von Gebäck. Der ungebetene Gast hatte hier also getrunken und gegessen.

Im Zimmer seines Vaters bemerkte Alexander, dass die Laden des Schreibtisches nicht ganz zugeschoben waren. Die Bücher im Regal standen nicht so ordentlich aufgereiht, wie er sie hinterlassen hatte. Jemand hatte hier gesucht.

Als er das Zimmer wieder verlassen wollte, stolperte er über eine aufgebogene Diele. Er bückte sich. Die Diele war nicht von allein herausgesprungen. An der Kante waren Spuren eines Werkzeugs zu erkennen. Jemand musste sie aufgestemmt haben.

Er schaffte es mit den Fingernägeln, die Diele in die Höhe zu ziehen. Darunter war nichts.

Gab es im Haus irgendwo einen versteckten Hohlraum im Boden? Da Alexander hier aufgewachsen war, konnte er sich das nicht vorstellen.

Vor sich hin grübelnd, ging Alexander in die Küche. Die Tür zum Garten war nicht versperrt, der Schlüssel steckte innen. Er konnte schwören, dass sie verschlossen gewesen war, als er das Haus zum letzten Mal verlassen hatte. Sein Blick fiel auf das Fenster, wo der Riegel schief vom Rahmen hing. Hier war jemand eingestiegen, und hatte danach die Tür benutzt.

Es grünte und blühte im Garten. Das Gras stand hoch, einige Büsche streckten ihre Äste zur Gartenmitte. Sein Vater hatte sich hier um alles gekümmert. Seine Abwesenheit hinterließ deutliche Spuren. Während er zum anderen Ende des Grundstücks schritt, sah sich Alexander suchend um. Bienen summten zu seinen Füßen von Blume zu Blume und auf den Büschen von Blüte zu Blüte.

Erinnerungen an den letzten Tag seines Vaters stiegen wieder hoch. Alexander erreichte den Tisch, an dem die Kaiserkindern gesessen und seinem Vater zugesehen hatten. Der Imker-Krug stand noch immer darauf. Er war neu, fiel Alexander auf. Früher hatte sein Vater einen anderen benutzt, der nicht so schön war. Er hob ihn hoch und goss das Regenwasser heraus, das sich darin angesammelt hatte.

Zu den Bienenstöcken hielt Alexander respektvoll Abstand. Vor den Einfluglöchern wimmelte es von Bienen. Er konnte das Summen bis hierhin hören. Ihm fielen die Worte seines Vaters ein, als er ihm als Kind das Leben der Bienen erklärt hatte.

»Am Eingang gibt es Wächterbienen. Sie lassen nur Bienen ein, die zu ihrem Volk gehören.«

Ein Bienenstock ist gut bewacht. In diesem Moment begann sich ein Bild an das nächste zu reihen, eine ganze Kette von Erinnerungen zog an Alexander vorüber. Er lief zur Holztruhe, in der sein Vater die Imkerausrüstung aufbewahrte. Er öffnete den Deckel. Hut und Handschuhe lagen am gewohnten Platz, daneben das Imkergewand. Außerdem fand er ein Werkzeug, das aussah wie eine breite Kralle mit Holzgriff. Genau das hatte er gesucht. Sein Vater war damit im Winter hinter die Bienenstöcke gegangen.

»Du kannst ruhig zusehen«, hatte er Alexander zugerufen.

Damals überzog der erste Frost die Äste und den Boden. Alexander hatte beobachten können, wie sein Vater an der Unterkante der Rückwand am Bienenstock eine längliche Klappe öffnete. Mit dem Kratzer fuhr er hinein und holte allerhand groben, grauen Staub und tote Bienen heraus.

»Das Reinigen des Stockes ist ein wichtiger Teil der Pflege«, hatte er ihm erklärt. Der Staub sei Bienenkot.

»Diese Klappe solltest du nur in den kalten Jahreszeiten öffnen«, hatte er mit ernster Stimme zu dem kleinen Alexander gesagt. »Dann ruhen sich die Bienen aus und verteidigen sich nicht. Im Sommer ist das Öffnen dieser Klappe lebensgefährlich. Außer für einen sehr guten Imker.«

Die nächste Erinnerung war der Geburtstag seiner Mutter, zu dem ihr der Vater eine dünne Kette mit einem Smaragdanhänger geschenkt hatte. Ihre Freude war groß gewesen, aber sie hatte sich Sorgen gemacht.

»Wo soll ich nur so ein teures Stück aufbewahren?«, hatte sie gefragt. Der Vater hatte gescherzt, dass es am sichersten im Fach unten im Bienenstock wäre.

»Keiner wagt, da hineinzugreifen«, hatte er mit einem Grinsen gesagt.

»Ach, du bist so ein Imker«, hatte seine Mutter lachend erwidert.

Der sicherste Platz war unten im Bienenstock.

Dort musste er nachsehen. Alexander holte Hose und Jacke aus der Kiste und schlüpfte hinein. Sorgfältig prüfte er mehrere Male die Riemen an den Handgelenken und den Hosenbeinen, damit sie eng genug saßen. Als nächstes setzte er sich den Imkerhut auf und zog den Schleier so tief es ging herab. Die dicken Handschuhe folgten zum Schluss. Es war nicht einfach, mit ihnen nach dem Kratzer zu greifen.

Alexander spürte, wie sein Herz in der Brust hämmerte. Er schwitzte vor Aufregung. Nachdem er noch einmal die Kleidung kontrolliert hatte, ging er langsam auf die Kästen zu. Bienen summten um seinen Kopf.

Hinter dem Stock ging er in die Hocke. Mit dem Kratzer zog er die Klappe auf. Augenblicklich schwirrte eine Wolke von Bienen heraus und direkt auf sein Gesicht zu. Um ein Haar hätte er die Flucht ergriffen. Er zwang sich ruhig zu bleiben und einen Blick unter die Rahmen mit den Waben zu werfen.

Dort lag aber kein Buch. Trotz des Zitterns seiner Hände schaffte er es, die Klappe zu schließen und sich nach hinten zur Mauer zu retten, die das Grundstück begrenzte.

Es blieben noch vier weitere Bienenstöcke. Aufgeben kam nicht infrage. Mit ein paar schnellen Schritten war Alexander bei der zweiten Kiste und öffnete die Klappe. Der summende Schwarm, der ihm entgegenkam, war noch größer als beim ersten Stock.

Kein Buch. Klappe wieder zu.

Dritter Bienenstock. Um die Sache schneller hinter sich zu bringen, schlug er mit dem Kratzer nach der Klappe. Erst beim zweiten Versuch ließ sie sich öffnen.

Diesmal wurde er fündig. Auf dem Boden lag etwas.

Er musste schnell hier weg. Alexander holte mit dem Kratzer den Gegenstand aus dem Stock. Er fiel ins Gras. Alexander schaffte es erst nach mehreren Versuchen, die Klappe zu schließen. Die dicken Handschuhe machten es zu einer Geschicklichkeitsübung, den Gegenstand aufzuheben. Er drückte ihn an die Brust, stand auf und stolperte hinter den Bienenstöcken hervor.

Die Bienen ließen nicht von ihm ab. Das Schwirren und Summern wurde immer lauter. Blindlings torkelte er durch den Garten und stolperte dabei in einen Busch hinein. Die Äste drückten den Stoff des Schleiers gegen sein Gesicht.

Das Brennen raubte ihm den Atem. Eine Biene hatte ihn am Kinn gestochen. Er schrie vor Schmerz auf, befreite sich aus dem Busch und taumelte rückwärts herum. Mit der freien Hand fuchtelte er wild durch die Luft, um die Bienen zu vertreiben. Das machte sie aber nur wilder.

Immer näher kam er dem Haus. Vor der Küche stand die Brunnenpumpe. Er packte den Schwengel und bewegte ihn auf und ab. Alexander pumpte wie verrückt. Der nächste Stich erwischte ihn an der Backe und das Brennen ließ ihm die Tränen aus den Augen schießen.

Wasser kam vorne aus dem gebogenen Rohr. Er pumpte noch mehr und hielt dann den Kopf samt Hut darunter. Die Kälte des Wassers war ein Schock. Alexander sprang zwischen Schwengel und Rohr hin und her, bekam aber immer nur den letzten Schwall ab. Er pumpte und pumpte, spülte die Handschuhe ab und wischte die Bienen von den dicken Ärmeln und Hosenbeinen. Schließlich rettete er sich ins Haus.

In der Küche ließ er sich auf den Stuhl sinken. Sein Gesicht brannte, als hätte er es in einen Ofen gehalten. Er legte seinen Fund auf den Tisch. Es war eine dunkelbraune Hülle aus Leder, die klitschnass geworden war.

Was enthielt die Hülle? Um hineinzugreifen, musste er sich der Handschuhe entledigen. Bevor er das tat, schüttelte er sich wie ein nasser Hund, damit die restlichen Bienen von ihm abfielen. Es waren wenige. Alexander zertrat sie auf dem Boden. Danach streifte er die Handschuhe ab und zog den Hut vom Kopf.

Er griff in die Hülle und holte ein Päckchen heraus. Das graue Papier war durchnässt. Am Knoten des gekreuzten Bindfadens sah er das Siegel seines Vaters. Er hatte gefunden, wonach die Kaiserin, Latour und er so lange gesucht hatten.

Er wischte seine Hände an einem Tuch ab, das seine Mutter zum Trocknen des Geschirrs verwendete. Mit einem Messer durchschnitt er die Verschnürung und riss das Papier herunter.

Alexander hielt ein altes Buch mit festem Einband in den Händen, an der Kante mit Faden gebunden. Zum Glück war es halbwegs trocken geblieben. Er schlug das Buch auf. Einträge in einer sehr präzisen Handschrift. Tinte auf gelblichem Papier. Alexander entzifferte den ersten Satz.

Mein Gott ist tot und ich weiß,
wo er zu finden ist

Seine Hände hörten nicht auf zu zittern. Er stützte sich auf der Tischplatte ab, um sie ruhig zu halten, und las weiter.

Ich wollte ihm nahe sein, als ich
vor seinem Haus von seinem
Tod erfuhr.

Als Alexander auf die nächste Seite blättern wollte, nahm er in seinem Augenwinkel eine Bewegung wahr. Das letzte, was er spürte, war ein heftiger Schlag gegen seinen Kopf. Er hörte, wie etwas zerbrach und Scherben auf den Boden fielen. Dann wurde es schwarz.

47

Ida tat der junge Mann unendlich leid. Zum zweiten Mal in so kurzer Zeit sah sie Alexander in erbärmlichen Zustand. Er kauerte auf der Bettkante in seinem Zimmer im Schloss Schönbrunn.Das Zimmer war nicht groß und ging in einen Innenhof. Das Bett, ein Schreibtisch, ein Waschtisch und ein Sessel waren die einzige Einrichtung.

Latour tauchte ein Tuch immer wieder in die volle Waschschüssel, drückte es nur wenig aus und legte es auf die Schwellungen in Alexanders Gesicht. Sein linkes Auge war kaum zu erkennen, das Kinn hatte eine unnatürlich schiefe Form.

»Sie müssen sich jetzt hinlegen und schlafen«, trug er Alexander auf. »Ihr Kopf braucht Ruhe.«

»Es war der Krug.« Alexander stöhnte. »Jemand hat mir den Krug über den Kopf gezogen. Den Krug, der auf dem Küchentisch stand.« Er gab einen kläglichen Laut von sich, als Latour die Beule über der Schläfe befühlte. »Es war jemand im Haus. Wahrscheinlich oben, in meinem alten Zimmer.«

»Ich schicke den Arzt zu Ihnen.« Latour drückte Alexander sanft nach hinten auf das Kissen. »Später sehe ich nach Ihnen«, versprach er.

Ida verließ vor ihm das Zimmer. Latour hatte nach ihr geschickt, weil es einiges zu berichten gab.

»Er hat das Buch gefunden. Es war im Bienenstock versteckt. Aber es ist fort. Gestohlen.«

Gemeinsam gingen sie in seine Wohnung, wo er Ida Schnaps anbot. Sie nahm an. Latour holte eine Flasche aus seinem Schlafraum. »Marille. Von einer Freundin in der Wachau selbst gebrannt.« Er schenkte die klare Flüssigkeit in zwei kleine Gläser. Sie prosteten sich zu und Ida leerte ihr Glas in einem Zug. Gar nicht damenhaft legte sie den Kopf dabei in den Nacken.

»Eine alte Gewohnheit«, sagte sie entschuldigend, als sie Latours überraschte Miene sah. »Ich nehme an, Sie hätten mir das nicht zugetraut.«

»Da haben Sie recht.«

Ida genoss das vertraute Brennen des Schnapses im Hals und fühlte, wie sich kurze Zeit später die Wärme in ihrem ganzen Körper ausbreitete.

»Dem Fiaker gebührt eine Medaille«, sagte Latour. »Weil Alexander so lange fortblieb, hat er geklopft. Als keine Antwort kam, hat er das Haus betreten und nach ihm gerufen. Er hat ihn in der Küche auf dem Boden gefunden und neben ihm die Scherben des Tonkrugs.«

»Der arme Junge«, sagte Ida. »Konnte er irgendetwas über das Buch herausfinden?«

»Auf der ersten Seite steht etwas von einem Gott, der gestorben wäre. Der Komponist Fahrig wollte ihm offenbar nahe sein.«

»Und weiter?«

»Mehr konnte er nicht mehr lesen. Dann wurde er niedergeschlagen.«

»Ein Schritt vor, zwei zurück«, stellte Ida bitter fest.

»Ich würde es nicht so schwarz sehen«, meinte Latour. »Ich vermute, dass das Buch sich in den Händen der Fürstin von Alden befindet. Morgen treten wir unsere Reise zu ihr an.«

21. Juni 1866

48

Latour bewunderte die Hofdame für ihre Frische. Obwohl erst fünf Uhr am Morgen, wirkte sie aufgeräumt und munter. Ida wartete bereits bei der Kutsche, die im Vorhof des Schlosses zur Abfahrt bereit stand. Der Kutscher, ein magerer Mann mit Schnauzbart, dessen lange Enden bis zum Kinn hingen, musterte seine Fahrgäste.

»Nach Horn und morgen zurück. Ist das richtig so, meine Herrschaften?«

»So ist es. Von Horn fahren wir noch weiter bis Schloss Alden. Es sollte nicht länger als eine halbe Stunde entfernt sein.«

»Ist mir bekannt. Ich bin mit der Route vertraut.« Der Kutscher nahm die beiden Reisetaschen seiner Fahrgäste und verstaute sie unter dem Kutschbock. Nachdem Latour und Ida eingestiegen waren, ging die Reise los.

Das Klappern der Pferdehufe und das Schaukeln der Kutsche hatten etwas Einschläferndes. Latour döste vor sich hin. Ein Schlagloch rüttelte ihn auf. Als er seine zusammengesackte Haltung bemerkte, setzte er sich sofort auf und zog Jacke und Hose glatt. Es war ihm peinlich, vor Ida eingeschlafen zu sein.

»Ruhen Sie sich nur aus. Wir werden all unsere Kräfte brauchen«, sagte die Hofdame lächelnd.

Die Sonne erhob sich als glutroter Ball hinter den Hügeln von Klosterneuburg. Latour wusste, dass die Strecke von Wien nach Horn entlang der Donau über Klosterneuburg, Stockerau und Eggenburg führte. Der Morgen war noch kühl, der wolkenlose Himmel kündigte einen heißen Sommertag an.

Der Grund für Latours Schlaflosigkeit waren die Überlegungen gewesen, die er angestellt hatte. Er hatte den starken Verdacht, dass Klara von Alden das Notizbuch an sich gerissen hatte. Aber es war nur ein Verdacht. Freiwillig würde sicher kein Mitglied der fürstlichen Familie zugeben, mit der Sache zu tun zu haben. Sie würden sich auf diese Weise selbst beschuldigen. Klara von Alden konnte das vor ihrer Hochzeit nicht gebrauchen.

Ida hüstelte. »Ich hätte einen Vorschlag zu machen.«

»Nur zu.«

»Wenn es Ihnen recht ist, würde ich allein bei den Aldens vorsprechen. Die Fürstin ist eine betagte Dame und wird eher bereit sein, mich allein zu empfangen.«

»Sie meinen, wenn wir zu zweit und unangemeldet erscheinen und dann noch erklären, wir kämen vom Kaiserhof...«

»Das meine ich. Niemand würde unter diesen Umständen offen mit uns reden. Schon gar nicht, wenn die Aldens tatsächlich den Mord begangen haben.«

»Die alte Fürstin kann es wohl kaum gewesen sein. Sie ist doch 95 Jahre alt.«

»Natürlich kommt ihre Urenkelin dafür eher in Frage. Oder ihr Enkel. Aber das wird die Fürstin sicher nicht einfach so zugeben.« Ida hob fragend die Hände. »Also, was meinen Sie?«

»Mir erscheint Ihr Vorschlag gut.« Latour holte aus der Tasche die Skizze des Ortes, die Oberland angefertigt hatte. Er spannte sie vorsichtig und hielt sie zwischen Ida und sich.

»In unmittelbarer Nähe von Schloss Alden liegt der Punkt, den Oberland mit Gru beschriftet hat. Er schreibt darüber auch in seinem Tagebuch und erwähnt, dass nicht die Bezeichnung

»Gra« richtig wäre, wie irrtümlich behauptet, sondern nach den Aufzeichnung von Fahrig »Gru«. Oberland scheint den Ort aufgesucht zu haben und notiert dazu, dass es ›nun keinen Zweifel mehr gibt‹.«

»Und wofür steht das MAW?«, wollte Ida wissen.

»Weder Alexander noch ich haben dafür eine Erklärung. Oberland schreibt in diesem Zusammenhang mehrfach über eine ›Sensation‹ von ›historischer Bedeutung‹ und einem ›Freudentag für die Welt‹. Er war geradezu euphorisch über seine Entdeckung, deren Echtheit aber einer Untersuchung bedürfe. Dazu schreibt er,« Latour überlegte kurz, um genau zu zitieren: »…›es muss festgestellt werden, dass JFs Angaben‹, damit meint er Jakob Fahrig, ›keine Erfindungen eines fanatischen Wichtigtuers sind. Nur eine fachmännische Prüfung wird zeigen, ob es sich um die erhoffte Sensation, oder um nichts als heiße Luft handelt‹.«

Das Fahrgeräusch der Kutsche änderte sich schlagartig. Sie waren auf die Brücke gefahren, die sich über die Donau spannte. Latour blickte auf den dunklen Strom, der zu stehen schien. Das Fließen der Wassermassen war von oben nicht zu erkennen.

»In Horn gibt es einen Gasthof, in dem wir übernachten können«, erklärte Latour. »Am Freitag brechen wir früh zur Rückfahrt auf.«

Ida nickte. »Wie lange noch bis zu unserer Ankunft?«

Latour zog an einer dünnen Goldkette eine Taschenuhr aus seiner Weste und warf einen Blick darauf. »Spätestens gegen drei Uhr am Nachmittag sollten wir das Schloss erreichen.«

Er behielt recht. Die Straße zu Schloss Alden war gut befestigt, mit Ausnahme einiger Löcher, die der Frost hinterlassen hatte.

Das Schloss stand auf einem kleinen Hügel. Die kupfergedeckten Zwiebeltürme ragten zum Himmel.

Die Straße führte mit einer sanften Biegung den Hügel hinauf und endete an einer breiten Treppe, die zum Schlosseingang führte. Vor dem Schloss lag ein weitläufiger Park, der von Feldern umgeben war. Das Korn war noch jung und von blassem Grün, aber in nur zwei oder drei Wochen würde es die leuchtende, goldgelbe Farbe bekommen.

»Die Pracht des frühen Sommers«, sagte Ida und deutete auf eine Wiese, die sich zu ihrer Linken erstreckte. Sie war ein Meer aus Blumen in Gelb, Violett, Kardinalsrot und Weiß.

Latour hieß den Kutscher anzuhalten. »Ich steige hier aus und werde den Schlosspark von unten betreten. Sie fahren allein weiter zum Schloss, wenn Sie damit einverstanden sind.«

»Das ist ganz in meinem Sinne.«

»Wenn Sie mich nicht früher wiedersehen, dann komme ich heute Abend in den Gasthof ›Zum goldenen Bär‹ in Horn. Der Kutscher weiß, wo er liegt, und wird Sie nach Ihrem Besuch im Schloss hinbringen.«

»Viel Glück«, wünschte ihm Ida, bevor er ausstieg.

»Seien Sie vorsichtig«, sagte Latour, bevor er die Kutschentür schloss. »Nach allem, was wir wissen, könnte Klara von Alden einen Menschen umgebracht haben.«

Ida nickte zum Zeichen, dass sie verstanden hatte.

Latour sah der Kutsche nach. Die Pferde waren müde, die Steigung war nicht zu unterschätzen. Nachdem sie hinter der Kurve verschwunden war, wanderte Latours Blick in den Park, der sich vor ihm erstreckte. Er nahm die Zeichnung zur Hand und drehte sie so, dass die Lage des eingezeichneten Schlosses der Position des Gebäudes vor ihm entsprach. Der Punkt mit der Beschriftung Gru. lag abseits. Er bestimmte die Richtung und ging los.

Die Sonne brannte vom Himmel. Die Hitze des Tages hatte ihren Höhepunkt erreicht. Der Park war ungepflegt, die Wege von Unkraut überwachsen. Die blassrosa Blüten der wilden Rosen bildeten einen starken Kontrast zu den gebogenen Dornen auf den langen Ranken, die ihm manchmal den Weg versperrten.

Prüfend blickte Latour Richtung Schloss. Er konnte zwischen den Baumkronen einige Fenster und den zweitstöckigen Vorbau sehen. Er hielt sich immer im Schatten der Bäume und mied die wenigen freien Flächen. So konnte er sicher sein, nicht gesehen zu werden.

Aus Gewohnheit lauschte er aufmerksam, ob er Hundegebell hören konnte. Als Kind hatte er einmal Bekanntschaft mit einem Bluthund gemacht, der ein Landhaus bewachte, und ihn um ein Haar zerfleischt hätte. Weil Latour ein geschickter Kletterer war, hatte er sich auf einen Baum retten können. Viele lange Stunden musste er dort oben warten, bis jemand den Hund zurückpfiff. Ein Vorfall, den er nie vergessen und der ihn vorsichtig gemacht hatte.

Der Schweiß lief Latour über die Schläfen. Er löste die Krawatte und lockerte den Hemdkragen. Weil das nicht reichte, zog er die Jacke aus und warf sie sich über die Schulter.

Insekten schwirrten um seinen Kopf. Er versuchte, sie mit den Händen zu vertreiben. Auf der Westseite des Parks stieß er auf ein kleines, graues Gebäude, das zwischen einer Gruppe von Zypressen lag. Die Bäume waren in einem Rechteck angeordnet. Als Latour nähertrat, erkannte er eine Kapelle, erbaut im gotischen Stil. Giebeldach, an den vorderen Ecken zwei Säulen mit kunstvoller Steinmetzarbeit, ein kleiner, offener Glockenturm und eine schwarze Glocke darin.

Über dem Tor war der Name der Familie in großen Buchstaben eingemeißelt.

ALDEN

Die Türe bestand aus zwei Flügeln, die mit Kupfer beschlagen worden waren. Durch die Witterung war es mit Grünspan überzogen.

Latour ging darauf zu und sah sich prüfend um. Als er sicher war, nicht beobachtet zu werden, drückte er die geschwungene Klinke nieder. Sie leistete zuerst Widerstand, gab aber unter seinem Druck nach. Die rechte Türhälfte ließ sich in die Kapelle hinein öffnen. Ein Schwall kühler Luft schlug ihm entgegen.

Vor ihm erhob sich ein schmaler Altar. Auf dem Boden lag ein Strauß vertrockneter Rosen. Auf zwei hohen Ständern befanden sich die Reste dicker Kerzen, die völlig heruntergebrannt waren.

In den Boden war eine Marmorplatte eingelassen. Auch auf ihr war ein einziges Wort zu lesen:

ALDEN

Durch zwei Spitzbogenfenster mit Glasbildern von Heiligen fiel das Sonnenlicht und malte bunte Punkte auf Boden und Wand. Dort hing eine steinerne Tafel mit den Namen der Familienmitglieder, die hier ihre letzte Ruhe gefunden hatten.

STEPHAN VON ALDEN
1748 - 1797

LEONIE VON ALDEN
GEBORENE HERSCH
1751 - 1811

STEPHAN VON ALDEN
1796 - 1818

KAROLINE VON ALDEN
GEBORENE UNGEL
1799 - 1818

FERDINAND VON KRAILAK
1792 - 1818

LUISE VON KRAILAK
GEBORENE ALDEN
1794 - 1818

ARNOLD VON ALDEN
1772 - 1831

MARGARETHE VON ALDEN
GEBORENE GOLLERN
1819 - 1859

Stephan und Leonie von Alden waren die Eltern der heutigen Fürstin gewesen. Stephan und Luise ihre eigenen Kinder, die mit ihren Ehepartnern im Jahre 1818 am Typhus verstarben. Bei Arnold von Alden musste es sich um den Ehemann der Fürstin handeln. Margarethe konnte nur die früh verstorbene Gemahlin des Enkels der Fürstin sein, die Mutter von Klara von Alden.

Der Journalist Lander hatte aber auch von einem Bruder der Fürstin gesprochen, der in ein Duell verwickelt gewesen war. Er schien auf der Tafel nicht auf. Was konnte der Grund dafür sein? Laut Idas Bericht war der Bruder im Duell getötet worden.

Auf der Wand, die der Namenstafel gegenüberlag, hing ein Ölbild. Latour vermutete, es sollte das Jüngste Gericht darstellen. Der Firnis des Bildes war stark gedunkelt und ließ nicht mehr viel erkennen.

Trotz gründlicher Suche konnte Latour keinen Hinweis auf den Bruder der Fürstin finden. Schließlich verließ er die Kapelle und zog die Tür hinter sich zu.

»Gru«, murmelte er. Die drei Buchstaben standen für Gruft. Er hatte sie gefunden. Was aber sollte hier die »Sensation« sein, von der Oberland schrieb?

Er warf einen Blick Richtung Schloss, das zwischen den Bäumen zu erkennen war.

Ob Ida schon bis zur Fürstin gekommen war?

Rund um die Kapelle war ein Weg mit Steinplatten gelegt. Löwenzahn wuchs aus den Ritzen. Latour wollte sich auch die Rückseite der Gruft ansehen. Zu seiner Überraschung stieß er dort auf einen schmalen Pfad. Hohe Gräser und Blumen neigten sich von beiden Seiten darüber. An manchen Stellen verdeckten sie den Weg völlig. Latour folgte ihm zu einer zweiten Zypressengruppe. Die schlanken Bäume waren hoch und alt. Wie stumme Wächter wuchsen sie aus dem Boden und bildeten einen Kreis.

Neugierig trat Latour zwischen zwei Stämmen durch auf die künstliche Lichtung. In ihrer Mitte ragte eine Felsnadel auf. Es war grauer Stein in einer unbehauenen Form, wie er sonst hoch oben in den Alpen zu sehen war. Efeu und Moos hatten große Teile des Felsens überwuchert.

Davor befand sich die Einfassung und der Deckel einer Gruft aus verwittertem Stein. Latour vermutete, dass es Kalkstein war.

Zwei breite, geschmiedete Bänder zogen sich am oberen und unteren Ende über den Gruftdeckel. So etwas hatte Latour noch nie gesehen. Der Marmor war schon schwer genug, aber es wirkte, als sollte die dicke Platte noch zusätzlich mit den Bändern niedergehalten werden. Zwischen den beiden dunklen Streifen lagen zwei rote Rosen, die Stiele gekreuzt. Sie waren frisch. Jemand musste sie erst heute hier hingelegt haben.

Wer lag hier begraben? Latour blickte zur Gruftkapelle zurück, die nicht mehr als zwanzig Schritte entfernt lag. Wahrscheinlich war es der Bruder der Fürstin. Da er im Duell gefallen war, hatten die Eltern ihn vielleicht abseits bestatten wollen. Das war für Latour schwer zu verstehen, aber vor 75 Jahren hatten andere Zeiten und Sitten geherrscht.

Als nächstes nahm sich Latour den spitzen Felsen vor. Er überragte ihn um gut einen Meter. Unter Moos und Efeu entdeckte er etwas, ungefähr auf Augenhöhe, das wie ein geschmiedeter Buchstabe aussah. Latour betastete ihn mit den Fingern. Es war tatsächlich ein Buchstabe, ungefähr so groß wie seine Hand, in einer verschlungenen Form. Der Fels war an dieser Stelle behauen, wahrscheinlich um den Buchstaben zu befestigen.

Latours Finger erkannten ein A. Es handelte sich dabei sicher um den ersten Buchstaben des Familiennamens. Nur eine Handbreit entfernt ertastete er den zweiten Buchstaben. Natürlich hatte er mit einem L gerechnet, aber das war es nicht. Hastig kratzte Latour das fedrige Moos ab. Er befreite auch alle anderen Buchstaben so gut es ging von der Überwucherung und trat zurück.

Immer wieder wanderten seine Augen über den Namen auf dem Stein. Es war ein sehr kunstvoller Schriftzug, teilweise vom Moos verdeckt. Trotzdem konnte Latour ihn lesen. Seine Lippen formten das Wort. Er murmelte es immer wieder vor sich hin. Rundherum schien sich alles zu drehen. Es war nicht die Hitze, sondern die Entdeckung, die ihn schwindlig machte.

Die Aufzeichnungen von Alfred Oberland ergaben auf einmal Sinn. Es war auch verständlich, wieso er das Notizbuch der Kaiserin übergeben wollte. Es enthielt tatsächlich eine Sensation.

Nein, verbesserte sich Latour in Gedanken. Das Wort Sensation beschrieb nicht annähernd, was diese Entdeckung bedeutete.

49

Die Kutsche hielt am Fuße einer breiten Steintreppe. Ida stieg die zahlreichen Stufen zu einem Vorplatz hinauf. Der Eingang des Schlosses lag geschützt unter einem Vorbau. Ida blickte an dem langen Erker empor bis zum zweiten Stockwerk. Oben konnte sie eine steinerne Brüstung erkennen. Wahrscheinlich befand sich dort eine Terrasse.

Das Schloss besaß an beiden Ecken einen Turm, der in jedem Stockwerk mehrere Fenster hatten. Einige Fensterläden waren geschlossen. An einem Fenster im ersten Stock des rechten Turmes bemerkte sie einen Mann. Er spähte zu ihr hinunter. Als sie zu ihm sah, zuckte er sofort zurück.

Was für eine Hitze. Idas Mund war ausgetrocknet und sie schwitzte in ihrem Kleid. Es war viel zu eng für einen solchen Tag. Mit den Händen raffte sie den Rock und stieg die letzten Stufen zum Eingang hinauf. Sie besaß einen großen Messingring als Klopfer. Ida packte ihn und schlug damit mehrere Male an die Tür. Danach trat sie einen Schritt zurück und wartete.

Niemand öffnete.

Aufzugeben kam für Ida nicht in Frage, daher klopfte sie erneut und kräftiger.

Nichts.

Der Mann am Fenster musste das Klopfen doch hören. Blieb sie absichtlich ausgesperrt? Die fürstliche Familie schien keine ungebetenen Besucher zu empfangen.

Nach einem dritten erfolglosen Versuch drehte sich Ida um und stieg wieder hinunter auf den Vorplatz. Musste sie unverrichteter Dinge wieder gehen? Sie ließ ihren Blick unauffällig zum Fenster im Turm wandern, wo sie den Mann gesehen hatte. Er war noch da, wich aber sofort zurück, als er sie bemerkte.

Der Mann beobachtete sie.

Ida fielen die Geschichten aus den Romanheften ein. Sie erinnerte sich an die Gräfin, die die Aufmerksamkeit eines Mannes auf sich zog, indem sie eine Ohnmacht vortäuschte und vor ihm zu Boden sank. Ohne länger nachzudenken, legte sie theatralisch den Handrücken an die Stirn, taumelte und ließ sich zu Boden fallen. Sie blieb seitlich liegen und wartete, was geschah.

Die Sonne brannte auf ihre Wange. Sie atmete flach und ließ die Augen geschlossen.

Es geschah nichts. Man ließ sie hier einfach liegen. Unter keinen Umständen aber wollte sie aufstehen und zeigen, dass sie alles nur vorgespielt hatte.

Endlich hörte Ida, wie die Tür geöffnet wurde. Jemand kam die Stufen herunter. Sie spürte, wie ein Schatten auf ihr Gesicht fiel. Ächzend beugte sich jemand zu ihr herab und rüttelte sie an der Schulter.

»Sie... sagen Sie etwas!«

Ida gab ein leises Stöhnen von sich.

»Hören Sie mich...?«

Ida stöhnte abermals, ohne die Augen zu öffnen.

»Was... was ist mit Ihnen...?«

Langsam schlug Ida die Augen auf. Über ihr stand ein grauhaariger Mann mit breitem Backenbart. Er trug die Livree eines Dieners und schwarze Kniebundhosen.

»Was ist...wo bin ich?«, frage Ida mit schwacher Stimme.

Der Mann war so lange gebückt über ihr gestanden, dass er einen roten Kopf bekommen hatte. Seine Nase lief. Ein Tropfen fiel auf Idas Kleid. Ekel überkam Ida, doch sie beherrschte sich.

»Ich helfe Ihnen auf.« Der Mann streckte ihr die speckige Hand hin. Ida legte damenhaft ihre Hand hinein und ließ sich von ihm hochziehen. Einfach machte sie es ihm nicht. Als sie auf den Füßen stand, wankte sie und ließ es aussehen, als würde sie gleich wieder stürzen.

»Kommen Sie. Kommen Sie rein.« Der Mann nahm sie unter dem Arm und führte sie in die Halle des Schlosses. Dort setzte er sie auf eine Bank.

»Wasser…« Ida sah ihn flehend an. »Bitte, Wasser.«

»Jaja, bringe ich.« Der Diener entfernte sich in einem watschelnden Gang. Er war nicht sehr sicher auf den Beinen und auch nicht besonders schnell.

Sie blickte um sich. Die Halle war hoch und lang. Dunkle Balken, weiße Wände. Nicht wie Schloss Schönbrunn, sondern rustikaler. Links und rechts gab es Treppen zu den oberen Stockwerken. Düstere Gemälde von ernst blickenden Männern und Frauen hingen an den Wänden. Wahrscheinlich handelte es sich um die Vorfahren der Fürstin.

Von oben rief eine junge Frau: »Anton, wer war da?«

Ida schwieg.

»Anton! Lassen Sie niemanden herein!«

Als der Diener nicht antwortete, rief die Frau erneut nach ihm. Danach knarrte das Holz der Treppe und jemand kam herunter. Ida blieb starr auf ihrem Stuhl sitzen und überlegte angestrengt, was sie sagen sollte.

Eine kleine Frau in Reithosen und Stiefeln trat in die Halle. Sie bemerkte Ida sofort.

»Wer sind Sie? Wie sind Sie reingekommen?«

Die Frau war schlank und hatte die festen schwarzen Haare zu einem dicken Zopf geflochten, der über die Schulter nach vorne hing. Ida verstand, wie man sie mit Hut und Umhang für einen

Mann halten konnte. Klara von Alden hatte die Figur und das Auftreten eines jungen Mannes.

»Verschwinden Sie!«, brauste sie auf.

Nein, das würde Ida nicht tun. Nicht, bevor sie mit der alten Fürstin gesprochen hatte.

Ida dachte an das, was Latour ihr gesagt hatte. Sie hatte es hier vielleicht mit einer Mörderin zu tun. War ihr eigenes Leben in Gefahr? »Klara von Alden?«, fragte sie betont ruhig.

»Ja. Und wer sind Sie?«

Bevor sie sich erklärte, musterte Ida die Frau. Ihr fiel der Kobold Puck aus Shakespeares Sommernachtstraum ein. Sie hatte das Stück erst neulich mit Elisabeth im Burgtheater gesehen. Elisabeth hatte ihr nachher gestanden, sich selbst in Titania, der Feenkönigin, wiederzufinden.

Klara von Alden hatte etwas von Puck, dachte Ida. Ihre Augen flackerten unruhig, ihre Pose wirkte herausfordernd und frech.

Ungeduldig wiederholte Klara ihre Frage. »Wer sind Sie?«

Ida nannte ihren Namen.

»Was wollen Sie hier?«

Schlagartig wurde Ida klar, dass sie sich womöglich in großer Gefahr befand. Falls der erste Eindruck von Klara täuschte und sie gefährlicher war, als sie wirkte, würde sie Mittel und Wege finden, damit Ida das Schloss nie wieder verlassen konnte. Außer Latour und dem Kutscher wusste niemand, dass sie hier war. Die Aldens könnten behaupten, sie nie gesehen zu haben.

Halt, befahl Ida sich im Stillen. Ihre Gedanken gingen mir ihr durch. Fantasie hatte sie immer schon gehabt, aber nun galoppierte sie in die falsche Richtung.

Der Diener kam in seinem Watschelgang zurück und brachte ein Glas Wasser auf einem Silbertablett. Es wackelte gefährlich und als er sich vorbeugte und Ida das Tablett hinstreckte, kippte es, und das Wasser ergoss sich auf ihren Rock.

»Passen Sie doch auf!«, fuhr sie ihn an.

Der Diener machte erschrocken einen Schritt zurück und ließ dabei das Tablett fallen. Laut klappernd landete es auf den Terracottafliesen. Von oben kam eine pummelige Frau mit Lockenfrisur. Sie hatte diese wichtigtuerische Art, die Ida von anderen Hofdamen kannte und nicht ausstehen konnte. »Was ist das für ein Lärm? Durchlaucht schläft.«

»Ich mache das schon, Franziska«, sagte Klara und hob das Tablett auf. Sie drückte es dem Diener wieder in die Hand und schickte ihn weg.

Ida deutete auf den nassen Fleck auf ihrem Rock. »Hätte jemand ein Tuch für mich?«

»Wer ist das?«, wollte Franziska leise von Klara wissen und deutete mit den Augen zu Ida.

Abermals stellte sich Ida vor.

»Hofdame und Vertraute von Kaiserin Elisabeth«, fügte sie diesmal hinzu. »Ihre Majestät hat mich hergeschickt, damit ich der fürstlichen Familie in ihrem Auftrag einige Fragen stelle. Ich habe einen Ausweis in der Kutsche, falls Sie einen Beweis wollen.«

Es gab Ausweise für Bedienstete des Hofes. Auf ihnen standen Name und Stellung der Person. Die Kaiserin hatte ihr und Latour speziell für diesen Auftrag zwei dieser Ausweise ausgestellt.

»Kaiserin Elisabeth?« Klara schien ihr zu glauben, doch das Misstrauen schwand nicht aus ihren Augen. Im Gegenteil, es verstärkte sich sogar und sie verschränkte die Arme vor der Brust. »Was will die Kaiserin von uns erfragen?«

Ida ärgerte sich über das respektlose Verhalten. »Das will ich gerne sagen. Soviel mir bekannt ist, wohnen hier auch Ihr Vater und Ihre Urgroßmutter. Kann ich mit ihnen sprechen?«

»Mein Vater ist derzeit nicht im Schloss anwesend. Er macht eine Kur.«

Ida konnte sich denken, was das bedeutete: Er sollte von seiner Spiel- und Trinksucht kuriert werden.

»Dann mit Ihnen und der Fürstin.«

»Das ist nicht möglich.« Franziska baute sich vor Ida auf. Sie war einen Kopf kleiner und musste zu ihr hochsehen. »Man hat mir die Obsorge für sie übertragen. Der Zustand der Fürstin lässt keine Besuche zu.«

Klara ging auf die Eingangstür zu und griff nach der Klinke. Sie wollte Ida wohl hinauskomplimentieren, aber so einfach ließ sich die Hofdame nicht abweisen.

»Ein Lehrer des Kronprinzen wurde ermordet«, sagte sie.

Die anderen beiden Frauen erstarrten.

Ida fuhr fort. »Er war in der Hofbibliothek tätig und machte eine Entdeckung, die mit derer von Alden zu tun hat, diesem Schloss und anderem.«

Der Schalk war aus Klaras Augen verschwunden. Sie kaute unruhig auf ihrer Unterlippe.

Ida stellte mit Befriedigung fest, dass sie einen Volltreffer gelandet hatte.

Aber war die Gefahr, in der sie möglicherweise schwebte, nun größer oder kleiner geworden? Sie beschloss, ihren Angriff fortzusetzen. Die Lektüre ihres Fortsetzungsromans erwies sich in diesem Moment als nützlich.

»Der Sohn des Ermordeten wurde mit einem Tonkrug in seinem Haus niedergeschlagen. Es gibt Augenzeugen, die Sie, Klara von Alden, in der Nähe gesehen haben wollen.«

Klara zögerte zu lange, um den Vorwurf abzustreiten. Für Ida kam das einem Schuldbekenntnis gleich.

»In Wien wird von Ihrer bevorstehenden Vermählung gesprochen«, sagte Ida listig.

Franziska blickte ungläubig zwischen Klara und Ida hin und her. Noch immer stand Klara an der Tür. Sie öffnete sie nun.

»Ich werde gerne an den Hof zurückkehren und dafür sorgen, dass man von Ihrem Tun erfährt«, drohte Ida.

Einen Moment sah es aus, als wollte Klara sie anspringen.

»Wollen Sie mich auch ermorden, so wie Oberland?«, fragte Ida laut.

»Gott steh uns bei!«, rief Franziska aus und bekreuzigte sich mehrmals.

Klara warf die Eingangstür zu. »Was sind das für Unterstellungen? Was erlauben Sie sich?«

Es fiel Ida nicht leicht, aber sie wich Klaras wütendem Blick nicht aus. Wie zwei Raubkatzen standen sie sich gegenüber.

»Durchlaucht, das kann doch nicht wahr sein«, jammerte Franziska und rang die Hände.

»Verschwinden Sie!«, fauchte Klara Franziska an. Die Gesellschafterin ließ sich nicht lange bitten und flüchtete in das Innere des Schlosses. Nun waren Klara und Ida allein. Die Kälte der düsteren Eingangshalle kroch an Ida hinauf.

Nein, erkannte Ida, das war nicht die Kälte. Es war Angst. Klaras Gesicht war zu einer Grimasse verzerrt. Was sollte Ida tun?

»Mein Kutscher wartet draußen und wird in ein paar Minuten nach mir fragen«, sagte sie. Wieso zitterte ihre Stimme so?

»Wer ist da?«, fragte jemand von oben mit heiserer Stimme.

Klara blickte die Treppe hinauf. Ida trat neben sie und sah im oberen Stockwerk eine uralte Frau, groß gewachsen, hager und auf zwei Stöcke gestützt. Sie war mit einem schwarzen Seidenmantel bekleidet und trug eine schwarz-weiße Witwenhaube.

»Im Namen der Kaiserin von Österreich verlange ich ein Gespräch«, sagte Ida laut.

»Ura, diese Frau…« Klara wollte Ida den Weg verstellen.

»Bring Sie zu mir«, befahl die Fürstin.

»Wenn ihr etwas geschieht, wenn sie die Schwäche überkommt, wenn sie sich aufregt, dann ist das Ihre Schuld. Der Arzt hat ihr Ruhe verschrieben«, warnte Klara flüsternd. »Falls ihr etwas geschieht, werde ich Sie zur Verantwortung ziehen.«

Ohne Klara etwas zu erwidern, stieg Ida Stufe für Stufe nach oben.

Der Gang, den sie betrat, war dunkel. Eine einzige Türe stand offen und ein Rechteck aus Licht fiel auf die Fliesen des Bodens. Ida trat davor und sah in einen Raum, der das Schlafzimmer der Fürstin sein musste. Die alte Frau erreichte gerade einen hohen Lehnsessel, drehte sich um und ließ sich hineinsinken. Zitternd stellte sie die Stöcke neben sich. Sie fielen klappernd zu Boden.

Ida klopfte an die offene Tür. Die Fürstin deutete mit einer leichten Kopfdrehung auf den freien Sessel neben sich.

Ida trat ein.

50

Oh mein Gott, gib mir noch einmal Kraft, um diese Gefahr abzuwenden, betete die Fürstin im Stillen. Sie sah die Konturen der Frau nur verschwommen, weil sich ihr Blick in den letzten Tagen immer stärker getrübt hatte.

»Lassen Sie Ihr Verlangen hören. Was ist der Grund für dieses Gespräch?«

»Der Hofbibliothekar Alfred Oberland wurde ermordet. Ihre Urenkelin wurde auf dem Begräbnis eben dieses Hofbibliothekars gesehen und wurde außerdem mehrfach bei seinem Haus beobachtet«, begann die Hofdame der Kaiserin.

Die Fürstin erkannte an ihrem Tonfall, wie sehr sie sich bemühte, bestimmt zu klingen.

»Es gibt Leute, die beobachtet haben, wie Ihre Urenkelin einen Mann mit Ihrem Pferd verletzt hat. Es gilt als sicher, dass Sie gestern Alexander Oberland, den Sohn des Hofbibliothekars, mit einem Tonkrug bewusstlos geschlagen und ihm ein Notizbuch abgenommen hat, das aus dem Besitz seines Vaters stammt. Dieses Buch muss sich also hier befinden. Ich möchte es ausgehändigt bekommen.«

Die Fürstin hatte es vermieden, von Klara Details über ihre Zeit in Wien zu erfragen. Sie wurde jeden Tag schwächer und hatte gehofft, die Konsequenzen ihres Handelns nicht mehr erleben zu müssen.

Doch nun begann sie, das ganze Ausmaß ihres Tuns zu erkennen. Die Vorwürfe an ihre Urenkelin waren schwerwiegend. Was hatte sie Klara nur angetan? Sie hoffte, dass es noch nicht zu spät war. Solange sie noch atmete, konnte sie versuchen, ihre Urenkelin zu retten.

»Die Kaiserin von Österreich schickt Sie?« Die Fürstin musste sich anstrengen, um die Worte klar auszusprechen.

»So ist es. Ich bin ihre Hofdame und enge Vertraute.«

»Geht es der Kaiserin um meine Urenkelin oder das Buch, von dem Sie sprechen?«

»Auf Ihrer Urenkelin lastet ein schwerer Verdacht.«

»Der wäre?« Die Fürstin flehte innerlich, dass ihre schlimmste Befürchtung sich nicht bewahrheiten würde.

»Sie wird verdächtigt, Alfred Oberland ermordet zu haben.«

Der Fürstin war, als hätte ihr Herz zu schlagen aufgehört. Sie wusste, dass Klara das Buch gestohlen hatte. Unter welchen Umständen, das hatte sie nicht zu fragen gewagt. Hatte sie ihre geliebte Klara nicht nur zu einer Diebin, sondern sogar zu einer Mörderin gemacht?

»Ein Mord, der mit dem Buch zu tun hat, das sie gestern in ihren Besitz gebracht hat«, fuhr Ida fort und riss die Fürstin aus ihren Gedanken.

Die Hofdame brachte sie in immer größere Bedrängnis. Wie sollte die Fürstin Klara schützen und gleichzeitig das Geheimnis, das sie so viele Jahre bewahrt hatte?

»Der Hofbibliothekar wollte der Kaiserin das Buch zur Aufbewahrung übergeben. Es kam nicht dazu. Am nächsten Tag wurde er ermordet. Mit Gift, wie die Gerichtsmediziner feststellen konnten. Aus diesem Grund will die Kaiserin das Buch, gleichzeitig aber auch den Mörder am Galgen sehen.«

Die Vorwürfe und Drohungen raubten der Fürstin die letzte Luft. Sie wurde von einem Hustenanfall geschüttelt. Klara kam hereingestürzt und war sofort an ihrer Seite.

»Gehen Sie!«, schrie sie die Hofdame an.

Aber Ida blieb sitzen. Die Fürstin presste ein Tuch vor den Mund. Franziska kam mit einem Glas Wasser geeilt. Sie trank in kleinen Schlucken und schickte Franziska wieder fort. Klara kniete sich neben sie, wie sie es schon als kleines Mädchen immer getan hatte. Die Fürstin legte ihr die Hand auf den Kopf.

»Die alleinige Schuld trifft mich«, begann sie.

»Ura!«, rief Klara protestierend, aber die Fürstin gab ihr ein Zeichen, zu schweigen.

»Wenn es jemanden zu verurteilen gibt, dann mich.« Obwohl sie die Hofdame nur verschwommen sah, fühlte sie, wie sie sich vorbeugte. Was sie nun sagte, würde über das Leben ihrer Urenkelin entscheiden. »Es wird keinem helfen, wenn man mich hinrichtet. Mein Leben ist schon bald zu Ende.« Sie spürte, wie sich Klara fester an sie schmiegte.

»Das Buch, von dem Sie sprechen, befindet sich in meinem Besitz. Doch ist der Inhalt falsch und irreführend. Die Wahrheit kenne nur ich.« Als Klara zuckte, um etwas zu sagen, tippte ihr die Fürstin auf den Kopf. Jedes weitere Wort von Klara könnte sie belasten. Das wollte die Fürstin vermeiden.

»Und wenn ich sterbe, dann stirbt das Geheimnis, das die Kaiserin zu enthüllen versucht, mit mir.«

»Dann erzählen Sie«, verlangte die Hofdame.

»Mein Wissen gebe ich nur an die Frau weiter, für die auch das Buch bestimmt war«, erklärte die Fürstin würdevoll.

»An die Kaiserin?« Die Hofdame lachte auf.

»Die Kaiserin soll das Buch bekommen. Aus meinen Händen. Vor allem aber soll sie erfahren, was sich tatsächlich zugetragen hat.«

»Sie wissen, dass das unmöglich ist«, erwiderte die Hofdame.

»Man hat mir gesagt, für Kaiserin Elisabeth wäre nichts unmöglich.«

»Es ist unmöglich«, wiederhole die Hofdame.

Die Fürstin konnte spüren, dass sie die Oberhand gewann. Sie hatte die Augen auf die Besucherin gerichtet, auch wenn sie ihren Körper nur noch schemenhaft wahrnahm und die Farben verblichen waren. Sie musste Stärke beweisen und ließ die Stille im Raum immer größer werden.

»Das Buch und die Wahrheit nur für die Kaiserin.« Die Fürstin spürte Klara neben sich. »Außerdem Straffreiheit für meine Urenkelin.«

Die Hofdame erwiderte lange nichts. Danach wählte sie ihre Worte mit Bedacht. »Ich habe Ihren Wunsch vernommen und werde ihn der Kaiserin übermitteln.«

»Sie muss allein kommen…«, fügte die Fürstin hinzu. »Vier Augen sind genug.« Ein Hustenanfall plagte sie, doch sie wollte unbedingt weitersprechen.

»Jeder Tag könnte mein letzter sein. Die Kaiserin muss bis zum Ende dieser Woche hier eintreffen. Danach kann ich nicht garantieren, dass meine Kraft ausreicht, um mich zu erinnern. Und ohne meine Erinnerung ist das Buch wertlos. Geht diese Woche zu Ende, werde ich das Buch verbrennen, mitsamt seinem Geheimnis. Zu viel Zeit ist vergangen.«

Ihr Blick ging ins Leere. Traurig fügte sie hinzu: »So viel Zeit, die so viel Leid gebracht hat.« Danach konnte sie nicht weitersprechen, weil sie ein weiterer Hustenanfall überkam. Ihr Atem wurde zu einem tiefen Röcheln.

»Ich werde Kaiserin Elisabeth Bericht erstatten«, wiederholte die Hofdame. »Ich kann Ihnen allerdings nicht versprechen, dass sie die Straffreiheit akzeptieren wird.«

Die Hofdame erhob sich und verließ das Schlafzimmer.

Die Fürstin betete, dass die Kaiserin auf ihr Angebot eingehen würde.

Es war die einzige Möglichkeit, ihr Geheimnis zu schützen und Klaras Leben zu retten.

22. Juni 1866

51

Nach ihrer Rückkehr lief Ida sofort in die Räume der Kaiserin. Sie fand Elisabeth auf der Chaiselongue im Schlafzimmer liegend, den Kopf auf einem Kissen, die Augen geschlossen. Eine Zofe schnitt auf einem kleinen Tisch Erdbeeren in dünne Scheiben, eine andere legte die Scheiben auf Elisabeths Gesicht. Es war bereits zur Hälfte damit bedeckt. Ida erinnerte sich, dass diese Maske die Haut unter den Augen straffen sollte.

»Majestät!« Vom Laufen war Ida außer Atem.

»Endlich!«, rief Elisabeth.

»Majestät, Latour und ich sind soeben erst im Schloss eingetroffen. Er wird in Kürze hier sein. Der Staub der Reise klebt an ihm. Er wechselt schnell Hemd und Anzug.«

»Habt ihr das Buch?«

Die Zofen blickten erstaunt auf, setzten dann aber gleich das Belegen des Gesichts mit den Erdbeerscheiben fort.

»Latour und ich müssen Sie dringend über vieles unterrichten, was sich bei und im Schloss Alden ereignet hat. Wenn wir gekonnt hätten, wären wir noch in der Nacht zurückgekehrt, aber das hielt der Kutscher für unmöglich. Deshalb sind wir schon bei Tagesanbruch losgefahren, aber unterwegs ist das hintere Rad gebrochen und eine Ersatzkutsche musste gefunden werden.«

Deshalb waren sie erst kurz vor sechs Uhr am Abend in Schönbrunn eingetroffen.

»Nehmt die Erdbeeren ab!«, befahl die Kaiserin energisch. Als die Zofe beginnen wollte, sie einzeln vom Gesicht zu klauben, wischte sie Elisabeth mit den Händen herunter. Weil kein Tuch in der Nähe war, säuberte sie ihre Finger an der weißen Schürze einer Zofe. Danach schickte sie beide fort.

Umständlich nahmen die Zofen den Tisch und verließen den Raum. Ida vermutete, die beiden hätten nur zu gerne gelauscht, wie das Gespräch weiterging.

Als die Tür hinter ihnen geschlossen war, verlangte Elisabeth sofort, mehr zu erfahren.

»Latour muss selbst berichten, worauf er im Schlosspark gestoßen ist.«

»Ihr zerrt an meinen Nerven.«

Es klopfte. Ein Lakai meldete, Oberst Latour ersuche um eine Audienz. Elisabeth erhob sich. »Er soll im Salon warten.«

Elisabeth verlangte nach einer Kleiderzofe. Im Augenblick war sie nur mit einem weißen Morgenmantel bekleidet.

Eine Viertelstunde später öffnete ihr Ida die Tür zum Salon, wo Latour am Fenster stand und in den Park hinuntersah. Er drehte sich um und verneigte sich.

»Ida will nicht sagen, was Sie herausgefunden haben.« Die Kaiserin setzte sich und deutete Latour, es ihr gleichzutun.

»Wenn Majestät erlaubt, möchte ich stehen. Meine Beine sind steif von der Fahrt.«

»Tun Sie, was am bequemsten für Sie ist.«

Latour sammelte sich kurz. »Majestät, wir bringen Neuigkeiten, die widersprüchlicher nicht sein könnten.«

»Wie soll ich das verstehen?«

»Im Park von Schloss Alden liegt eine Kapelle, in der sich die Familiengruft befindet. Dort sind alle verstorbenen Familienmitglieder seit der Mitte des vorigen Jahrhunderts beigesetzt. Mit Ausnahme des Bruders der alten Fürstin.«

Ida erklärte schnell, dass es sich um den Bruder handle, der in ein Duell verwickelt gewesen war. »Er soll dabei gestorben sein.«

»Hat er das Duell verloren?«, wollte Elisabeth wissen.

»Der Journalist Lander hat zumindest so etwas angedeutet.«

Latour setzte fort. »Hinter der Kapelle, ungefähr fünfzig Meter entfernt, befindet sich ein zweiter, kleinerer Zypressenhain.« Er beschrieb die kreisförmige Anordnung der Bäume, die Gruft und den eigenartigen Grabstein.

Elisabeth bat Ida um ein Taschentuch. Damit wischte sie sich die letzten Reste der Erdbeeren von der Stirn, während Latour von den Metallbuchstaben berichtete, die er unter dem Moos entdeckt hatte.

»Liegt der Bruder dort begraben?«, fragte die Kaiserin und steckte das Tuch weg.

»Der Name auf dem Grabstein besteht aus fünf Buchstaben.« Latour legte eine Pause ein und setzte sich nun doch.

»Und? Wie lautet er?«

»Amadé.«

Ida konnte es noch immer nicht glauben, obwohl sie mit Latour den ganzen Tag auf der Fahrt über nichts anderes gesprochen hatte.

»Amadé?«, wiederholte die Kaiserin ungläubig.

»Amadé!«, bestätigte Latour.

»Damit kann doch nicht Wolfgang Amadé Mozart gemeint sein?«

Latour kam auf die Abkürzungen zu sprechen, die Oberland verwendet hatte. »Er schrieb viel von MAW. Das kann für

Mozart Amadé Wolfang stehen, der Name des großen Mozarts von hinten, damit niemand, der das Tagebuch vielleicht in die Hände bekommt, auf den ersten Blick versteht, wer gemeint ist.«

»MAW. Mozart Amadé Wolfang. Amadé«, sagte die Kaiserin nachdenklich. Es erging ihr, das sah und hörte Ida genau, nicht anders als Latour und ihr. Sie war fassungslos. Auch sie hatte niemals mit einer solchen Entdeckung gerechnet.

»Erinnern Sie sich an die Zitate, die Alexander im Buch gelesen hat?« Latour kniff die Augen leicht zusammen und rezitierte: »Mein Gott ist tot und ich weiß, wo er zu finden ist... Ich wollte ihm nahe sein, als ich vor seinem Haus von seinem Tod erfuhr.«

Für Ida ergaben die Worte nun endlich Sinn. »Mozart ist für viele ein Gott. Für einen Komponisten wie Fahrig muss er das größte Vorbild gewesen sein. Er ist wohl häufig vor seinem Haus gestanden, in der Hoffnung, es könnte etwas von Mozarts Talent auf ihn überspringen.«

Latour stand wieder auf und schritt zwischen Tür und Fenster hin und her. »Die Aufzeichnungen stammen aus dem Jahr 1791 und im Schreiben von Frau Fahrig ist von Dezember 1791 die Rede. Sie nennt diesen Monat als den Zeitpunkt, an dem ihr Mann verschwand.«

»Und Mozart starb...?«

»Am 5. Dezember im Jahre 1791«, sagte Ida.

Elisabeth saß noch aufrechter als sonst. »Aber warum soll er auf Schloss Alden begraben sein? Ist er nicht in einem Armengrab beigesetzt worden?«

»Das wird behauptet. Er soll in einem Armengrab mit mehreren anderen verscharrt worden sein«, bestätigte Latour. »Doch gibt es dafür keinen Beweis. Konstanze Mozart, seine Frau, konnte aufgrund des Regens und des kalten Wetters ihren Mann nicht bis zu seinem Grab begleiten. Sie war vorher umgekehrt. Was also mit dem Sarg genau geschah, ist nicht bekannt.«

»Das könnte bedeuten, Mozart liegt seit 75 Jahren in der Gruft bei Schloss Alden bestattet?«, schloss Elisabeth.

Ida und Latour nickten.

»Aber wie hatten die von Alden von seinem Tod erfahren? Bis die Kunde in diese Gegend vordringt, wäre Mozart längst beerdigt.«

»Dafür haben wir auch noch keine Erklärung«, gestand Ida.

Noch immer konnte Elisabeth nicht so recht fassen, was sie auf Schloss Alden entdeckt hatten.

»Wie kamen die von Alden auf den Gedanken, den Sarg mit Mozarts Leiche vom Friedhof zu stehlen? Das ist Grabschändung, wenn ich nicht irre. Es ist strafbar und Frevel.«

Latour hob die Hände, weil er keine Antwort hatte. »Ich habe bloß die Vermutung, dass der Komponist Fahrig vielleicht sterben musste, weil er das Geheimnis in Erfahrung gebracht hat. Er könnte gesehen haben, wie der Sarg mit dem Körper Mozarts entführt und nach Schloss Alden gebracht worden ist.«

Elisabeth schüttelte immer wieder den Kopf. Dann sah sie auf. »Denken Sie, Oberlands Tod hängt auch mit Mozarts Gruft zusammen?«

»Ja«, sagte Latour. »Er hat aus dem Notizbuch des Komponisten erfahren, was Fahrig durch Zufall entdeckt hatte. Im

Park wird er auf die Gruft und den Namen am Grabstein gestoßen sein. Er hat bei der Fürstin vorgesprochen, und die hat ihn abgewiesen.«

»Sie selbst kann ihn aber nicht umgebracht haben«, meinte Elisabeth.

»Aber ihre Urenkelin.« Ida hatte die Worte der Fürstin im Ohr. Sie hatte Straffreiheit für Klara verlangt. Wusste sie von dem Mord?

»Mozarts Grab«, sagte Latour. Ida hatte ihn noch nie so ergriffen erlebt wie seit der Entdeckung. »Es wäre für die Musikwelt wahrlich eine Sensation, den Ort zu kennen, an dem der geniale Komponist beerdigt ist.«

»Wenn er tatsächlich in der Gruft liegt«, schränkte Ida ein.

Die Kaiserin überlegte kurz. »Ida, geh und lasse nach Professor Dlauhy schicken. In seiner Unterredung mit mir erwähnte er, an Leichen feststellen zu können, wer sie im Leben gewesen waren. Er sprach davon, anhand der Zähne und Knochen bestimmen zu können, ob es sich um eine bestimmte Person handelt. Dafür benötigt er Berichte über die Person, Aussagen der Anverwandten und der Ärzte.«

»Dazu kann ein Experte in der Hofbibliothek vielleicht Auskunft geben«, warf Latour ein. »Es muss Aussagen von Zeitgenossen über Mozart geben, die schriftlich festgehalten worden sind. Allerdings wollen sie gefunden werden.«

»Der Sarg muss aus der Gruft im Schlosspark Alden zu dem Gerichtsmediziner gebracht werden«, verlangte Elisabeth.

Nun war der Zeitpunkt gekommen, an dem Ida von der Forderung der Fürstin erzählen musste. Sie hatte keine Ahnung, wie Elisabeth darauf reagieren würde.

»Elisabeth, Fürstin Alden ist bereit, dir das Buch zu übergeben.«

»Wieso hat sie es dann nicht schon dir gegeben?«, brauste Elisabeth auf.

Ida lächelte verlegen. »Weil sie nur bereit ist, es dir persönlich zu überreichen. Sie will dir etwas erzählen, das sie niemand anderem anvertrauen kann. Wenn du Oberlands Notizen willst, dann muss sie dir diese persönlich übergeben.« Ida bemühte sich, die genauen Worte zu finden. »Es ginge um die Wahrheit. Ich kann mich täuschen, aber es klingt, als gäbe es noch etwas anderes über die Gruft zu erfahren.«

»Ich müsste dazu nach Schloss Alden reisen«, sagte Elisabeth. Sie schien den Wunsch der Fürstin zumindest nicht sofort abzutun.

»Es bleibt dafür wenig Zeit. Die Fürstin sagt selbst, sie habe nur noch wenige Tage.«

»Ist sie so krank?«

Ida nickte »Sie ist alt. Jeder Tag könnte ihr letzter sein.«

Elisabeth überlegte. »Morgen ist Samstag. Es findet der Blumenkorso statt, zu dem ich zugesagt habe. Am Sonntag der Sommerball. Ich kann frühestens am Montag reisen.«

Ida senkte den Blick und schwieg.

»Was ist?«, wollte Elisabeth wissen. »Wieso sagst du nichts?«

»Die Fürstin gibt dir bis zum Ende der Woche Zeit, sie aufzusuchen. Sie ist schon äußerst schwach. In ihrem Zustand geht es um jede Stunde. Wenn du nicht bis Ende der Woche kommst...« Ida zögerte kurz. Sie war es nicht gewohnt, der Kaiserin zu sagen, was sie tun sollte, selbst wenn sie nur eine Nachricht überbrachte.

»… dann wird die Fürstin das Buch verbrennen. Das Geheimnis ist dann für immer verloren.«

Die Kaiserin hob die Hände und öffnete sie zu einer beschwörenden Geste. »Es ist mir unmöglich, früher als Montag zu fahren. Was für eine Ausrede könnte ich benutzen? Wenn ich das Schloss verlasse, bleibt es nicht unbeobachtet. Man wird herausfinden, dass ich aufs Land gereist bin.«

Ida verstand das Dilemma. Wenn sich Elisabeth am Samstag nicht beim Blumenkorso zeigte, gäbe das einen neuen Skandal und wahrscheinlich allerhand Gespött in der Presse.

»Ludwig Viktor wird seine Wette gewinnen und bestimmt dafür sorgen, dass ganz Wien über die Abwesenheit der Kaiserin rätselt«, sagte Elisabeth bitter. »Dann hat er wieder einmal den Sieg davongetragen, der entsetzliche Luzi-Wuzi. Niedertracht scheint größer als Aufrichtigkeit.«

Was sollte ihr Ida darauf sagen? Sie sah zu Latour, der aber ebenso ratlos war.

»Der Kaiser hat mich mehrfach um die Teilnahme am Korso gebeten. Ich will ihm die Blamage ersparen.« Elisabeth schien die beiden anderen vergessen zu haben und sprach mit sich selbst. »Wie habe ich ihm nur vorschlagen können, die neuen Portraits beim Sommerball zu präsentieren?«

Sie erhob sich und kündigte an, einen abendlichen Spaziergang unternehmen zu wollen. Ida bot ihre Begleitung an, aber Elisabeth lehnte ab. Sie bat Ida nur, die Hundsbuben rufen zu lassen, damit sie ihr Houseguard brachten.

52

Elisabeth wanderte mit schnellen Schritten durch den abendlichen Park, zwei Bewacher hinter ihr und Houseguard an der Seite. Er schien ihre gedrückte Stimmung zu spüren und schmiegte den großen Körper immer wieder an ihre Beine.

Es war noch immer taghell. Fanny Feifalik hatte in der Früh darüber gesprochen, dass sie den längsten Tag und die kürzeste Nacht erlebten.

Es gab einen Grund für Elisabeth, den Kaiser nicht vor den Kopf zu stoßen, den sie vor Latour und Ida nicht ausgesprochen hatte. Seine Eifersucht wurde in letzter Zeit immer größer. Elisabeth war klar, dass sie Latour im letzten Augenblick vor einer Kündigung bewahrt hatte. Franz Joseph wartete nur auf eine Gelegenheit, ihn loszuwerden. Sie kannte ihren Mann. Er würde den Rauswurf so darstellen, als wäre ihm keine andere Wahl geblieben.

In dieser Nacht würde sie wenig Schlaf finden. Am Samstag musste sie bereits um vier Uhr in der Früh aufstehen, um sich für den Korso herrichten zu lassen. Das Stecken der Frisur würde Stunden dauern und das Ankleiden auch viel Zeit in Anspruch nehmen. Sie hatte ein raffiniertes Kleid in hellen Farben gewählt, das ihr jedoch an den Ärmeln zu weit erschien. Deshalb sollte es an ihrem Körper enger genäht werden.

Außerdem war da noch der Blumenschmuck im Haar und ein dünner Schleier, in den kleine Blüten gestickt waren. Alles musste vorbereitet werden.

Dabei, dachte sie mit einem Anflug von Bitterkeit, werden mich die Leute ohnehin nur aus der Entfernung in der Kutsche sehen.

Sie begab sich zurück in ihr Appartement, wo Ida auf sie wartete.

»Soll ich dir die Haare lösen?«

Außer der Feifalik erlaubte Elisabeth das nur ihr und auch das nur von Zeit zu Zeit. An diesem Abend stimmte sie zu. Ida öffnete die Fenster des Salons und ließ die laue Nachtluft herein. Elisabeth setzte sich und Ida trat hinter sie. Sie fühlte, wie Ida die Haarnadeln herauszog und die Zöpfe löste.

Die beiden Frauen sprachen nicht. Elisabeth hing ihren Gedanken nach.

Die Tür des Salons wurde energisch geöffnet und Fanny Feifalik trat ein. Sie hielt ein Silbertablett in der Hand, auf dem drei Bürsten lagen.

»Werde ich heute nicht mehr gebraucht?«, fragte sie spitz.

»Fanny, lass Ida heute …«

Das Gesicht der Friseuse bekam einen harten Zug. Es erinnerte Elisabeth an …

… sie selbst.

Hatte ihr nicht genau so ein Gesicht aus dem Spiegel entgegengeblickt, bevor sie dem Kaiser den Brief mit ihrer Forderung nach Freiheit in der Erziehung der Kinder und in der Wahl ihres Aufenthaltsortes geschrieben hatte?

»Sind alle Kutschen offen beim Korso?«, fragte Ida hinter ihr. Sie schien sich von Fannys energischem Auftritt nicht beeindrucken zu lassen.

»Was spielt das für eine Rolle?«

Noch immer stand Fanny in der Tür. Wenn Blicke töten könnten, würde Ida gleich tot umfallen, dachte Elisabeth.

Doch Ida schien davon nichts zu bemerken. »Es muss doch möglich sein, dass Ihr in einer geschlossenen Kutsche fahrt. Sie kann noch üppiger mit Blumen geschmückt sein als die anderen. Aber wenn Ihr sagt, dass Ihr die pralle Sonne nicht ertragt, wird man Einsehen haben.«

»Was redest du da?«

»Jede kaiserliche Hoheit fährt in einer eigenen Kutsche«, spann Ida den Gedanken weiter.

»Hör auf! Du verursachst mir heute Kopfschmerzen.«

Elisabeth bemerkte in Fannys Gesicht so etwas wie Triumph. Einen Streit der beiden Vertrauten konnte sie an diesem Abend nicht gebrauchen. Am liebsten hätte sie beide hinausgeworfen.

Ida trat vor Elisabeth und winkte Fanny zu sich. Widerwillig kam die Friseuse zu ihr. Sie starrte sie finster an.

»Was ich jetzt sage, mag verrückt klingen«, begann Ida. »Aber bitte folgt meinem Gedanken bis zum Ende, Majestät.«

23. Juni 1866

53

Frau Oberland umarmte ihren Sohn stürmisch und drückte ihn an sich. Sie küsste ihn auf die Stirn. Als er ihr ins Gesicht sah, bemerkte er ihre Freudentränen.

»Mein armer Junge, was hat man dir nur angetan?« Sie ließ ihn los und trat zu Latour, der bescheiden, wie es seine Art war, an der Küchentür wartete. Frau Oberland fasste Latours ausgestreckte Hand und schüttelte sie. »Ich danke Ihnen für den Brief und dass Sie sich gut um meinen Jungen kümmern.«

Alexander verspürte Erleichterung, als er sah, wie die Wiedersehensfreude seiner Mutter sie ein wenig von der bedrückenden Traurigkeit befreite, die der Tod ihres Mannes hinterlassen hatte.

»Danke, dass Sie mich hergebracht haben«, sagte Alexander zu Latour. »Und danke für Ihren Beistand.«

»Da gibt es nichts zu danken. Bleiben Sie bis Montag bei Ihrer Mutter und erholen Sie sich!« Er deutete durch das Fenster in den Garten. »Genießen Sie die schönen Sommertage.«

»Sie bleiben aber schon zum Essen, Herr Oberst?« Es war keine Einladung, sondern ein mütterlicher Befehl von Frau Oberland.

»Wenn Sie mich so fragen, gerne.«

Alexander öffnete eine schmale Holztür in der Wand. »Ein Glas Wein?«

Auch das nahm Latour gerne an. Alexander verschwand im Keller. Mit einer Flasche in der Hand kehrte er zurück. Er entkorkte sie in der Küche, nahm drei Gläser und ging hinaus in den Garten, wo seine Mutter und Latour am Tische nicht weit von den Bienenstöcken entfernt saßen. Er sah, wie sich seine Mutter mit einem Taschentuch die Augen abwischte.

»Wollen wir nicht in der Stube sitzen?«, bot Alexander an. Der Platz, an dem sein Vater tot zusammengebrochen war, machte auch ihn traurig.

»Bleiben wir hier. Es war der Lieblingsplatz deines Vaters«, sagte seine Mutter. Alexander nickte, stellte die Gläser auf und goss den Weißwein ein.

Auf dem Tisch stand noch immer der blaue Imkerkrug. Latour nahm ihn und betrachtete ihn von allen Seiten.

»Der Krug, den jedes Mitglied anlässlich des 25-jährigen Jubiläums des Vereins der Imker geschenkt bekommen hat«, hörte Alexander ihn sagen.

»Woher wissen Sie das?«

»Weil ich den gleichen bei Professor Lobmüller gesehen habe.« Latour fuhr mit dem Finger über die große weiße Biene auf dem Krug.

»Der Verein der Imker war meinem Alfred wichtig«, erinnerte sich Frau Oberland. »Er hat keine Sitzung versäumt.«

Alexander verteilte die Gläser und sie prosteten einander zu. Der erste Schluck rann kühl durch die Kehle. Eine Wohltat an diesem Tag.

»Ich weiß nicht, ob Sie Alexander über einige Erkenntnisse rund um den Tod Ihres Mannes unterrichten konnte«, begann Latour behutsam. Alexander erschien es, als würde er prüfen, wie viel er seiner Mutter zumuten konnte.

»Der Xandi hat mir einen Brief geschrieben.« Die Mutter tätschelte Alexanders Hand. »Ich will aber nicht glauben, dass jemand meinen Alfred...« Sie konnte das Wort nicht aussprechen und führte eine Hand zu ihrem Mund.

»Es gibt einen klaren Beweis dafür. Der Gerichtsmediziner konnte das Gift im Körper nachweisen.«

Wieder begann seine Mutter zu schniefen. Alexander legte ihr tröstend den Arm um die Schulter.

»Wenn es kein guter Moment ist, dann können wir auch ein andermal weiterreden«, sagte Latour schnell. »Ich hätte nur ein paar Fragen...«

»Fragen Sie nur! Es geht schon.«

Alexander wusste, was Latour erfahren wollte. Es interessierte auch ihn.

»Was hat Ihr Mann gegessen oder getrunken, bevor wir mit den kaiserlichen Hoheiten eingetroffen sind?«

»Nichts.«

»Sind Sie sicher?«

Frau Oberland überlegte. »Nein, er hat nichts gegessen. Er war viel zu nervös. In einem solchen Zustand hat er nie einen Bissen hinuntergebracht.«

»Was hatten sie beide zum Frühstück?«

»Ich hatte ein Stück vom Honigkuchen gekostet, den ich für die kaiserlichen Hoheiten gebacken hatte. Und Milchkaffee.«

»Hat Ihr Mann auch Kaffee getrunken?«

»Nein, nein, er hat alles abgelehnt. Er war beinahe unfreundlich, was sonst gar nicht seine Art war.«

Alexander bemerkte, wie Latours Blick immer wieder zum Imker-Krug wanderte.

»Ist etwas mit dem Krug?«, fragte er.

»Ihr Vater hat in unserer Anwesenheit Wasser daraus getrunken. Wenn mich meine Erinnerung nicht täuscht, hat er erwähnt, auch davor schon daraus getrunken zu haben.«

»Wenn er unruhig war, hat er gerne einen Schluck Wasser genommen. Das war das Einzige, was ihm half«, fiel der Mutter ein.

»Nein«, sagte Alexander. »Das kann nicht sein.«

Latour sah ihn nachdenklich an. »Vielleicht doch.«

»Wovon wird hier geredet?«, wollte die Mutter von Alexander wissen.

»Der Oberst meint, das Gift könnte im Krug gewesen sein.«

»Im Krug? Im Geschenk des Vereins?«

»Frau Oberland, hat Ihr Mann den Krug davor schon öfter verwendet?«

»Nein, nein, er hat ihn erst ein paar Tage davor nach Hause gebracht. Ich weiß noch, wie er ihn mir gezeigt hat. Sein alter Krug hatte einen Sprung und war oben ausgeschlagen. Deshalb hat er für den Besuch der kaiserlichen Hoheiten den neuen Krug genommen.«

»Haben Sie sonst noch irgendeine Erinnerung daran?«, forschte Latour weiter.

»Hat Vater den Krug einfach gefüllt und mitgenommen?«, fragte Alexander.

Seine Mutter spielte unruhig mit ihrer Schürze. »Ich bin sicher, er hat ihn zuerst am Brunnen ausgewaschen und dann gefüllt. Ja, ich weiß es, weil ich für ihn gepumpt habe.«

»Ausgespült...«

Alexander verstand Latours Enttäuschung. Auch er hatte eine Vermutung gehabt, das Gift hätte im Krug sein können. Aber dann hätte der Vater es beim Auswaschen weggegossen. »Bleibt nur noch, dass jemand in den Garten gekommen ist und das Gift in den Krug geschüttet hat«, sagte er zu Latour.

»Ist das sehr wahrscheinlich?« Latour sah sich um. Der Garten wurde zum Nebengrundstück von einer Mauer begrenzt, auf der anderen Seite lag der Hof, wo früher die Fuhrwerke abgestellt waren.

»Jemand müsste von dem Krug gewusst und auf eine Gelegenheit gewartet haben, um das Gift in das Wasser zu schütten.« Alexander hielt das für unwahrscheinlich.

»Der Mörder könnte auf eine solche Gelegenheit gewartet haben«, gab Latour zu bedenken.

»Er muss das Gift in ein Getränk oder das Essen mischen.« Alexander schüttelte den Kopf. »Ich kann mir nicht vorstellen, dass jemand hier irgendwo gewartet hat, bis er eine Möglichkeit dazu bekam.«

Seine Mutter stand auf und entschuldigte sich. Das Gespräch war ihr unangenehm und sie wollte sich außerdem ans Kochen machen. Alexander blieb im Garten und schenkte Latour und sich ein weiteres Glas Wein ein. Im Augenblick fiel keinem der beiden eine Erklärung ein.

»Ich wollte Sie schon länger fragen«, begann Latour, nachdem sie eine Weile geschwiegen hatten. »Wie lauten eigentlich Ihre Pläne für die Zukunft?«

»Welche Zukunft?« Alexander schüttelte niedergeschlagen den Kopf. »Irgendwann einmal werde ich eine Zukunft haben. Vielleicht.«

»Sie sind ein guter Lehrer«, versicherte ihm Latour.

»Vielen Dank. Ich tue es gerne.«

»Wollen Sie bei der Biologie bleiben?«

Nach einer kurzen Pause sagte Alexander: »Darf ich meinen wahren Wunsch nennen?«

»Nur zu. Deshalb frage ich.«

»Seit dem Tod meines Vaters ist mir bewusst geworden, wieso ich mich für die Botanik und die Fauna interessiere.«

»Wieso?«

»Weil mein Vater mir in der Hofbibliothek als kleiner Junge immer diese prächtigen Bücher gezeigt hat. Ich erinnere mich an die Abbildungen der seltensten Tiere und Pflanzen. Viele Bilder waren von Hand gemalt. Es waren die Bücher, die in mir die Neugier geweckt haben. Und es sind die Bücher der Biologie, die mich am meisten interessieren. Ich habe von meinem Vater die Liebe zu Büchern in die Wiege gelegt bekommen. Eine Stelle in der Hofbibliothek wäre mein Traum.«

Er leerte sein Glas und stellte es heftig wieder ab. »Da mich Professor Lobmüller aber als Dieb und Betrüger sieht, wird es für immer ein Traum bleiben.«

»Er will mit Ende des Jahres in den Ruhestand treten«, warf Latour ein.

Darüber konnte Alexander nur lachen. »Man wird ihn eines Tages raustragen müssen. Freiwillig tritt er nie in den Ruhestand und der Kaiser scheint es ihm freizustellen, wie lange er bleiben will.« Er schenkte sich noch ein halbes Glas ein. »Vater hat manchmal erwähnt, dass die Zustände in der Hofbibliothek so alt seien wie der Professor. Ein neuer Wind, der den Staub fortweht, wäre notwendig, hat er gesagt.«

Eine Weile war nur das Zwitschern der Vögel zu hören. Alexander und Latour sinnierten beide vor sich hin.

»Alexander, wenn ich mir einen Sohn im Leben wünschen dürfte, dann wären Sie das«, sagte Latour. Diese Bemerkung des sonst so nüchternen Latours kam für Alexander völlig unvermittelt.

»Danke. Das ist mir eine Ehre.«

»Sie haben das gute und wichtige Verhältnis zu Ihrem Vater erwähnt. Wenn Sie zu mir Vertrauen haben, dann würde ich gerne versuchen, soweit es mir möglich ist, Ihnen zur Seite zu stehen. Natürlich nur, wenn Sie es wollen.«

»Das ist ein großzügiges Angebot. Ich weiß nicht, was ich sagen soll…«

»Gar nichts. Sie sollen es nur wissen und sich merken.«

Alexander nickte dankbar.

»Herr Oberst«, begann Alexander, nachdem sie eine Weile stumm geblieben waren.

»Josef. Du kannst du zu mir sagen.«

Diesmal errötete Alexander. »Ich weiß nicht, ob ich das schaffe.«

»Mit der Zeit…« Latour prostete ihm erneut zu.

Vom Haus rief die Mutter nach Alexander, weil sie seine Hilfe brauchte. Er stand auf, schwankte aber dabei, leicht benommen vom Wein. Um nicht umzukippen, stützte er sich am Rand des Tisches ab. Da er schon etwas wackelig war, kippte er. Flasche, Gläser und Krug fielen zu Boden. Es klirrte.

Latour konnte Alexander gerade noch vor einem Sturz bewahren. Beide blickten sie auf die Bescherung. Flasche und Krug waren zerbrochen. Gemeinsam hoben sie die Scherben auf und trugen sie in die Küche.

»Ich brauche noch Eier. Bitte klopfe bei der Nachbarin an und leih dir welche«, verlangte seine Mutter, die am Herd stand. Als sie sich zum ihm drehte, sah sie die Scherben in seinen Händen. »Mein Gott, der schöne Krug.«

»Ich kann versuchen, ihn zu kitten«, bot Alexander an.

»Scherben sollen Glück bringen«, sagte seine Mutter nur und winkte ab. »Das können wir brauchen.« Sie bückte sich und hob einen Holzeimer auf, in dem noch die Scherben des anderen Kruges lagen, der Alexander über den Kopf geschlagen worden war. »Wirf alles rein. Der Krug ist sowieso keine schöne Erinnerung.«

Alexander stimmte ihr zu. Er hatte den Henkel des Krugs über seinen Daumen gehängt und musste die Hand verdrehen, damit er heruntерglitt. Als das Stück in den Eimer fiel, stutzte er.

»Warte!« Er nahm seiner Mutter den Eimer ab und leerte alle Scherben auf den Tisch.

»Xandi, was tust du da?«, rief seine Mutter.

Es war zu früh für eine Erklärung. Alexander nahm die Scherbe mit dem Henkel des alten Kruges in eine Hand und das Stück vom neuen in die andere.

Latour trat neben ihn. »Was hast du?«

»Sehen Sie…« Er stockte und setzte erneut an: »Sieh dir das an!«

54

Schloss Schönbrunn lag schon weit hinter ihr. Wenn sie den Worten des Kutschers glauben durfte, blieben noch zwei Stunden bis zur Ankunft auf Schloss Alden.

Elisabeth gähnte. Sie war Schlaflosigkeit und frühes Aufstehen gewohnt. Die Aufregungen dieser Nacht und des Morgens hatten sie müde gemacht. Ihre Gedanken waren bei Franz Joseph und seinem fürchterlichen Bruder. Jeder der beiden fuhr in einer eigenen, Blumen geschmückten Kutsche. Die Wege der Kutschen würden einander kreuzen und sie hoffte inständig, dass keiner der beiden den Schwindel erkannte.

Franz Joseph hatte einmal festgestellt, dass Elisabeth die Feifalik wahrscheinlich deshalb in ihrem Dienst haben wollte, weil sie ein Abbild ihrer selbst war. »So siehst du deine zukünftigen Frisuren auf einem Kopf, der deinem so ähnlich ist«, hatte er gesagt.

Ausnahmsweise konnte Elisabeth ihm nur beipflichten. Doch die Ähnlichkeit erschöpfte sich nicht in der Farbe und Länge ihrer Haare. Fanny besaß eine Taille, fast so schmal wie ihre, und sie hatte sogar eine ähnliche Körpergröße.

Es war Idas Idee gewesen, dass Fanny Feifalik sie beim Korso vertreten sollte. »Dazu muss sie aber einen dichteren Schleier tragen als du und in einer geschlossenen Kutsche fahren. So ist sie nicht ständig den Blicken der Leute ausgesetzt, sondern kann sich immer wieder vorneigen und aus dem Fenster wirken. In einer geschlossenen Kutsche ist es nicht so hell wie in einer offenen.«

Elisabeth fand den Gedanken brillant. Da der Korso ständig in Bewegung war, konnte die Täuschung gelingen. Sie hatte Fanny daher gefragt, ob sie sich in der Lage sehe, ihre Rolle beim Korso zu erfüllen.

»Wenn Ihre Majestät mir das zutraut, will ich mein Bestes geben«, lautete Fannys Antwort. Nichts anderes hatte Elisabeth erwartet. Die Feifalik war eine unerschrockene Person. »Aber was soll geschehen, wenn ich aussteigen muss oder man will, dass ich etwas sagen soll?«

»Ich werde mit Ihnen in der Kutsche fahren«, schlug Ida vor. »Die Hofdame darf die Kaiserin begleiten und ich werde alle Ansinnen von Ihnen fernhalten. Sie steigen vor dem Schloss ein und hier wieder aus. Dazwischen gilt es nur zu winken und zu lächeln.«

Elisabeth kündigte daraufhin an, den Kaiser ein wenig vorzubereiten. Ida aber müsse sofort für eine Kutsche sorgen, die Elisabeth am frühen Morgen zu Schloss Alden brachte. Sie sollte dem Hofmeister gegenüber behaupten, die Kutsche sei dafür bestimmt, um Elisabeths Schwester vor der Stadt in Empfang zu nehmen.

»Es sollen Diener in einer zweiten Kutsche mitkommen«, trug sie auf, »mit Laternen. Sie können in der Nacht den Weg leuchten. Ich muss unter allen Umständen noch am selben Abend zurückkommen.«

Fanny erklärte, eine vertrauenswürdige Kollegin holen zu müssen, die ihr bei der eigenen Frisur half. Ida sorgte dafür, dass am Samstag Kleiderzofen ihren Dienst taten, von deren Verschwiegenheit sie überzeugt war.

Nachdem Ida und Fanny gegangen waren, ordnete Elisabeth an, das Kleid zu bringen, das sie für den Korso ausgewählt hatte. Außerdem mussten die Blumen aus bunten Halbedelsteinen, die Elisabeth im Haar tragen würde, und der Schleier gebracht werden. Elisabeth wies die Zofen an, alles auf dem Sofa des Schlafzimmers aufzulegen.

Als Franz Joseph kam, um ihr eine gute Nacht zu wünschen, zeigte sie ihm, was sie am nächsten Tag anziehen wollte. Sie wusste, wie wenig er von Mode verstand und dass er Kleidung nur bewundern konnte, wenn Elisabeth sie trug. Doch er musste unbedingt darauf vorbereitet sein, was er am nächsten Tag in ihrer Blumenkutsche sehen würde. Elisabeth hob die Kleidungsstücke und hielt sie an. Franz Joseph nickte abwesend, weil er wie üblich in Gedanken noch bei seinen Staatsgeschäften war. So sehr er sich über Elisabeths Vorbereitungen zum Korso freute, drängte er darauf, in sein Arbeitszimmer zurückzukehren. Er war noch nicht durch die Tür, da rief ihn Elisabeth zurück.

»Ach, mein kleiner Franzl, ich will morgen bitte eine geschlossene Kutsche. Die Sonne verursacht mir sonst Kopfschmerzen.«

»Aber Sisi, deine Kutsche ist schon geschmückt und bereit«, gab Franz Joseph zu bedenken.

»Franzl, ich müsste den Korso sonst frühzeitig verlassen«, erklärte Elisabeth.

Er seufzte und versprach den Auftrag zu geben, obwohl es mitten in der Nacht war.

Elisabeth schlief nur drei Stunden. Als der Morgen dämmerte, kam Fanny, um ihr die Haare zu richten. Elisabeth wählte für die Reise ein bequemes Kleid, das trotzdem ihre Figur betonte.

Es war vereinbart, dass Latour im Schloss blieb. Er hatte für den Kronprinz und Gisela zu sorgen, damit sie pünktlich und perfekt gekleidet und frisiert die Kutsche bestiegen, in der sie am Korso teilnahmen. Ida würde an Fannys Seite bleiben.

Die ersten Sonnenstrahlen hatten sich noch kaum ihren Weg gebahnt, da verließen zwei geschlossene Kutschen Schönbrunn. Wenn sie keine Panne hatten und es auf den Straßen keine Unfälle gab, sollten sie am späten Mittag bei Schloss Alden eintreffen, kündigte der Kutscher an. Es war der Mann mit dem Walrossbart, der bereits Latour und Ida gefahren hatte. Er war mit der Strecke gut vertraut.

55

Durch die offene Türe ihres Schlafzimmers konnte sie Stimmen in der Halle hören. Es wurde aufgeregt durcheinandergeredet. Doch schlagartig verstummten alle.

Schritte auf der Treppe. Klara stürmte herein. Sie hatte rote Backen und große Augen.

»Ura, die Kaiserin ist da.«

Die Fürstin lächelte. Sie lag im Bett, zwei große Kissen stützten ihren Kopf. Die faltigen Hände lagen auf der Decke.

»Führe Sie zu mir.«

Klara stolperte auf den Gang. Kaum draußen, sagte sie schon: »Meine Urgroßmutter erwartet Sie, Ihre Majestät.«

Sie kannte Elisabeth nur von den Zeichnungen, die in der Zeitung abgedruckt wurden. Natürlich hatte sie von ihrer unglaublichen Schönheit erfahren, doch sie beeindruckte die Fürstin wenig. Viel bemerkenswerter empfand sie, dass die Kaiserin zwei Jahre lang auf Madeira geweilt hatte. Ohne den Kaiser. Dazu gehörte Mut.

Nun trat die Kaiserin von Österreich durch die Tür in ihr Zimmer. Es war ihre Haltung, die so viel Anmut und Würde ausstrahlte, dachte die Fürstin.

»Majestät«, sagte sie leise.

»Sie darf sich weder anstrengen noch aufregen«, flüsterte Klara im Hintergrund.

Was für ein gutes Kind.

»Lasst uns allein«, verlangte die Fürstin.

»Eurem Wunsch gemäß bin ich gekommen, Fürstin von Alden.« Die Kaiserin stand neben dem Bett und blickte von oben auf sie herab.

»Bitte setzen Sie sich, Majestät.«

»Ich bin mit Ihnen allein in diesem Raum. Vor dem Schloss aber stehen meine Wachen.«

»Das wäre nicht nötig gewesen.«

»Ich finde es von großer Notwendigkeit, befindet sich doch ein Mörder in diesem Haus. Oder soll ich sagen, eine Mörderin?«

Die Fürstin wusste, sie musste sich ihre Kräfte gut einteilen. Sie hatte der Kaiserin viel zu erzählen.

»Majestät, ich bitte Sie, mich anzuhören. Urteilen Sie danach selbst. Wie ich schon Ihrer Hofdame sagte, nehme ich alle Schuld auf mich.«

»Sie also haben Alfred Oberland vergiftet, um an das Buch zu kommen?«

»In einem weiteren Sinne, könnte man es so sehen.«

»War es Ihre Urenkelin?«

»Majestät, ich bin eine sterbende Frau, die der Kaiserin eine Lebensbeichte abgeben will. Ich flehe Sie an, erfüllen Sie mir die Bitte.«

Die Kaiserin bewegte sich nicht. Was sie wohl dachte? Schließlich sah sie sich um und zog einen Stuhl zum Bett. Sie setzte sich.

»Ich höre.«

Um Klara zu retten, musste die Fürstin die richtigen Worte finden. Es musste ihr gelingen, die Kaiserin von der Unschuld der Urenkelin zu überzeugen und sie erkennen zu lassen, dass allein sie, die Fürstin, die Schuldige war.

»Es geht um die Liebe. Die unendliche Kraft der Liebe, die alle Grenzen und selbst den Tod überwindet.« Sie sah, wie die Kaiserin sich leicht vorbeugte. »Ich habe eine Liebe behütet, die verachtet wird und vom Kaiser verboten wurde.«

»Was meinen Sie?«

»Gabriel hieß mein Bruder, drei Jahre älter als ich ist er gewesen. Von klein an waren wir unzertrennlich. Keiner wollte nur einen Tag ohne den anderen sein. Wir sind hier im Schloss aufgewachsen und unterrichtet worden. Der Park und der Wald waren unsere Freiheit.«

Die Fürstin musste eine Pause einlegen. Kurz fürchtete sie, eingeschlafen zu sein. Der Unterschied zwischen Wachheit und Schlaf verschwand zunehmend. Als sie bereit war, weiterzusprechen, saß die Kaiserin in derselben Haltung da wie zuvor.

»Gabriel war zwanzig Jahre, ich siebzehn und auf dem Weg zur Frau. Eines Abends, es war im Spätsommer, lud mich Gabriel zu einem Spaziergang im Park. Es war die Zeit der Glühwürmchen, die wir als Kinder einzufangen versuchten. Damals hat er mir sein Herz geöffnet, mir anvertraut, was niemand wissen durfte. Die Liebe erschien ihm noch immer so natürlich und so frei wie in unserer Kindheit, aber sie war es nicht.«

Wieder rang sie nach Atem. Die Kaiserin legte eine kühle Hand auf ihre. »Ich bleibe hier, bis Ihr sagen konntet, was Euch auf der Seele drückt. Es gibt keine Eile.«

Sie sprach nun gütiger, das Hoheitliche und Befehlende war aus ihrer Stimme verschwunden. Die Fürstin fühlte, dass sie erreichen konnte, was sie erreichen wollte, nämlich das Herz der Kaiserin zu berühren.

56

Beim Betreten des Schlosses war Elisabeth erfüllt von einer Mischung aus Neugier und Sorge, was sie vorfinden würde. Einer der Aldens hatte gemordet und würde sie um Begnadigung bitten. Aber konnte sie diese Gnade gewähren? War das nicht gegen jedes Recht?

Doch als die zerbrechliche, uralte Frau vor ihr im Bett zu erzählen begann, überkam Elisabeth ein unendliches Mitgefühl. Sie musste das Ohr immer wieder nahe an die trockenen Lippen der Fürstin führen, um ihre Worte zu verstehen. Von Zeit zu Zeit döste die Greisin weg, war aber schon Minuten später wieder wach und sprach weiter.

So erfuhr Elisabeth von der Zuneigung ihres Bruders Gabriel zu einem gleichaltrigen Mann, den er in der Armee kennengelernt hatte. Beide wollten sie die Offizierslaufbahn einschlagen und hatten dazu ihre Ausbildung begonnen.

Sie wehrten sich gegen die Gefühle, die sie füreinander empfanden. Sie wichen einander aus. Sie redeten nicht miteinander. Sie taten alles, um voneinander fernzubleiben.

Wenn sich aber ihre Blicke trafen, dann spürten beide die Anziehung und den Wunsch, den anderen zu berühren, zu umarmen.

Es dauerte zwei Jahre, bis es zum ersten Mal dazu kam. Gabriel und Heinrich zu Rittenberg reisten zum Bergsteigen nach Tirol, wo die Familie von Heinrich ein Schloss besaß.

Bei der Rückkehr vertraute Gabriel sich seiner Schwester an, weil sie der Mensch war, der ihm am nächsten stand. Sie war zu Beginn überrascht, aber die tiefe Zuneigung zu ihrem Bruder gab ihr das größte Verständnis für seine Liebe und seine Verzweiflung. Heinrich und Gabriel sahen keinen Weg, jemals ein gemeinsames Leben führen zu können. Sie wollten beide wieder aus der Armee ausscheiden, was ihre Eltern jedoch verhinderten.

So blieben ihnen nur geheime Treffen, verstohlene Blicke und Berührungen, und Briefe, von denen sie einander viele schrieben. Heinrich war nach Innsbruck versetzt worden, Gabriel noch immer in der Kaserne in Wien stationiert.

Endlich, Gabriel hatte gerade seinen 23. Geburtstag gefeiert, kam die freudige Nachricht, dass Heinrich nach Wien zurückkehren würde.

Die Eltern von Gabriel drängten auf eine baldige Heirat. Sie wollten einen Erben von Rang und Namen haben. Gabriel hatte mit seiner zukünftigen Frau für einen Jungen zu sorgen. Weil er keine Anstalten zeigte, einem Mädchen den Hof zu machen, sprachen sie mit einer befreundeten Familie die Heirat ihres Sohnes und deren Tochter ab. Der Bruder der Frau, Egon war sein Name, ebenfalls ein junger Offizier, hatte aus seiner Abneigung zu Gabriel nie einen Hehl gemacht. Er musste ihn heimlich beobachtet haben. Wahrscheinlich hatte er ihn sogar bespitzeln lassen. Egon fand heraus, dass sich Gabriel und Heinrich regelmäßig im Stadtpalais der Familie trafen und dort nicht nur Abende, sondern auch Nächte verbrachten.

Öffentlich bezichtigte er ihn vor anderen Mitgliedern des Heeres der Sodomie. Fürst Alden bestand darauf, dass sein Sohn von Egon verlangte, sich öffentlich bei ihm und denen von Alden zu entschuldigen oder ihm Satisfaktion zu geben und zu einem Duell anzutreten. Egon verweigerte die Entschuldigung und so kam es zum Duell. Also trafen sich Gabriel und Egon eines Morgens auf einer Wiese in den Praterauen, um gegeneinander anzutreten.

In der Nacht vor dem Duell vertraute Gabriel der geliebten Schwester seine Todesangst an. Noch größer aber war die Sorge um seine Zukunft. Er meinte sogar, es wäre eine Erlösung, beim Duell zu unterliegen und aus dem Leben zu scheiden. Heinrich hatte angekündigt, ohne ihn nicht leben zu wollen. »Wenn nicht im Leben vereint, dann im Tode«, hatte Gabriel zu ihr gesagt.

Elisabeth war tief berührt von diesem Ausspruch.

Gabriel überlebte das Duell mit einer Streifwunde. Egon starb. Die Adjutanten der beiden berichteten, Minuten nach dem Duell einen weiteren Schuss gehört zu haben. Sie fanden Gabriel, der den Ort mit Entsetzen verlassen hatte, tot auf. Er hatte eine Schusswunde an der Schläfe. Der Arzt stellte einen Selbstmord fest.

Der Vater verweigerte dem Sohn eine Bestattung in der Familiengruft. Die Mutter konnte bewirken, dass Gabriel wenigstens im Park beigesetzt wurde. Die zweite Gruft hatte man in Windeseile erbaut, sie sollte aber nicht einmal einen Grabstein erhalten.

Am 2. Dezember wählte Heinrich in Wien den Freitod. Auch seine Eltern verwehrten eine Bestattung in der Familiengruft. Er sollte ein Grab am St. Marxer Friedhof erhalten.

Die Fürstin, die einen Tag nach Heinrichs Tod die tragische Nachricht von seinem Kammerdiener erfuhr, fasste einen kühnen Entschluss. Sie bat den Kammerdiener, die Bestattung hinauszuzögern. Sie behauptete, sie wolle bei der Beerdigung von Heinrich anwesend sein. Ihr Bruder hätte es so gewünscht. Zum Glück war ihr der Kammerdiener wohlgesonnen.

Sie organisierte ein Fuhrwerk der Holzfäller und fuhr damit nach Wien. Heinrichs Sarg wurde nie in St. Marx beigesetzt. Die bestochenen Totengräber schütteten das leere Grab zu. Den Sarg mit dem Leichnam aber brachte die Fürstin mit der Hilfe eines stummen Knechts zum Schloss. Sie versteckte ihn zuerst in einer Scheune. Die tiefen Temperaturen, die zu dieser Jahreszeit herrschten, machten das möglich.

Nachdem ihr Bruder in seiner Gruft beigesetzt worden war, bat sie den Steinmetz, ihr noch ein paar letzte Stunden mit ihm zu geben. Die Gruftplatte blieb dafür so weit offen, dass sie in die Gruft hinabsteigen konnte.

Es war eine helle Mondnacht, in deren Schein der erste Schnee glitzerte.

Mit Hilfe des Knechts konnte die junge Fürstin Heinrichs Sarg in die Gruft hinablassen. Dort fand er seinen Platz neben Gabriel.

57

»Im Tode vereint«, sagte die Fürstin leise. Ein warmes Gefühl von Zufriedenheit breitete sich in ihrem kraftlosen Körper aus. Sie fühlte sich so gut wie schon seit vielen Jahren nicht mehr.

Die Kaiserin hielt ihre Hände.

»Was sagen Sie dazu, Majestät?«, fragte die Fürstin.

»Ihr Geheimnis ist bei mir in Sicherheit«, antwortete sie feierlich. »Das schwöre ich als Kaiserin von Österreich.«

»Danke.« Die Fürstin spürte, wie sich ein Lächeln über ihr Gesicht ausbreitete.

»Ich will Euch nicht zu sehr anstrengen, aber ich bitte Euch, mir eine Frage zu beantworten«, sagte die Kaiserin mit sanfter Stimme.

»Es ist ein Irrtum«, flüsterte die Fürstin, die schon ahnte, was die Kaiserin wissen wollte.

»Wieso habt Ihr den Namen Amadé auf dem Grabstein anbringen lassen?«

»Nicht Amadé. Es steht dort AMATE. Es ist lateinisch und der Aufruf, zu lieben. Als Erinnerung daran, dass Liebe die größte Kraft ist, die einem Menschen von Gott gegeben wird.«

»Amate«, wiederholte Elisabeth leise.

»Die Gruft muss für immer verschlossen bleiben.« Die Fürstin drückte Elisabeths Finger, so fest sie noch konnte.

»Sie wird niemals geöffnet werden. Sie können sich darauf verlassen. Ihr Bruder und sein Gefährte werden in ihrem ewigen Schlaf niemals gestört werden.«

Die Fürstin überkam erneut die Müdigkeit. Als sie die Augen wieder aufschlug, war die Kaiserin noch immer bei ihr. Sie wusste, dass ihr nun der schwierigste Teil der Unterredung bevorstand.

»Majestät, ich habe für das Bewahren der Ruhe meines Bruders und seines Heinrichs Schreckliches tun müssen. Ich kann es mir nur verzeihen, weil ich es aus Liebe getan habe und um den Namen der Familie zu retten.«

»Mord«, sagte die Kaiserin leise.

»Dieser Komponist kam nur ein paar Tage, nachdem die Gruft versiegelt worden war. Er behauptete, ich hätte den Leichnam Mozarts gestohlen. Er verlangte die Öffnung der Gruft und die Herausgabe des Sarges. Ich wusste nicht, wie er darauf kam. Erst später habe ich erfahren, dass Mozart zur gleichen Zeit gestorben und ebenfalls auf dem St. Marxer Friedhof bestattet worden war. Ich konnte ihm nicht die Wahrheit sagen. Niemand durfte das Geheimnis der Gruft je erfahren. Also blieb er in dem Glauben, der Sarg von Mozart befände sich hier, auf Schloss Alden.«

»Sie haben ihn auf den vereisten See getrieben?«

»Den Fischteich. Es gibt ihn nicht mehr. Er ist zugeschüttet worden.«

Kaiserin Elisabeth schüttelte den Kopf. »Diese Tat liegt 75 Jahre zurück. Ich glaube nicht, dass man Sie dafür belangen kann. Aber Alfred Oberland wurde erst vor wenigen Wochen vergiftet.«

»Majestät, es ist allein meine Schuld. Als der Mann aus der Hofbibliothek kam und wieder vom Grab Mozarts zu sprechen begann, habe ich Klara in das Geheimnis eingeweiht. Er wollte sich von mir nicht überzeugen lassen, einem Irrtum zu unterliegen. Die Aufzeichnungen des Komponisten fielen in seine Hände. Ich habe Klara gegenüber erwähnt, dass ich damals jemanden für immer zum Schweigen brachte. Aber ich wollte nie, dass sie…«

Die Fürstin konnte nicht weitersprechen. Sie musste versuchen, ihre Tränen zurückzuhalten. Nachdem sie sich wieder beruhigt hatte, schloss sie: »Ich wollte nur, dass Klara ihm das Schreiben bringt, in dem ich ihm den Tod androhe, sollte er nicht ablassen. Auch dem Direktor der Hofbibliothek habe ich ein anonymes Schreiben zukommen lassen. Er sollte wissen, dass die Nachforschungen seines Mitarbeiters falsch sind und in die Irre führen.«

Bisher hatte die Kaiserin leicht vorgebeugt gelauscht. Nun setzte sie sich wieder aufrecht hin.

»Ich muss mit Ihrer Urenkelin sprechen. In Eurer Anwesenheit«, verlangte Elisabeth.

Weil sie zu schwach war, um zu rufen, ging die Kaiserin selbst zur Tür und verlangte nach Klara. Sie hatte am Gang gewartet und trat nun auf die andere Seite des Bettes. Klara griff nach der Hand ihrer Urgroßmutter und hielt sie. Die Kaiserin kehrte zu ihrem Stuhl zurück.

»Ihre Urgroßmutter ist bereit, alle Schuld an dem Mord an Alfred Oberland auf sich zu nehmen. Trotzdem macht Sie das zur Gehilfin.«

Verwirrt blickte Klara zunächst zur Kaiserin, dann zur Fürstin.

»Nein!«, rief sie, als sie verstand, was Elisabeth damit meinte. »Das darfst du nicht, Ura!«

24. Juni 1866

58

»Ida, wach auf!«

»Was ist?« Einen Augenblick lang wusste Ida nicht, wo sie sich befand. Der Rücken tat ihr weh und es kribbelte in ihrem Bein. Sie lag schief auf einem Sofa. Vor ihr tanzte ein Gesicht im Schein einer Kerze. »Elisabeth!« Nun war Ida hellwach. »Verzeih, dass ich hier... aber ich dachte...«

»Du hast richtig gedacht.« Die Kaiserin ließ sich in einen der Lehnsessel des Gartenappartements sinken.

»Wie spät ist es?«, wollte Ida wissen.

»Es hat gerade zwei Uhr geschlagen.«

»Bis Mitternacht war ich wach, aber dann muss ich eingeschlafen sein.«

Elisabeth stand auf. »Komm mit!«

Ida folgte ihr mit der Kerze in der Hand in den Nebenraum, wo sich Elisabeths Turngeräte befanden. Elisabeth trat zum Balken mit den Quersprossen, lehnte sich mit dem Rücken dagegen und streckte die Arme nach oben. Nachdem sie die Sprossen gepackt hatte, ließ sie sich sinken und vom Gewicht ihres Körpers nach unten ziehen.

»Mein Rücken muss gestreckt werden. Beim Sitzen in der Kutsche ist meine Wirbelsäule zusammengestaucht worden«, erklärte sie Ida. »Erzähle! Wie ist der Korso verlaufen?«

Beim Gedanken daran musste Ida kichern. »Ich traue mich zu behaupten, dass nicht einmal der Kaiser im Vorbeifahren erkannte, dass Fanny in deinem Wagen saß. Dein Schwager Ludwig

Viktor jedenfalls hat aus seinem Wagen gerufen: ›Ein Hoch der Kaiserin!‹ Er ist auf jeden Fall reingefallen.«

»Es macht Freude, ihm eine Niederlage zu bereiten«, sagte Elisabeth zufrieden. Als nächstes wählte sie die Ringe und ließ sich auch dort hängen. Langsam schaukelte sie vor und zurück.

»Er ist mir auf dem Weg zum Dinner begegnet«, berichtete Ida weiter. »Er meinte, seine Ermahnungen würden Früchte tragen. Du hättest dich beim Korso wie eine gute Kaiserin verhalten.«

»Dieser arrogante Affe.« Elisabeth schnaubte und begann, sich an den Ringen hochzuziehen. »Fanny hat ihre Rolle also gut gespielt.«

»Das muss ich zugeben«, meinte Ida. Das fiel ihr nicht leicht. »Aber darf ich dich fragen, was du von der Fürstin erfahren hast?«

Elisabeth kehrte mit Ida in den Salon zurück und streckte sich dort auf der Chaiselongue aus. »Ich habe ihr geschworen, ihr Geheimnis für mich zu behalten und daran halte ich mich. Ich werde alles niederschreiben und in mein Album legen. Dort muss der Bericht aber mindestens weitere 75 Jahre verschlossen bleiben.«

Ida war ein wenig enttäuscht.

»So viel aber kann ich dir sagen: Die Inschrift lautete nicht Amadé und in der Gruft ist nicht der Leichnam Mozarts bestattet.« Sie erzählte Ida von der Verwechslung der Worte Amadé und Amate auf dem Grabstein.

Auch wenn Ida enttäuscht war, nicht die ganze Geschichte zu erfahren, gab es etwas, das sie noch mehr interessierte als die Gruft. »Hat Klara von Alden den Mord gestanden?«

Elisabeth zog ein kleines Buch aus einem Beutel und legte es auf den Tisch.

»Ist es das? Ist es das Notizbuch vom Komponisten Fahrig, das dir Oberland anvertrauen wollte?«

»Ja. Klara von Alden hat es mir übergeben.«

»Dafür musste sie morden? Für ein Buch, das eine angebliche Sensation enthält, die ein Irrtum ist?«

»Sie hat Oberland nicht vergiftet.«

»Nicht?«

»Nein. Sie hat sich in Wien aufgehalten, um an die Aufzeichnungen…«, Elisabeth klopfte auf das Buch, «…zu kommen. Dabei hat sie von Oberlands unerwartetem Tod erfahren. Sie hat das Begräbnis beobachtet, in der Hoffnung, mehr darüber zu erfahren, wer sonst über Oberlands Entdeckung und Nachforschungen Bescheid wissen könnte. Dabei stieß sie auf seinen Sohn und fand heraus, wo er wohnt.«

Ida war verwirrt. »Elisabeth, die Fürstin selbst hat mir gegenüber gesagt, dass sie Klara zum Mord angestiftet hätte.«

»Das war ihr Eindruck. Sie hat eine Nachricht von Klara, in der sie von seinem Tod schreibt, falsch gedeutet und ihr einen Mord zugeschrieben, den sie nicht begangen hat.«

»Aber wer war es dann?«

»Klara von Alden hat das Haus der Oberlands immer wieder beobachtet. Zuerst nur von außen, aber als sie sicher war, dass es leer stand, ist sie eingestiegen. Sie hat sich umgehört und über die Oberlands Erkundigungen eingeholt. Sie ist zweimal überrascht worden, als sie das Haus durchsuchte. Einmal von dem Wächter, den Latour engagiert hat.« Elisabeth nahm ein kandiertes Veilchen aus der Schale.

»Und das andere Mal?«

»Sie konnte nicht erkennen, wer es war. Sie hörte, wie jemand klopfte. Etwas später wurde die hintere Tür geöffnet, die in die Küche führte. Klara versteckte sich im oberen Stockwerk. Der Besucher musste aus einem ähnlichen Grund eingedrungen sein wie sie. Er verweilte längere Zeit im Haus und sie konnte nur an den Geräuschen erkennen, dass er Möbelstücke verschob. Schließlich ist er auch nach oben gekommen. Sie hatte sich unter dem Bett des jungen Oberlands versteckt.«

»Und sie hat keine Ahnung, um wen es sich gehandelt haben könnte?« Ida fiel schwer, das zu glauben.

»Nein. Sie hat sich erst wieder nach unten gewagt, als das Haus leer war.«

»Es könnte der Mörder gewesen sein«, meinte Ida. »Er hat wohl das Gleiche gesucht wie sie.«

»Das denke ich auch«, erwiderte Elisabeth.

59

Latour wurde nicht zur Kaiserin vorgelassen. Dabei musste er ihr eine wichtige Mitteilung machen, die er ihr nur persönlich überbringen wollte.

»Die Kaiserin muss sich für den Sommerball heute Abend ausruhen. Die Reise hat sie sehr strapaziert«, erklärte ihm Ida, die Latour im Gartenpavillon angetroffen hatte. Sie schilderte ihm die langwierige Prozedur, die der Kaiserin bevorstand.

Sie begann mit einem Bad in Milch. Danach wurde Elisabeth mit glättenden und belebenden Salben massiert, ihr Haar wurde frisiert und Schmuck darin eingeflochten. Unter dem Siegel der Verschwiegenheit vertraute Ida Latour an, dass sich die Kaiserin sogar in das Kleid einnähen ließ, damit es hauteng saß und ihre schmale Taille voll zur Geltung kam.

Das alles interessierte Latour wenig.

»Ida, ich flehe Sie an, bestellen Sie der Majestät, dass eine kurze Audienz von höchster Dringlichkeit und Wichtigkeit wäre.«

»Seit wann haben Sie Geheimnisse vor mir?«, fragte Ida beleidigt.

»Ich habe keine Geheimnisse vor Ihnen, nur den Wunsch, der Kaiserin persönlich zu sagen, dass der Mörder von Alfred Oberland vermutlich am Sommerball teilnehmen wird.« Latour atmete tief durch. »Wir haben einen Verdacht, Alexander und ich. Aber es fehlen uns noch immer die Beweise. Deshalb wollte ich die Kaiserin persönlich unterrichten.«

Vor Ida stand der Tisch mit einer Schale kandierter Veilchen darauf. Ida stibitzte eines und schob es sich nachdenklich in den Mund.

Latour beobachtete sie dabei. Er nahm nun auch ein Veilchen-Bonbon und zerbrach es. Die Worte der Kaiserin fielen ihm ein. Sie hatte davon geschwärmt, wie der Zucker die Blüte frisch halten konnte, im Mund dann aber schmolz.

Plötzlich begriff er.

»Ich glaube, ich weiß endlich, wie Oberland vergiftet worden ist.«

Ida ließ die Hand sinken, mit der sie nach weiteren Zuckerveilchen greifen wollte. »Wie? Schildern Sie!«

Also berichtete Latour vom Besuch mit Alexander bei seiner Mutter, dem Umtrunk im Garten und dem zerbrochenen Krug. »Alexander hat mich darauf aufmerksam gemacht, dass bei einem Tonkrug der Henkel normalerweise aus einem Stück Ton geformt ist.«

»Das weiß man doch«, sagte Ida.

»Der Krug des Imker-Vereins aber besitzt einen hohlen Henkel. Er ist wie ein Rohr angesetzt, das durch zwei Öffnungen mit dem Inneren des Krugs verbunden ist. Wasser, das man in den Krug füllt, kann also auch in den Henkel strömen.

»Aber was hat das mit dem Gift zu tun?«

Latour hob die Schale mit den Veilchen. »Der Henkel war wohl mit dem Gift gefüllt. Das war Alexanders Verdacht, nur hatten wir keine Erklärung, wie das Gift dort drinnen bleiben konnte. Die Veilchen haben mir gerade eine Idee geliefert: Die Öffnungen waren mit Zucker verschlossen. Wurde der Krug nur ausgewaschen, blieb das Gift im Henkel. Stand er aber mit Wasser auf dem Tisch, so wurde der Zucker aufgelöst und das Gift gelangte in das Wasser. Farblos, geruchslos, geschmacklos. Das Wasser schmeckte durch den Zucker vielleicht ein wenig süßer als sonst, aber das hätte niemanden gestört.«

Ida war von der Raffinesse des Planes erstaunt.

Latour trommelte mit den Fingern auf die Armlehne seines Sessels. »Wir wissen, wer den Mord durchgeführt haben könnte. Aber wir wissen nicht, wie wir von diesem Menschen ein Geständnis bekommen.«

60

Die Unterredung fand durch einen Türspalt statt. Während Elisabeth vor dem Spiegel stand und Fanny ihr die Diamantsterne im Haar befestigte, unterrichtete sie Latour aus dem Nebenzimmer über seinen Verdacht. Er sparte nicht mit Details der vergangenen Tage. Seit er sich sicher war, den Mörder zu kennen, kochte er vor Wut.

Elisabeth hörte ihm zu, ohne eine einzige Frage zu stellen oder etwas einzuwerfen.

Fanny drapierte Haarsträhne nach Haarsträhne, sodass sie einen locker fallenden Schwall auf dem Rücken bildeten. Elisabeth drehte sich leicht hin und her und betrachtete die Frisur im hohen Spiegel, der vor ihr aufgestellt worden war.

»Bitte stillhalten«, ermahnte sie Fanny. Sie sprach undeutlich, da sie Haarnadeln zwischen den Lippen hielt, um sie jederzeit griffbereit zu haben. Aus einem Etui, das mit Seide überzogen und ausgelegt war, entnahm sie den nächsten Stern, um ihn über Elisabeths Stirn in den Haaren zu befestigen.

Vor der Tür räusperte sich Latour, auf den Elisabeth für einen Moment vergessen hatte.

»Majestät, soweit mein Bericht. Da der vermeintliche Mörder am heutigen Ball teilnehmen wird, wollte ich Sie meine Beobachtungen, Überlegungen und Schlüsse unbedingt vorher wissen lassen.«

»Ich danke Ihnen, Latour.« Elisabeth hörte nicht auf, sich im Spiegel zu betrachten. Sie deutete Fanny, den Stern ein wenig zur

Seite zu verschieben, da sie nicht exakt die Mitte über dem Scheitel getroffen hatte. »Es klingt in meinen Ohren alles stimmig und nachvollziehbar, wenn auch zutiefst erschütternd.«

Latour stimmte ihr zu. »Meine Betroffenheit könnte nicht größer sein.«

»Wenn der Mörder der Polizei und den Gerichten ausgeliefert wird, droht ihm der Strang.«

»Ein solches Urteil ist wahrscheinlich, aber nicht sicher, da er die Tat bestreiten wird. Er hat sich nicht am Tatort aufgehalten. Es ist ihm nicht nachzuweisen, dass er das Gift in den Henkel des Kruges gefüllt hat.«

»Auch in den Besitz des Giftes kann er auf unauffällige Weise gekommen sein«, warf Elisabeth ein. Professor Dlauhy hatte erwähnt, dass Arsen in Tirol und der Steiermark in kleinen Schachteln auf dem Wochenmarkt erstanden werden konnte. »Er wird das Gift nicht in der Hofapotheke gekauft haben, sondern eher auf einem solchen Markt«, sagte sie.

»Seine Vorgehensweise ist raffiniert. Die Flasche Kräuterlikör aus Oberlands Schreibtisch in der Hofbibliothek, in die ohne Zweifel von ihm ebenfalls Gift gemischt worden war, ist verschwunden, genauso wie die Gläser.«

Elisabeth teilte Latours Bedenken, dass der Mörder freikommen könnte.

»Ich kann ihn nach derzeitigem Stand der Dinge nicht bei der Polizei anzeigen, denn spricht ihn das Gericht frei, so ist meine Reputation verloren«, sagte Latour.

Ohne ihn zu sehen, konnte Elisabeth seine Wut über diese Ungerechtigkeit fühlen. Ihr erging es nicht anders.

In dem aufklappbaren Etui lagen nur noch zwei Diamantensterne, die links und rechts vom mittleren Stern auf Elisabeths Kopf glänzen sollten. Aus dem Spiegel blickte ihr die Frau entgegen, die der Maler Winterhalter zu ihrer vollen Zufriedenheit auf einem Gemälde verewigt hatte.

»Latour, Sie sind doch auch zum Sommerball geladen«, sagte Elisabeth.

»Es ist mir eine große Ehre.«

»Ich möchte, dass Sie sich immer in meiner Nähe aufhalten.«

»Wenn Sie das so wünschen, Majestät, gerne. Aber auf dem Ball wird das nicht einfach sein.«

»Halten Sie Blickkontakt zu mir und zu Ida. Wo ist sie eigentlich?«

»Sie kleidet sich um, Majestät«, sagte Fanny.

»Schicken Sie nach ihr, sie soll auf dem schnellsten Weg zu mir kommen. Ich brauche sie an meiner Seite.«

Fanny verließ den Raum, um einen Lakaien zu beauftragen.

Elisabeth sah auf dem Tisch das Album liegen, in dem sie schöne Leichen hatte sammeln wollen. Bisher befand sich nur das Foto des toten Alfred Oberland darin und dazu viele Notizen und Berichte, die sie zusammengestellt und aufgeschrieben hatte.

Elisabeth nahm eine Bewegung der halboffenen Tür wahr. Latour wartete auf weitere Anweisungen.

»Ich danke Ihnen«, sagte sie.

»Sehr wohl, Majestät.«

Sie hörte, wie er die andere Türe hinter sich schloss.

Ein sinnloser Tod eines verdienten Mannes, den seine Frau, sein Sohn, der Kronprinz und seine Schwester und bestimmt noch andere vermissten, dachte Elisabeth. Ein Mörder, der seine Tat so geschickt angestellt hatte, dass sie beinahe nie entdeckt worden wäre. Elisabeth empfand einen Anflug von Stolz, dass sie es war, die das Verbrechen aufgeklärt hatte. Natürlich mit der Unterstützung ihrer Vertrauten Ida und Latour und auch Fanny Feifalik.

Der Mörder hatte seine Tat begangen, in der Annahme, Mozarts Grab gefunden zu haben. Doch diese Annahme hatte sich als Irrtum herausgestellt, wie Elisabeth mittlerweile wusste. Würde ihn niemand zur Rechenschaft ziehen, für die Trauer und die Wut, die er zurückließ?

Franz Joseph betrat den Raum. Er trug seine Galauniform, wie auf dem Gemälde von Winterhalter. Keine Falte war in seinen roten Hosen mit den goldenen Borten an der Seite zu entdecken. Quer über die weiße Uniformjacke war ihm eine rot-weiß-rote Schärpe gelegt worden. An der Brust glänzten die zahlreichen Orden, deren Namen und Bedeutungen Elisabeth nie besonders interessiert hatten.

Sie genoss die tiefe Bewunderung in Franz Josephs Augen.

»Sisi!« Franz Joseph trat näher und sie hob leicht die rechte Hand. Er ergriff sie so sanft, als wäre sie zerbrechlich, sank auf sein Knie und hauchte einen Kuss auf ihren Handrücken. Ohne aufzublicken, murmelte er etwas. Elisabeth hatte verstanden, dass es eine Erklärung seiner Liebe war. Sie erwiderte sie nicht mit Worten, sondern mit einem Lächeln, als er den Blick hob.

Franz Joseph trat einen Schritt zurück und bestaunte sie erneut. »Du bist noch schöner, noch anmutiger als auf dem Gemälde.«

Bescheiden legte Elisabeth den Kopf leicht zur Seite.

Der Kaiser verließ den Raum und sie hörte ihn nach etwas verlangen. Mit einer flachen, quadratischen Schatulle kehrte er zurück. Er klappte sie auf und Elisabeth sah darin einen Halsschmuck aus schillernden Perlen mit einer Blüte aus zartem Kristall.

»Danke, Franz«, sagte sie. Als er Anstalten machte, den Schmuck herauszunehmen, um ihn ihr anzulegen, hielt sie ihn zurück. »Lass das Fanny machen, bitte.«

»Selbstverständlich, Elisabeth.« Er stellte das Etui neben dem Album ab. »Was sammelst du eigentlich darin? Noch immer Bilder von Schönheiten?«

»Ich sammle den Tod und die Gerechtigkeit«, antwortete Elisabeth.

»Wie soll ich das verstehen?«

Abermals wich Elisabeth seiner Frage aus und stellte dafür selbst eine. »Franzl, du musst in deinen Regierungsgeschäften doch sehr viele Entscheidungen treffen?«

»So ist es. Jeden Tag. Und viele fallen mir schwer. Vor allem, wenn es um Menschenleben geht.«

»Wenn eine böse Tat nicht gestraft werden kann, was soll dann mit dem Täter geschehen?«

Sie sah Franz Joseph an, dass er ihr nicht folgen konnte. Sie unternahm einen neuen Versuch. »Nimm an, jemand hat ein Leben ausgelöscht, doch wissen es nur wenige und der Täter kann der Strafe, die ihm von Rechtswegen zustünde, entgehen. Was sollen diese wenigen tun?«

Noch immer verstand der Kaiser nicht, worauf Elisabeth hinauswollte.

»Gibt es eine Gerechtigkeit abseits der Gerichtsbarkeit, bei der es nicht um Auge-um-Auge und Zahn-um-Zahn geht? Kann jemand auch auf andere Art sühnen?«

»Sisi, meine liebe Sisi!« Franz Joseph nahm ihre Hände. »Du bist eine Philosophin.«

»Ich bin eine interessierte, denkende Frau«, verbesserte ihn Elisabeth und ließ ihre Ernsthaftigkeit durchklingen.

»Selbstverständlich bist du das!« Franz Joseph überlegte. »Eine böse Tat kann durch mehrere gute nicht gesühnt werden, doch Unrecht und Schmerz können dadurch gelindert werden. Wenn sich die Angelegenheit so verhält, wie du sie beschreibst.«

Elisabeth schwieg und überdachte Franz Josephs Worte. Ein Oberhofmeister meldete sich hüstelnd hinter dem Kaiser und unterrichtete das Paar über das Eintreffen der Gäste.

»Ich muss Ida sprechen«, sagte Elisabeth energisch. »Sie soll gesucht und auf der Stelle zu mir gebracht werden. Noch bevor wir vor die Menschen treten.«

Wieder konnte sie erraten, was im Kaiser vor sich ging. Er wollte zu gerne wissen, was ihr gerade in den Sinn gekommen war, doch er unterdrückte die Frage und gab Anweisung, die Hofdame schnellstens zu finden.

61

Kutsche nach Kutsche rollte in den Ehrenhof von Schloss Schönbrunn. Einige der Gäste trafen in offenen Fiakern ein. Das Klappern der Pferdehufe hallte von den Mauern des Schlosses und der umstehenden Gebäude wider.

Lodernde Fackeln und Feuerschalen waren vor dem Schloss aufgestellt worden. Auf dem Balkon über dem Eingang standen Fanfarenbläser, die alle paar Minuten die Trompeten ansetzten und die Gäste musikalisch willkommen hießen.

Ida stand bloß da und verfolgte das Spektakel. Sie strich über die Schürze aus feinem Tüll und die langen Handschuhe, die bis zu den Ellbogen reichten. Für den Ball hatte sie ihre ungarische Festtagstracht angelegt. Elisabeth hatte es ausdrücklich von ihr verlangt. Das Kleid mit dem Samtmieder, den Puffärmeln und zahlreichen Spitzenvolants war für die Jahreszeit viel zu warm, aber davon wollte Elisabeth nichts hören.

Herren in Frack oder Uniform und Damen in seidenen Roben mit langen Schleppen bewegten sich auf die offenen Tore des Schlosses zu. Manche blickten dabei hinauf, zu den Fenstern der Großen Galerie. Dort würde das Kaiserpaar seine Gäste empfangen.

Ida fühlte sich ein wenig verloren. Sie stand allein unter den Festgästen, die den Weg ins Schloss nahmen. Sie hatte sich an den Gedanken gewöhnt, unverheiratet zu bleiben, wie es das Protokoll für eine Hofdame verlangte. Weil sie aber spüren wollte, was an diesem Abend auch die Gäste fühlten, betrat sie das Schloss nicht durch den Seiteneingang der Hofbediensteten, sondern durch den Haupteingang in der Mitte.

Die beiden Portraits waren gleich dahinter ausgestellt. Auf mit Blumen geschmückten Gerüsten aus Holz standen die Gemälde, die Franz Joseph in seiner Galauniform und Elisabeth in Sternenkleid und mit den Diamantsternen im Haar zeigten.

Rund um sich konnte Ida das Staunen der Leute fühlen und hören. Alle blieben stehen und bewunderten die Gemälde, die wirkten, als könnten Kaiserin und Kaiser im nächsten Moment aus den Goldrahmen steigen.

Lakaien wiesen den Gästen den Weg nach oben. Ida war er natürlich bekannt. Als sie die Blaue Stiege betrat, fasste sie jemand am Arm.

»Die Kaiserin verlangt nach Ihnen. Es ist sehr dringend.« Ida erkannte den Kammerdiener, der für Franz Joseph tätig war, und nickte. Im Appartement der Kaiserin angekommen, wartete schon eine Zofe auf sie, die sie in Elisabeths Toilettezimmer führte.

»Das ist Zauber!«, stieß Ida aus, als sie Elisabeth vor sich sah. »Genau wie auf dem Gemälde.«

»Genauso?«, fragte Elisabeth.

»Nein, in Wirklichkeit bist du noch schöner.«

Elisabeth klappte ihren Fächer auf und fächelte sich Luft zu. »Das hat der Kaiser auch vorhin bemerkt. Aber es gibt nun Wichtigeres. Hör zu, Ida, du musst mir zwei Dienste erweisen.«

Als sie den ersten Wunsch hörte, war Ida erstaunt. Der zweite aber verwunderte sie noch mehr.

»Ist das tatsächlich dein Wille?«

»Ich meine jedes Wort, wie ich es gesagt habe. Du musst den Zeitpunkt der Einladung aber gut wählen. Achte darauf, wenn ich dir das Zeichen mit dem Fächer gebe. Ich werde ihn dreimal hintereinander von oben herab halten und mir Kühlung verschaffen. Nur du verstehst, dieses Zeichen zu deuten.« Die Kaiserin zeigte ihr zur Sicherheit, welche Bewegung sie damit meinte.

»Ich werde alles so ausführen, wie du es wünscht«, versprach Ida.

»Noch etwas.« Elisabeth bat, Latour mitzunehmen, wenn der Zeitpunkt gekommen war.

Noch immer ratlos über Elisabeths Wunsch, verließ Ida das Zimmer. Sie nahm die Wendeltreppe ins Gartenappartement, von wo sie am schnellsten und unbemerkt in den Fechtraum gelangen konnte.

Eine Viertelstunde später hatte sie den ersten Auftrag ausgeführt. Sie gesellte sich zu den Gästen in der Großen Galerie. Auf all den ausladenden Kristalllüstern brannten Kerzen. Auf den vielen Armen der Leuchter an den Wänden ebenso. Die Anzahl der Lakaien, die auf das Anzünden und Wechseln der Kerzen achteten, reichte fast an die Zahl der Gäste heran.

Sie wartete in einem der Bogendurchgänge zur Kleinen Galerie, die an Pracht und Goldglanz der Großen in Nichts nachstand. Das Gedränge war enorm.

Ein Orchester saß auf einem stufenförmigen Podium am anderen Ende des Saales.

Die Tür zum Laternenzimmer wurde geöffnet und ein Zeremonienmeister in Uniform und mit einem langen Stab trat ein. Ida konnte ihn nicht leiden, weil sie ihn aufgeblasen fand.

Der Zeremonienmeister stieß den Stock dreimal auf den Boden, worauf alle Gespräche verstummten. Die Gäste wichen an die Seiten des Raumes zurück, sodass eine breite Gasse in der Mitte entstand, durch die alle zur Tür blicken konnten.

»Ihre Majestäten, der Kaiser und die Kaiserin von Österreich!«, verkündete der Zeremonienmeister mit lauter Stimme.

Der Dirigent gab mit dem Taktstock das Zeichen und das Orchester begann zu spielen. Die Türe wurde nun ganz geöffnet und zu den Klängen einer Fanfare zogen Franz Joseph und Elisabeth ein.

Ida hörte, wie ein Raunen über die erhabene Erscheinung des Kaiserpaares durch die Gäste ging. Von ihrer Position aus konnte sie sehen, wie Elisabeths Augen über die Köpfe der Gäste wanderten. Ida wusste, nach wem sie Ausschau hielt.

62

»Das meint die Kaiserin ernst?« Latour sah Ida ungläubig an. Rund um die beiden drehten sich die Gäste im Walzerschritt. Das Orchester spielte laut und energisch und Ida hatte Latour deuten müssen, sich zu ihr zu beugen, damit sie direkt in sein Ohr sprechen konnte. Sonst hätte er sie nicht verstanden.

»Sie hat mir wortwörtlich aufgetragen, genau das zu tun.«

»Wann?«

»Sie hat mir vorhin das Zeichen mit dem Fächer gegeben. Sie sollen, sobald ich die Einladung ausgesprochen habe, an meiner Seite bleiben.«

»Aber was hat sie vor?«

»Ich weiß es nicht.«

»Ida, es ist riskant. Wenn jemand davon erfährt…?«

»Überlegen Sie kurz. Was sollte jemand erfahren? Es geht um einen Empfang, den die Kaiserin für einen Gast gibt.«

»Aber was sie zusätzlich von Ihnen verlangt hat…«

»Sie ist die Kaiserin. Wir können ihr nicht widersprechen.«

Latour konnte ihr nur recht geben. Er sah zu, wie sich Ida durch das Getümmel der Tanzenden schob, bis zu einem der Gäste, der etwas abseits mit seiner Frau stand. Ida redete kurz mit ihm. Er wirkte erstaunt, sagte etwas zu seiner Frau und folgte Ida zum Ausgang des Saales. Ida suchte den Blickkontakt mit Latour und deutete ihm, ihr zu folgen.

Latour stand gut versteckt unter einer schmiedeeisernen Wendeltreppe und beobachtete, wie Ida einen Lakaien bat, den Mann zu begleiten. Sie selbst aber eilte, so schnell es ihre Tracht zuließ, zur Treppe. Latour kam ihr nach.

»Wohin jetzt?«

»Durch das Gartenappartement in das Arbeitszimmer der Kaiserin«, lautete Idas Anweisung.

Sie verließen das Schloss und gingen zum Rosengarten, der mit hunderten Lampions geschmückt war, die in der Nacht leuchteten.

Ida hatte einen Schlüssel für das Gartenappartement. Die Beleuchtung des Parks fiel durch die Fenster und machte es unnötig, Kerzen oder Petroleumlampen anzuzünden. Latour ging als Erster die Wendeltreppe hinauf, die das Arbeitszimmer mit dem Gartenrefugium der Kaiserin verband. Ida folgte ihm.

Im Arbeitszimmer stand eine Lampe auf dem Schreibtisch. Das Rot der tapezierten Wände glühte in ihrem Licht. Ida deutete ihm stumm, in das Toilettezimmer weiterzugehen. Der zarte Duft eines blumigen Parfüms hing in der Luft. Das Toilettezimmer war nicht beleuchtet. Durch die Tür zum Schlafzimmer aber, die einen breiten Spalt geöffnet war, fiel ein Lichtkeil auf den Boden.

Aus dem Schlafzimmer war das Rascheln von Stoff zu hören. Ida schlich zur Tür und spähte durch den Spalt. Sie winkte Latour, damit er sich das auch ansah.

Er war fassungslos. Neben dem breiten Doppelbett des Kaiserpaares stand die Kaiserin im Sternenkleid, genauso wie er sie noch vor Kurzem auf dem Ball gesehen hatte. Sie kehrte ihnen den Rücken zu.

Jemand räusperte sich.

Ida hatte dem Lakaien aufgetragen, was Elisabeth von ihr verlangt hatte: Der Gast möge ohne Ankündigung in den Salon gebracht werden und dort warten.

Noch immer verstand Latour nicht, was sie gerade erlebten. Wieso ging die Kaiserin nicht zu dem Mann im Salon?

»Professor Lobmüller, kommen Sie weiter.«

Latour konnte nicht begreifen, dass die Kaiserin Lobmüller in ihr privates Schlafzimmer bat. Nun war sie allein mit einem Mörder.

Er hörte, wie die Tür auf der anderen Seite des Zimmers aufgezogen wurde.

»Majestät?« Bisher hatte Latour den Professor noch nie so unsicher erlebt. Er wirkte beinahe schüchtern.

»Treten Sie ein!«

»Majestät…« Lobmüller stockte.

»Schließen Sie die Tür hinter sich!«, befahl Elisabeth.

»Aber Majestät…«

»Die Tür!«, wiederholte Elisabeth ungehalten.

Lobmüller tat es und hüstelte danach wieder verlegen.

»Professor Lobmüller, Direktor der Hofbibliothek.«

»Zu Ihren Diensten, Majestät.«

»Wie lange schon?«

»Ich darf die Bibliothek seit 38 Jahren leiten.«

»Und wie alt sind Sie?«

»Im Herbst werde ich 70 Jahre alt.«

»Was ist Ihr größter Verdienst in diesen 38 Jahren, Lobmüller?«

»Majestät, es steht mir nicht zu, darüber zu urteilen.«

»Haben Sie Entdeckungen, Erforschungen oder Ankäufe getätigt, mit denen Sie sich in der Geschichte der Hofbibliothek untersterblich gemacht haben?«

»Majestät, auch das müssen andere entscheiden.«

»Meine Hofdame, die Sie vor kurzer Zeit aufgesucht hat, berichtete mir über die Bedeutung der Figuren, die auf dem Eingangsdach der Hofbibliothek stehen. Sie sind mir in all den Jahren nie aufgefallen, ich habe stets nur die goldenen Kugeln zu beiden Seiten beachtet.«

»Über dem Eingang sehen wir die römische Göttin Minerva auf einer Quadriga.«

»Klären Sie mich über die Bedeutung auf!«

Der Professor räusperte sich erneut. »Es ist eine Allegorie... eine bildliche Darstellung...«

»Ich weiß, was eine Allegorie ist«, unterbrach ihn die Kaiserin.

»Verzeihung, Majestät, es sollte keine Belehrung sein.«

»Fahren Sie fort! Sie haben 38 Jahre lang unter dieser Allegorie Ihre Arbeitsstätte betreten. Also muss sie von großer Bedeutung für Sie sein.«

»Das ist sie zweifellos. Nicht nur für mich. Es ist die Allegorie des Sieges über Neid und Unwissenheit.«

»Neid und Unwissenheit also. Beides ist in der Hofbibliothek nicht anzutreffen.«

»Es mögen manche unwissend zu uns kommen, aber das Studium der Bücher macht sie zu Wissenden«, sagte Lobmüller.

»Und was ist mit dem Neid?«

»Eine Untugend, die der Mensch beherrschen muss.«

»Wie wahr.« Wieder ließ die Kaiserin Zeit verstreichen, bevor sie fortfuhr.

»Und dennoch hat Sie der Neid auf Alfred Oberland dazu getrieben, ihn zu vergiften.«

63

»Majestät!«, brauste Lobmüller auf. Elisabeth sah am Entsetzen in seinem Gesicht, dass sie ins Schwarze getroffen hatte. Sie redete sofort weiter, um Lobmüllers Schreck auszunützen. Menschen, die in Angst gerieten, machten Fehler.

»Oberland hatte einen Hinweis gefunden, der zum Grab Mozarts führen sollte. Wahrscheinlich die größte Entdeckung in der Geschichte der Nationalbibliothek, die Sie allein für sich in Anspruch nehmen wollten. Sie hätten damit Ihren Namen für alle Zeiten verewigt.«

»Ich muss protestieren, Majestät.«

Nein, dachte Elisabeth, er darf nicht so schnell wieder die Beherrschung finden.

»Sie verabreichten ihm das Gift im hohlen Henkel eines Kruges, den Sie ihm geschenkt hatten.«

»Das ist eine Unterstellung!«, entgegnete Lobmüller laut.

»Sie wollten, dass es so aussah, als wäre Oberland eines natürlichen Todes gestorben.«

»Majestät, ich muss mich wirklich entschieden zur Wehr setzen.«

»Man hat mich unterrichtet, dass Sie nicht einmal davor zurückgeschreckt sind, Oberlands Sohn des Mordes zu bezichtigen.«

»Ich bin auch überzeugt, dass er allen Grund dazu hatte.«

»Den eigenen Vater zu töten?«

Zufrieden sah Elisabeth, wie Lobmüller nach Worten rang. Er sah sich um. Wollte er fliehen?

In jahrelangem Training hatte Elisabeth gelernt, den Degen schnell und zielsicher zu führen. Er stand an den Bettpfosten gelehnt und griffbereit. Lobmüller hatte wahrscheinlich bemerkt, wie sie in die Knie ging, um danach zu greifen. Nie aber hätte er damit gerechnet, dass die Kaiserin von Österreich ihm die Spitze der Waffe gegen den Kehlkopf pressen würde. Der Degen war nicht abgestumpft worden, um Verletzungen beim Training zu verhindern. Es handelte sich um eine Waffe, die tödlich sein konnte.

Lobmüller wich nach hinten. Elisabeth kam ihm mit flinken Schritten nach und hielt den Druck der Spitze an seinem Hals.

»Gestehen Sie den Mord an Oberland! Geben Sie zu, ihn getötet zu haben!«

»Majestät...!« Lobmüllers Stimme klang gepresst, als würde ihn jemand würgen.

»Gestehen Sie es hier und Sie werden nicht am Galgen enden. Tun Sie es nicht, so schwöre ich Ihnen, alles in Bewegung zu setzen, was in meiner Macht steht, um Sie zu verfolgen und Ihre letzten Jahre zu einer Höllenqual zu machen.«

»Sie können nicht...«

»Ich kann«, entgegnete Elisabeth eisig. Seit sie dem Kaiser ein Ultimatum gestellt hatte, wusste sie, was sie alles vermochte. »Wenn ich Sie hier töte, dann kann ich mich auf Notwehr ausreden, weil Sie in mein Schlafzimmer vorgedrungen sind und mich bedrängt haben.«

»Sie werden nicht....«

Elisabeth verstärkte den Druck. Nur noch ein kleiner Stoß und die Spitze des Degens würde die Haut durchdringen.

»Ich werde!«

Lobmüller kippte nach hinten, prallte mit dem Rücken gegen die Tür und sackte zu Boden. Der Stoff seiner Jacke rutschte über das Holz, die Knie angezogen, hockte er vor Elisabeth. Von unten blickte er flehend zu ihr hoch. Sie trat noch näher, den Degen weiter auf ihn gerichtet.

»Gestehen Sie.«

»Wie kann ich glauben, dass Sie mich nicht an den Galgen bringen?«

Ohne sich umzudrehen, rief Elisabeth nach Latour und Ida, die nacheinander eintraten. Der sonst so steife, gefasste Professor schnappt nach Luft und löste seinen hohen Kragen. Schweiß rann ihm in kleinen Rinnsalen von Stirn und Schläfen.

»Sagen Sie die Wahrheit! Ida und Latour sollen Zeugen davon sein, genauso wie von meinem Versprechen.«

Noch immer rang der Professor nach Luft. Elisabeth fürchtete im Stillen, er könnte einen Herzschlag erleiden.

»Ich wollte die Entdeckung für mich«, begann Lobmüller keuchend.

»Oberland hat sie mir zuerst verschwiegen. Erst ein anonymes Schreiben hat mich informiert. Ich wurde darin aufgefordert, alle Nachforschungen von Oberland zu beenden.«

An einem Abend hatte Lobmüller den langjährigen Mitarbeiter in sein Büro gebeten, ihm eine höhere Stelle versprochen und eine Auszeichnung in Aussicht gestellt. Oberlands Euphorie nutzte er aus, um ihn betrunken zu machen, und mehr über den Fund zu erfahren. Am nächsten Tag erschien Oberland nicht zum Dienst. Am übernächsten Tag war er wieder in seinem Büro, erwähnte aber weder den feuchtfröhlichen Abend, noch machte er Anstalten, den Fund zu melden. Lobmüller sprach ihn sogar darauf an, aber Oberland tat, als wüsste er nicht, was der Professor meinte.

Er wollte also den ganzen Ruhm für sich selbst. Das aber konnte Lobmüller nicht zulassen. Der Professor beschaffte sich das Gift, das er am einfachsten und unauffälligsten bekommen konnte: Nicotin. Er mischte es in den Kräuterschnaps, den Oberland stets im Schreibtisch bereithielt. Doch Oberland hatte aufgehört zu trinken.

Aber Lobmüller gab nicht auf. In der Hofbibliothek fanden sich Bücher zu allen Themen. Lobmüller hatte ein altes Werk gefunden, in dem historische Giftmorde verschiedener Herrscher beschrieben wurden. So stieß er auf die Idee, das Gift hinter einer Schicht aus Zucker zu verstecken, die sich im Wasser auflöste.

Auf diese Weise war ein Anschlag auf einen englischen König versucht worden.

Das Gift musste mit Sicherheit töten. Er durfte sich keinen Fehler erlauben. Lobmüller kannte den Spruch über Arsen: Ein Gerstenkorn macht Wangen rot, ein Erbsenkorn macht sicher tot.

Seine Frau hatte Verwandte in der Steiermark. Sie hatten ihm erzählt, dass ihre Knechte das Gift manchmal in geringer Dosis zu sich nahmen. Von ihnen erfuhr er auch, dass es auf Wochenmärkten in kleinen Schachteln zu kaufen war. Er schlug seiner Frau einen Ausflug in die Steiermark vor. Bei dieser Gelegenheit besorgte er das Gift.

Die Krüge mit den hohlen Henkeln hatte er von einem Keramiker anfertigen lassen. Er hatte behauptete, der Hohlraum wäre wichtig für die Kühlung der Imkerhände.

Nach Oberlands Tod suchte er überall in seinem Büro nach den Aufzeichnungen, aber ohne Erfolg. Er verschaffte sich sogar Zutritt in das Haus der Familie, als Alexander und seine Mutter fort waren. Seine Besessenheit wuchs, nachdem ihm Alexander vieles berichtet und um Hilfe gebeten hatte. Gleichzeitig aber dämmerte ihm auch, wie unsinnig sein Tun gewesen war. Er hatte Oberland unterschätzt und erkannte, dass er wahrscheinlich nie an die Aufzeichnungen herankommen würde. Er beschloss, Alexander den Mord in die Schuhe zu schieben. Lobmüllers Hoffnung war, dass Alexander mehr wusste, als er zugab, und in Panik vielleicht doch noch die gesuchten Unterlagen auftreiben würde.

Am Ende seines Geständnisses herrschte Stille im kaiserlichen Schlafzimmer. Elisabeth fühlte unendliche Verachtung für den hoch angesehenen Professor.

»Man sollte nicht denken, wozu gelehrte Männer fähig sind«, sagte Elisabeth zu ihren Vertrauten, ohne sich umzudrehen. »Sie lügen und betrügen, sie stehlen und morden und alles aus Gier nach Ruhm.«

»Das Grab Mozarts ist nicht irgendeine Entdeckung«, warf der Professor ein, verstummte aber augenblicklich, als ihn Elisabeths strafender Blick traf.

»Hören Sie, Lobmüller, was ich für Sie beschlossen habe.«

Noch immer kauerte der Professor in jämmerlicher Haltung auf dem Boden.

»Sie werden Alexander Oberland eine Stelle in der Sammlung der Schriften über die Naturkunde geben.« Lobmüller reagierte nicht. Elisabeth fuhr fort. »Sie werden Ihren Dienst weiter versehen. Vielleicht ein Jahr, vielleicht aber auch zwei oder drei. Wir wollen sehen, wie sich der junge Oberland in seinem Betätigungsfeld macht. Wenn Sie dann in den Ruhestand treten, könnten wir in ihm einen Nachfolger für Sie gefunden haben.«

Noch immer hatte Lobmüller die Lippen zusammengepresst.

»Ich erwarte Ihre Zustimmung.«

Der Professor wollte sich erheben. Elisabeth erlaubte es mit einem kurzen Nicken. Weil er schwankte, kam ihm Latour zur Hilfe. Als Lobmüller wieder stand, schüttelte er Latours Hand ab.

»Ich halte meinen Teil der Abmachung ein und kann nur hoffen, dass Majestät es auch tut«, sagte er in seiner sachlichen und emotionslosen Art.

»Sie können gehen.« Elisabeth wandte sich ab, als wäre er schon nicht mehr im Raum. Latour öffnete die Tür in den Salon.

Lobmüller stolperte aus dem Schlafzimmer. Hinter ihm schloss Latour die Tür wieder. Elisabeth hielt den Degen wie einen Spazierstock neben sich auf den Boden gestützt.

»Ist das Gerechtigkeit?«, stellte sie als Frage in den Raum. Sie erwartete keine Antwort.

18. August 1866

64

»Das ist die letzte Aufnahme der Fürstin, an ihrem 95. Geburtstag.« Ida reichte Elisabeth die Photographie, die ihr Amalie nach Bad Ischl geschickt hatte. Die kaiserliche Familie verbrachte hier die Sommertage.

Elisabeth betrachtete das Gesicht. »Ich habe sie nur einmal gesehen. Trotz der vielen Falten und Furchen erscheint sie mir als schöne Frau.«

Sie sah zu Ida. »Was haben diese Augen in fast einem Jahrhundert Leben alles mitbekommen? Eine Frau, die sich über alle Konventionen der Zeit hinweggesetzt hat, die verbotene Liebe ihres Bruders anerkannte und zu ihrem Schutz und ihrer Verteidigung sogar tötete.«

Die Finger der Kaiserin glitten über den Kopf der Fürstin, als könnte sie die alte Frau streicheln. »Das Foto kommt in mein Album.«

»Ich habe noch ein Bild von Amalie Buback für dich bekommen. Sie ist auf Einladung der Familie nach dem Geburtstag der Fürstin noch eine Woche geblieben.«

Das andere Foto zeigte die tote Fürstin, von der Seite aufgenommen. Ihr Kopf war auf ein Kissen gebettet, die Hände wie zum Beten über ihrer Brust gefaltet.

»Sieht sie für dich aus, als wäre sie in Frieden geschieden?«, wollte Elisabeth von Ida wissen.

»Ich denke schon.«

Elisabeth nickte. »Ich auch. Ich glaube, meine Unterredung mit ihr hat dazu beigetragen und sie am Ende ihrer Tage erleichtert.« Sie legte das Foto neben das andere. »Reich mir doch bitte das Album.«

Ida erhob sich und holte es aus dem Nebenzimmer. Dabei warf sie einen Blick auf die Kaminuhr. »Elisabeth, es ist Zeit aufzubrechen«, mahnte sie. »Die Geburtstagsfeier für den Kaiser fängt in einer Stunde an.«

»Schon gut.« Als Elisabeth durch das Album blätterte, sah Ida, dass viele neue Seiten dazugekommen waren. Es waren handschriftliche Aufzeichnungen, doch auch die Zeichnung, die Oberland angefertigt hatte, und der Brief der Witwe des Komponisten. Professor Lobmüller hatte ihn Elisabeth überlassen.

Eine Seite war noch frei. Mit Kleister befestigte Elisabeth die beiden Fotos nebeneinander. Sie trug das offene Buch an den Schreibtisch, tauchte die Feder in das Tintenfass und beschriftete die Bilder mit dem Namen der Fürstin, dem Geburtsjahr und dem Jahr des Todes. Nachdem die Tinte getrocknet war, schloss sie das Album.

Sie konnte bereits die lauten Vivat-Rufe hören, die von draußen in die Kaiservilla drangen und daran erinnerten, dass der Kaiser heute seinen 36. Geburtstag feierte.

»Wie froh bin ich, am 24. Dezember geboren worden zu sein«, stellte Elisabeth fest. »Da hat das Volk keine Zeit, mir Huldigungen zu erbringen.« Sie stand auf. »Diesmal kann ich mich leider nicht von der Feifalik vertreten lassen.«

Insgeheim dachte Ida, wie sehr Volk, Kaiser und der Hof staunen würden, wüssten sie über die Fähigkeiten Elisabeths Bescheid. Sie hatte ihr eingeschärft, niemandem davon zu erzählen, was sich im Juni zugetragen hatte.

»Hier«, sagte Elisabeth und drückte Ida das Album in die Hand. »Für mindestens 75 Jahre soll es verschlossen bleiben. Ich setzte mein Vertrauen in dich.«

Ida nahm das Album und nickte nur. In diesem Moment fühlte sie sich so stolz wie noch nie zuvor, Hofdame ihrer Kaiserin Elisabeth zu sein.

1. September 1866

65

»Mutter, bitte!« Alexander fühlte sich in seine Kindheit versetzt. Seine Mutter zupfte am Kragen seines Hemdes und prüfte zum fünften Mal den Sitz seiner dunklen Krawatte.

»Mein Sohn soll nicht den Eindruck erwecken, als würde seine Mutter nicht auf ihn achten.«

Alexander lachte. »Bitte, Mutter, ich bin kein kleiner Junge mehr.«

»Das weiß ich. Du bist jetzt Kustos der naturwissenschaftlichen Abteilung.«

»Wenn du mich nicht gehen lässt, komme ich zu spät ins Dommayer. Valerie sucht sich dann vielleicht einen anderen.«

»Das tut sie nicht. Einen besseren als dich gibt es nicht.«

Er küsste die Mutter auf die Stirn. Seit er Valerie in der Hofbibliothek kennengelernt hatte, war sie wieder etwas heiterer geworden. Seine Erzählungen über das Mädchen brachten neue Freude in ihr Leben. Valeries Vater war auf Forschungsreisen in Afrika gewesen und stellte seine Berichte der Bibliothek zur Verfügung. Da sie Fauna und Flora des Kontinents betrafen, waren sie in Alexanders Abteilung gelandet. Und mit ihnen Valerie, die er in dem Moment, in dem sie sein Zimmer betrat, ins Herz geschlossen hatte.

Aus einem Fach des Kleiderschranks holte seine Mutter einen kleinen Ansteckstrauß aus Stoffblumen. »Den hat dein Vater einmal getragen, als er mich zum Tanz ausgeführt hat.« Alexander ließ sich das verstaubte Stück am Revers befestigen, beschloss aber insgeheim, es wieder abzunehmen, sobald er aus dem Haus war.

»Bevor du gehst, muss ich dir noch was eingestehen und dich etwas fragen.« Seine Mutter holte einen dunklen Anzug aus dem Schrank. »Ich habe im Kummer und Schmerz dem Bestatter den falschen Anzug gegeben. Dein Vater sollte in seinem Festtagsanzug beigesetzt werden, doch es war nur sein zweiter Alltagsanzug.«

»Zerbrich dir darüber nicht den Kopf«, beruhigte sie Alexander und wollte aufbrechen.

»Warte!« Seine Mutter schüttelte die Jacke aus feinem schwarzen Stoff. »Als ich die Kleidung deines Vaters durchgesehen habe, ist mir der Irrtum aufgefallen. Als ich aber die Sonntagsjacke hochhielt, habe ich etwas entdeckt.«

Alexander wurde ungeduldig. Er musste wirklich los. Manchmal aber wollte ihn seine Mutter nicht gehen lassen, weil ihr das Haus ohne ihn bedrückend leer erschien.

»Dein Vater hat mir im späten Frühling die Jacke gegeben und mir aufgetragen, den Riss im inneren Futter zu nähen.«

»Mutter, können wir…«

»Ich bin gleich fertig. Aber fühle einmal da.« Sie hielt ihm die Jacke hin und spannte den Stoff an der Tasche. Alexander tat ihr den Gefallen und griff zu. Er stutzte. Was spürte er da?

»Es ist Papier«, sagte die Mutter.

»Was für Papier?«

»Es ist in einem Umschlag.«

Als die Mutter Alexanders fragenden Blick sah, riss sie das Futter kurzerhand auf. Alexander holte aus dem Schlitz einen länglichen Umschlag, der mit dem Siegel seines Vaters verschlossen war. Hastig öffnete er ihn und ließ die Hand hineingleiten. Was er herauszog, waren die fehlenden Seiten des Tagesbuchs, die Abschrift des Notizbuches, mit dem alles begonnen hatte.

Ohne ein Wort zu sagen, ging Alexander in die Küche. Er las schon, bevor er noch saß. Seine Mutter war ihm nachgekommen, stellte aber keine Frage. Als er Seite um Seite entzifferte, war sie es, die ihn an den Aufbruch und den Tanz erinnerte.

»Gleich«, sagte Alexander, ohne aufzusehen. Die letzten der herausgerissenen Seiten hielt er fest in den Händen. Er konnte kaum glauben, was sein Vater dort kurz vor seinem Tod niedergeschrieben hatte:

Jakob Fahrigs Beobachtung am 5. Dezember 1791 lässt schließen, dass der Sarg mit dem Leichnam Mozarts weggebracht wurde, bevor er noch in ein Grab gelassen werden konnte. Seine Worte weisen auf das Grab bei Schloss Alden hin, jedoch habe ich auch eine andere Deutung, der ich nachgehen werde.
Fürstin von Alden hat sich heftig gegen meine Behauptung gewehrt, dass Mozart auf ihrem Grundstück bestattet wäre.

Sie machte auf mich den Eindruck eines Menschen, der die Wahrheit spricht. Mozart interessierte sie weniger als der wahre Tote in der Gruft. Auch konnte sie mir glaubhaft erklären, dass die Inschrift nicht AMADÉ, sondern AMATE lautet, was durch die geschlungene Beschaffenheit der eisernen Buchstaben leicht verwechselt werden kann.

Die Fürstin berichtete von einer Bemerkung der Totengräber. Ein Fremder hätte in der Nacht noch einen anderen Sarg fortgebracht. Es soll sich um einen Mann gehandelt haben, der sein Gesicht verborgen hielt und womöglich für einen anderen handelte. Seiner Kleidung nach zu urteilen, hatte es sich vermutlich um einen Diener gehandelt.

Fahrig kann also tatsächlich Augenzeuge des Diebstahls von Mozarts Sarg und Leichnam gewesen sein. Ich werde seine Aufzeichnungen weiter prüfen und in der Bibliothek nach Aufzeichnungen aus 1791 suchen. Vielleicht finde ich Hinweise darauf, wer daran interessiert gewesen sein könnte, Mozart auf seinem eigenen Grund und Boden zu bestatten. War es ein Mann von Adel? Wer von Mozarts Gönnern käme dafür infrage?

Fahrigs Notizen sind von unschätzbarem Wert und ein wichtiger Hinweis, wahrscheinlich sogar Beweis dafür, dass Mozarts Leichnam seine letzte Ruhestätte an einem anderen Ort als dem St. Marxer Friedhof gefunden hat.

»Alexander, du hast einen langen Weg vor dir«, erinnerte ihn seine Mutter drängend.

Er stand auf und steckte die Seiten in den Umschlag zurück. Danach legte er ihn in die Metallkassette im Kleiderschrank und schloss sie sorgfältig ab.

Die Toten sollten ruhen. Er wollte sich ins Leben stürzen.

29. Februar 2020

66

Das Paket wurde bei Umbauarbeiten im Seitentrakt von Schloss Schönbrunn in einem Hohlraum entdeckt. Es war den verschiedenen Bewohnern der kleinen Wohnung entgangen, dass sich hinter der Mauer eine Nische befand. Sie war sorgfältig zugemauert worden und daher unbemerkt geblieben.

Der Bauarbeiter, der das Paket fand, dachte sofort an etwas Wertvolles. Jemand hatte ihm erzählt, die Wohnung wäre früher von Hofdamen der Kaiserin Sisi bewohnt gewesen. Er hatte wenig Ahnung, was Hofdamen waren und es interessierte ihn auch nicht. Der Inhalt des Pakets interessierte ihn aber schon.

Die Schnüre ließen sich einfach durchschneiden. Er entfernte ein Tuch, das jemand in Wachs getaucht haben musste und das zum Einwickeln verwendet worden war. Darunter befand sich eine Holzschatulle, ungefähr fünfzig mal dreißig Zentimeter groß. Sie besaß ein kleines Schloss, das abgesperrt war. Der Deckel ließ sich nicht öffnen. Weil seine Neugier groß war, sprengte er den Deckel mit Hilfe eines Schraubenziehers einfach auf.

Doch er wurde enttäuscht. Die Truhe enthielt keine wertvollen Gegenstände, sondern bloß eine längliche Mappe. Oben auf lag ein Brief. Er nahm die Mappe heraus und fand darunter eine zweite. Es waren mehrere, die jemand in die Truhe geschichtet hatte.

Als er die erste Mappe aufschlug, sah er das uralte Foto eines toten Mannes. Er schlug das Buch wieder zu und riss den Brief auf.

Was war das für eine unleserliche Handschrift? Er konnte mit Mühe etwas entziffern. Stand da Sisi und Leichen? Die Unterschrift war ebenso wenig zu lesen. Lautete der Vorname Ida?

Seine Großmutter hatte ihn als Kind gezwungen, zu Weihnachten diese entsetzlich langweiligen Filme über die Kaiserin Sisi anzusehen. Er schauderte, wenn er daran dachte. Diese Schauspielerin, die ständig »Franzl« flötete. Der Darsteller des Kaisers war ebenso unerträglich gewesen und hatte ständig ein leidendes Gesicht aufgesetzt.

Der Bauarbeiter schlug die anderen Bücher auf. In jedem war auf der ersten Seite das Foto eines Toten.

War diese Sisi womöglich eine Mörderin gewesen? Er hatte seine Großmutter nie ausstehen können und würde es ihr vergönnen, wenn sie im Fernsehen sehen müsste, was für ein Miststück diese säuselnde Prinzessin in Wirklichkeit gewesen war.

»Was ist?«, fragte der Polier hinter ihm.

»Das war in der Wand.«

Der Polier trat zu ihm und sah sich die Bücher an.

»Es ist was von Kaiserin Sisi.«

»So ein Quatsch. Hör auf und verputz lieber die Wand.«

Der Polier verließ den Raum, kam dann aber noch einmal zurück.

»Ich geb' das Zeug der Schlossverwaltung.« Er schüttelte den Kopf. »Von Sisi! Wer's glaubt, wird selig.«